Aleš Šteger

Das Lachen der Götter

Aleš Šteger

Das Lachen der Götter

Erzählungen

Aus dem Slowenischen
von Matthias Göritz

WALLSTEIN VERLAG

Inhalt

Europa

1.

Das Wetter ist umgeschlagen. Stürmischer Wind und heftiger Regen haben den gesamten Verkehr zum Erliegen gebracht, auch den Schiffsverkehr. Die Fähre wird die Insel erst verlassen, wenn sich die Lage stabilisiert hat, was einige Tage dauern kann. Glücklicherweise konnte ich meinen Rückflug zum zweiten Mal verschieben und meinen Aufenthalt in der Pension Gunnarson verlängern. Das Steinhaus des Gästehauses ist mehrere Jahrhunderte alt: ein Dachgeschosszimmer, starker Fäulnisgeruch, gelegentliche Stromausfälle, der knarrende Lackboden und die Zugluft unter den Fensterbänken. Das Gästehaus sah auf Booking.com viel besser aus. Ich starre stundenlang aus dem Fenster auf den Nebel und in den Regen, der gegen die Scheiben schlägt. Schon um drei Uhr nachmittags verschwinden die Konturen vom allem, und bald sind die einzigen Orientierungspunkte in der Dunkelheit die Geräusche des Sturms und das rote Bereitschaftslicht des abgeschalteten Fernsehers. Ich kann immer noch kaum die Ränder des Notizbuchs in meinem Schoß erkennen, das Stück Papier, das ich im Dunkeln immer wieder zu- und auffalte. Im nächsten Moment verschwindet beides. Es liegt alles in meiner Hand, und auch wieder nicht. Nur wenn ich die Augen schließe, kann ich noch eine Lichtspur sehen, die Illusion meiner Erinnerung. So liege ich eine Weile da, zugedeckt mit allen Decken, mit denen die Zimmer im Gunnarson-Gästehaus ausgestattet sind, und ich passe auf, dass ich die Wodkaflasche auf dem Nachttisch nicht aus Versehen im Dunkeln umstoße. Ich ertaste den Sockel der Tischlampe, die mich im nächsten Moment blendet. Ich blättere in meinem Tagebuch. Ich lese immer wieder über die Seiten, die ich vor vielen Jahren dahin gekritzelt habe, kopiere Sätze, kommentiere sie und füge immer wieder etwas hinzu. Ich spüre, wie bei dieser Aufgabe die Macht der Erinnerung in mir erwacht, dann wieder bin ich mir unsicher, ob ich das alles nicht erfinde, Ereignisse verdrehe, die acht Jahre zurück und weit weg liegen wie die Schatten fremder Gegenstände mitten in der Nacht. Ab und zu nehme ich einen Schluck aus der Flasche, um mich zu wärmen. Dann starre ich wieder aus dem Fenster und betrachte mein eigenes Spiegelbild in der dunklen Glasscheibe. Wie gut, dass ich mein altes Tagebuch mitgenommen habe! Was wäre jetzt ohne diese Seiten? Wahnvorstellungen? Schreiben beruhigt mich, gibt mir das Gefühl, dass es eine Welt gibt, dass es Wahrheit und Erkenntnis gibt. Wenn ich schreibe, kläre ich, was mit uns geschehen ist, aber noch mehr erkläre ich mir selbst meine Gefühle und versuche, die inneren Anschuldigungen und Einwände der Vernunft, die an mir nagen, zu kontrollieren. Ich weiß nicht, ob ich Fortschritte mache, ob es mir mit der Zeit gelingen wird, die Teile des zerbrochenen Erinnerungsmosaiks zusammenzusetzen, aber ich weiß, dass ich nicht aufhören darf, dass ich alles aufschreiben muss, was ich fühle und denke, für mich, für meine Seele. Als hätte ich diesen Moment vorausgesehen, hatte ich das Tagebuch automatisch eingepackt. Ich ging davon aus, dass Barisha und ich uns nach so vielen Jahren wiedersehen würden, und dass die alten Notizen mir helfen würden, mich an die Namen unserer gemeinsamen Istanbuler Bekannten und unsere Gespräche zu erinnern. Ohne diese Seiten wäre ich meinen eigenen inneren Gedächtnisanpassungen völlig ausgeliefert gewesen. Ich führe nur gelegentlich Tagebuch und lese praktisch nie, was ich geschrieben habe. Warum schreibe ich es dann? Weil ich meinem Gedächtnis nie ganz getraut habe und Wege finden musste, mich zu schützen. In der akademischen Welt kommt das Eingeständnis der eigenen Vergesslichkeit einem Selbstmord gleich. Die Tatsache, dass ich mich schon lange nicht mehr gegen das Vergessen wehre, würde vielen Menschen ketzerisch vorkommen. Ich verstehe es als einen natürlichen neurologischen Prozess. Ich bin mir sicher, dass das Vergessen eine Funktion hat, sonst würde es nicht existieren. Das Vergessen ist nicht schlimm. Das Vergessen schützt, es ermöglicht etwas Drittes, davon bin ich fest überzeugt. Ich führe und behalte die Tagebücher lediglich als letzten Ausweg. Und ich habe sie fast nie bei mir. Aber dieses Mal schon ... Ich bin verwirrt, alles hängt mit mir zusammen und ich kann das Gefühl der Fatalität nicht abschütteln. Ich bin nicht bloß passiver Zeuge, auch wenn es so aussehen mag, auch wenn ich alles getan habe, was in meiner Macht stand, um nie mehr als eben ein passiver Zeuge zu sein.

2.

Ist es zu naiv, zu fatalistisch, zu sagen, dass alles vorherbestimmt, ja unvermeidlich war? Ihr Anruf in meinem Hotel in Stockholm. Barisha klang apokalyptisch, aber sie klang immer apokalyptisch. Ob ich nicht unverzüglich nach Vaxholm kommen könnte? Natürlich konnte ich nicht, der Kongress war im Gang, ich für drei Panels angemeldet. Und selbst wenn ich es nicht gewesen wäre, gehörte es sich, bis zum Ende dabei zu bleiben, und ich hatte keine Lust, sie wiederzusehen. Monatelang hatte ich mir immer wieder am Telefon angehört, dass sie mit allem Schluss machen würde, zu lange, als dass ich ihre Geschichten noch ernst nehmen könnte. Doch als der

Kongress zu Ende war, rissen ihre SMS nicht ab. Und dann war da noch Alis E-Mail. Schweren Herzens verschob ich meinen Rückflug und erfuhr erst dann zu meiner Überraschung, dass Vaxholm kein Vorort von Stockholm ist, sondern ein Ort auf einer der vielen Inseln im Archipel vor der schwedischen Hauptstadt. Also kaufte ich ein Fährticket, rechnete die Verbindungen aus und glaubte, dass ich am nächsten Morgen früh von meinem Treffen mit Barisha zurück sein würde. In Vaxholm erwartete mich dann ein Schock. Die Polizei war in Barishas Wohnung, es folgte ein mehrstündiges Warten auf dem Revier, ein Polizeiprotokoll und die Identifizierung der Leiche am nächsten Morgen in Vaxholms Vårdcentral, dem städtischen Krankenhaus. Inzwischen hatte sich das Wetter geändert. Barisha wäre mit ziemlicher Sicherheit noch am Leben, wenn ich sofort nach ihrem ersten Anruf gekommen wäre. Dieser Gedanke wird mich nie verlassen. Auch wenn es im vergangenen Jahr unzählige ähnliche Anrufe gegeben hat. Ich habe mich einfach an ihre Verzweiflung gewöhnt. Sie sprach unaufhörlich über ihr ruiniertes Leben und das des Mädchens. Von inneren Zweifeln und der Kraft der Selbsttäuschung. Die ganze Zeit über konnte ich nicht wissen, dass es niemandem gelungen wäre, Barisha in diesen schwierigen Zeiten beistehen zu können. Ich war mir sicher, dass es andere Bekannte, Kollegen, vielleicht einen Liebhaber gab. Ich hatte nie gefragt. Ich habe es nie zugelassen, dass wir uns zu nahe gekommen wären. Distanz schützt, ebenso wie das Vergessen. Dessen bin ich mir sicher. Zugleich war ich durch unsere kurze Affäre vor zwei Jahren an sie gebunden. Ich war nicht in der Lage, den Kontakt vollständig abzubrechen, obwohl ich es im Stillen wollte. Es war ein albernes Abenteuer, eine durchsoffene Nacht nach dem Kongress des Europäischen Verbands der Literaturübersetzer in Brüssel. Wir hatten uns betrunken, dann schleppte sie mich in ihr Hotelzimmer ab. Als wir fertig waren, lag plötzlich ein ganz anderer Mensch neben mir. Es war, als ob der Sex eine versteckte Psychose oder eine bestimmte Angst in ihr hervorgerufen hätte. Sie hörte nicht auf zu weinen. Ihr kleines Mädchen war zu diesem Zeitpunkt 15 Jahre alt. Auf den Bildern ihres Handys sah sie schon ziemlich erwachsen aus. Ich hörte mir bis zum Morgengrauen Geschichten über die beiden an, tröstete sie und versuchte, sie zu ermutigen, aber im Grunde konnte ich sie nicht erreichen. Erst an diesem schlaflosen verkaterten Morgen spürte ich, wie instabil und unberechenbar Barisha war und wie unsagbar weit wir voneinander entfernt waren. Und dann gestand ich mir ein, was ich schon bei unserer ersten Begegnung in Istanbul vermutet hatte: dass ich ihre Welt einfach nicht verstand, geschweige denn ihre Gefühle. Dass ich sie nie wirklich verstehen würde. All dies wurde nun bestätigt und erscheint mir jetzt ganz logisch und offensichtlich. Damals aber ... In Brüssel hatte ich das Ganze zu technisch betrachtet, als eine Art von Krisenmanagement. Es gab ein Problem, und ich versuchte, es zu lösen. Nach ihrer Flucht aus der Türkei geriet Barisha in die frustrierenden Mühlen der Asylbürokratie. Das brachte sie schließlich an den Rand ihrer Kräfte. Aber nicht die Bürokratie war das Problem, sondern ihre Einsamkeit, das habe ich damals wohl nicht gesehen, oder besser gesagt, ich war nicht bereit, es zu sehen. Statt der menschlichen Nähe, nach der sie sich so sehr sehnte, vermittelte ich ihr einen Anwalt, der ihr und dem kleinen Mädchen in nur wenigen Monaten zunächst Asyl in Schweden und später eine Aufenthalts- und Arbeitserlaubnis verschaffte. Ich betrachtete ihre Probleme so nüchtern wie möglich, analysierte die Möglichkeiten, wählte die günstigste aus und legte die Schritte, Optionen, Risiken und möglichen Ergebnisse fest – rein technisch eben. Ich war zufrieden, ja sogar stolz auf all das, was ich für sie erreicht hatte. Barisha hingegen kümmerte sich wenig darum, obwohl die Verhandlung bezüglich des rechtlichen Status für ihr zukünftiges Leben und das ihres kleinen Mädchens entscheidend war. Anstatt über die juristischen Verfahren und die neuen Hoffnungen zu sprechen, erzählte sie am Telefon immer mehr davon, was die Ablehnung, die Hindernisse und das Leid aus ihr und dem Mädchen gemacht hatten, wie sie irreparabel verkrüppelte und zerstört wurde. Ich habe ihre Ausbrüche von Fatalismus willentlich überhört. Gleichzeitig hatte ich den größten Respekt vor Barisha. Ich bewunderte, was sie bereit war, für das Kind eines Fremden zu opfern. Selbst wenn ... Die Wahrheit ist, dass ich selbst nie bereit gewesen war, mich zu tief auf irgendeine Form von Beziehung einzulassen, nicht einmal auf eine wirklich freundschaftliche. Und erst jetzt, während ich dies schreibe, spüre ich die Last der Schuld, die deshalb auf mir lastet, und ich spüre, dass mein völliger Unwille, sich ihren Problemen wirklich zu stellen, auch bei mir Spuren hinterlassen hat. Jede Bekanntschaft, und sei sie noch so oberflächlich, hinterlässt Spuren, ob wir es zugeben oder nicht. Jede Ankunft ist auch eine Flucht von irgendwo fort, und es ist unmöglich, sich vor den Mühlen des Lebens völlig abzuschotten. Vor acht Jahren, als ich meine erste und wahrscheinlich letzte Reise nach Istanbul unternahm, hätte ich nie an so etwas gedacht.

3.

Ich lese immer wieder die Beschreibung des ersten Morgens in Istanbul in meinem Tagebuch. Das historische Viertel Sultanahmet. An der schwer lesbaren Handschrift und den umständlichen Sätzen erkenne ich die Folgen der vorangegangenen Nacht. Wie vereinbart, hatte mich Ali am Flughafen abgeholt. Mit dem Taxi fuhren wir mehr als anderthalb Stunden im dichten Verkehr nach Istanbul hinein. Inzwischen war die Nacht angebrochen. Ich war müde und wollte im Hotel bleiben, aber Ali bestand darauf, dass wir Abendessen gehen. Ich erinnere mich nicht mehr an die Einzelheiten oder an die Richtung, in die wir fuhren, nur eine winzige Skizze am Rande meines Tagebuchs erinnert mich lebhaft an den gebratenen Rinderkopf, der auf einem großen Silbertablett serviert wurde, an Alis Lachen, an das Klirren der Raki-Gläser, das mir sofort den Boden unter den Füßen wegzog, an die scharfe Kälte des Abends und an den herrlichen Anblick des dichten Nachtschiffverkehrs auf dem Bosporus. Wir kannten uns nicht gut. Tatsächlich hatten wir uns erst ein einziges Mal vorher gesehen, aber Ali erkannte sofort mit boshaftem Witz unsere gemeinsame Vorliebe für alles, was die Ränder einer Kultur sichtbar macht. So begann ein Saufgelage, bei dem mir die außergewöhnlich schmackhafte gekochte Stierzunge und der ganze Rinderkopfbraten als erschreckende kulinarische Höhepunkte in Erinnerung geblieben sind. Dann verblasst meine Erinnerung, bis ein ganz klares Detail wieder auftaucht, ein einsamer, straßenbeleuchteter Ort, an dem einst ein Triumphbogen stand, von dem aus in Byzanz die Entfernungen gemessen wurden; der Nabel des türkischen Reiches, eine Informationstafel für Touristen davor, hinter der ich mich in der Nacht übergeben hatte. Der nächste Morgen begann mit starken Kopfschmerzen, die mich an das europäische Hochschulkooperationsprojekt erinnerten, für das ich nach Istanbul gekommen war. Professor Ali, der sechs Monate zuvor bei uns in Heidelberg Vorträge gehalten hatte und diesmal meinen Besuch hierher organisierte, hatte mir im Voraus einen Ablaufplan geschickt, der eine Vorlesung in der Universität, einen kurzen Übersetzungsworkshop mit Studenten, einen öffentlichen Auftritt, ein bescheidenes und in der Regel förmliches und langweiliges spätes Mittagessen oder frühes Abendessen vorsah. Vor Ort jedoch begann alles bereits am Abend meiner Ankunft auf eine Art und Weise durcheinanderzugeraten, dass ich mich am folgenden Tag völlig hilflos und beschämt fühlte. Beim Durchlesen meiner damaligen Notizen schäme ich mich erneut, was durch einige Sätze voller naiver touristischer Begeisterung noch verstärkt wird, die Begeisterung für Sultanahmet, für die kleinen Straßenläden, die mit glitzernden blauen Nazars und Keramiken vollgestopft waren, eine unreflektierte Begeisterung für die Kelimläden, die rund um das Hotel ihre Türen geöffnet hatten, während ich am Morgen nach meiner Ankunft versuchte, meinen Kater zu vertreiben und meine Gedanken bei einem Morgenspaziergang zu ordnen. Aus der Ferne betrachtet war auch mein Tagebuchgemecker über die Qualität des Hotels, in dem ich untergebracht wurde, ziemlich hohl. Die Kritik war zwar berechtigt. Der Frühstücksraum befand sich im fünften Stock, der Aufzug brachte einen nur bis zum vierten Stock, und dann musste man sich einen Weg durch ein Labyrinth enger, stinkender Gänge bahnen, immer wieder an einer der offenen Türen eines der düsteren Zimmer vorbei, die vor Müll, Essensresten und schmutziger Bettwäsche auf dem Boden überquollen, eine weitere Treppe hinauf über den Gang, der violett ausgemalt war und an dessen Wänden schmutzige Lilien abgebildet waren. Ich weiß noch, wie ich mir den Kopf mit aller Kraft am Türsturz anschlug und fluchte. Ich nehme an, dass ich noch an den Höhepunkt der letzten Nacht dachte, von dem mir noch tagelang danach übel wurde, als Ali und ich pickten und aßen, oder besser gesagt, als jeder von uns ein Auge aus dem riesigen Haufen Knochen und dem geröstetem

Gewebe vor uns herausnahm und es herunterschlürfte und die ekelhaft klebrige Spur im Mund und in der Kehle mit einem neuen Glas Raki herunterspülte. Im Frühstücksraum des Hotels saß neben mir nur ein weiteres türkisches Paar. Der Mann maß mich immer wieder streng. Die Frau neben ihm trug einen langen schwarzen Mantel und hatte den Kopf bedeckt. Warum schreibe ich all diese Details überhaupt auf? Denn ich erinnere mich wieder an die Zerstreutheit meiner Gedanken an jenem Morgen, an meine wahrscheinlich übertriebene Angst, dass ich bei meinem ersten Besuch eines muslimischen Landes einen mir fremden kulturellen Kodex brechen, die Frau oder ihren Mann auch nur durch meine Blicke beleidigen würde? Warum diese Unsicherheit?

4.

Ich wache schweißgebadet auf. Es dauert lange, bis ich merke, wo ich bin. Draußen tobt immer noch der Sturm. Der Raum ist kalt. Es ist halb drei Uhr, nachts. Der Traum war schrecklich. Die Straßenbahn Nr. 1, Barisha und ich darin. Wir fahren durch eine Wüste, und plötzlich biegt der Fahrer von der Strecke ab und wir fahren über die Dünen. Niemand sagt etwas. Vor uns öffnet sich ein tiefer Abgrund. Ich rufe Barisha, die nicht antwortet. Aber siehst du denn nicht, der Fahrer wird uns alle umbringen, rufe ich, Leute, wacht auf. Dann merke ich, dass ich immer unsichtbarer werde. Ich kann mich selbst gerade noch sehen, aber keiner der Fahrgäste scheint dies zu können. Sie starren ruhig aus den Fenstern der Straßenbahn. Irgendwie merke ich dann im Schlaf, dass ich träume, und ich versuche, den Traum zurückzubringen, um ihn zu korrigieren. Ich schaffe es, an die Stelle zurückzukehren, an der die Straßenbahn von den Gleisen abbiegt und in Richtung Abgrund fährt. Ich versuche, meine Hände aus den metallenen Griffen zu befreien, ich schaffe es sogar, einen der Griffe abzureißen, und schreie dabei, aber es hilft nicht, oder zumindest verschlimmert es den Traum, denn ich kehre immer wieder in dieselbe unlösbare Agonie des Verschwindens bei vollem Bewusstsein zurück. Anstatt nur einmal in den Abgrund zu stürzen, hält uns mein Widerstand gegen den Fluss des Traums in einem Teufelskreis gefangen. Unser Tod wiederholt sich, und jede Wiederholung erschöpft mich mehr. Jetzt, wo ich dies schreibe, habe ich große Angst, wieder einzuschlafen. So oft bin ich in dieser Nacht gestorben, so oft war ich völlig hilflos, habe geschrien und den Horror noch einmal durchlebt, während die anderen Passagiere sanft lächeln, bereit, das Unvermeidliche zu akzeptieren und alles hinter sich zu lassen. Für sie, die in meinem Traum waren, war das alles nur ein weiterer Albtraum, den man so schnell wie möglich vergessen sollte, und die Arbeit wäre erledigt.

5.

Zum dritten Mal bietet mir der Rezeptionist seinen Ledersessel vor der Eingangstür des Hotels an, dann setzt er sich gelangweilt wieder hin. Neben ihm stehen vier Männer und trinken Tee, streuen ein paar türkische Sätze in den Novembertag ein und nippen wieder nachdenklich. Als wir monatelang miteinander korrespondierten und die notwendigen Vorbereitungen für meinen Besuch trafen, war ich überzeugt, dass Barisha der Name eines Mannes war. Dementsprechend überrascht bin ich, als eine zerbrechliche Frau auftaucht, mit blassen Wangen, blauen Flecken und einer ungewöhnlichen Schirmmütze, unter der sich rote Locken abzeichnen. Sie kommt fast 50 Minuten zu spät. Keine Entschuldigung, kein

Zeichen des Bedauerns, nur ein »Ach, da bist du ja, komm schon, lass uns gehen, dass wir nicht zu spät kommen«. Alis Assistentin und zugleich Sekretärin des Verbands der Literaturübersetzer, winzige Schritte, das Echo von Absätzen auf altem Kopfsteinpflaster. Wir gehen schweigend am Großen Basar vorbei. Ich bleibe stehen und betrachte die weißen Steinsäulen durch den rostigen Metallzaun. Barisha winkt mir zu. Ich folge ihr. Aus der Nähe kann ich die schönen Ornamente an den Steinsäulen erkennen. »Sind das Suren aus dem Koran?«, frage ich und zeige auf die kalligrafischen Inschriften auf den Grabsteinen. »Nein«, nickt Barisha, »alles, was du hier siehst, sind Lobgesänge. Früher verdienten viele Dichter ihren Lebensunterhalt damit, dass sie Gedichte für verschiedene Zeremonien und für Grabsteine schrieben. Die großen Paschas und ihre Söhne sind hier begraben.« Ich beobachte noch eine Weile das geheimnisvolle Zusammenspiel der Ornamente, die Schrift, die gleichzeitig eine Abfolge von fein gesetzten Knoten ist. Wenn ich diese Knoten zuziehen könnte, würde der ornamentale Sinn unergründlich werden, ähnlich der Stille, in der wir weiterschreiten, weil ich mich nicht traue, weitere Fragen zu stellen, um nicht völlig unwissend zu erscheinen. Bald sind wir an der Universität. Der Geruch der Kantine, die kahlen Wände und viele junge Leute, die neugierigen Blicke, die Jungen, die aufeinander lehnen, sich gegenseitig an den Händen halten, dann ganze Trauben grau-grüner Kopftücher der Studentinnen. Alis Klasse, fast nur Jungen, einige solide Fragen über deutsche Romantik und Goethes Gefühlswelt des Sturm und Drang. Sie wollen etwas über Werther erfahren und darüber, wie Goethes West-Östlicher Diwan unsere Wahrnehmung der muslimischen Welt geprägt hat. Es folgt ein Übersetzungsworkshop, an dem auch Ali teilnimmt, der den ganzen Morgen zuvor Vorträge gehalten hat. Wir übersetzen »Wanderers Nachtlied«. Wir essen jeder ein Stück Spinatbörek in der Kantine, dann gehen Ali und ich spazieren. Wir halten vor einem aufwendig verzierten Steinportal, wo wir uns vor einer Polizeistreife ausweisen müssen. Ali zuckt mit den Schultern: »Das ist Routine, keine Sorge«, sagt er in seinem perfekten Oxbridge-Englisch. »Früher war dies ein Lyzeum, aber seit langem befindet sich hinter diesem kunstvollen Portal eine Polizeistation. Ich war hier einmal zehn Tage lang inhaftiert. Später habe ich diese Erfahrung in meinen Romanen beschrieben, und ich muss sagen, dass sie nützlich war, wenn auch ziemlich hart«, sagt Ali, steckt seinen Ausweis zurück in die Brieftasche und schaut den beiden Polizisten nach. »Warst du in Einzelhaft oder in einer Zelle mit den anderen?« Ali starrt schweigend auf die Wand des Polizeireviers, als ob er auf etwas starrt, das nicht hier, vor uns, ist, etwas, das nur für ihn sichtbar ist. »Mit anderen«, antwortet er langsam. »Ich war jung und dachte, dass solche Dinge nur mir und meinesgleichen passieren können. Dann ging ich für zehn Jahre nach England. Als sich der politische Wind drehte, kam ich zurück. Man hat keinen festen Platz in dieser Welt«, fügt er leise hinzu. »Das sind alles Erfahrungen und alles bereichert einen«, lächelt er und beschleunigt sein Tempo. Im smoggesättigten Spätnachmittagslicht sieht Ali wie ein Gespenst in einem langen grauen Regenmantel aus. Seine Gestalt verblasst, nur seine Wange wird gelegentlich vom Schein einer Zigarette erhellt. Praktisch jeder Mann, dem wir begegnen, könnte Ali sein. Als ich hinter ihm den Sultanahmed überquere, habe ich das Gefühl, dass ich hinter allen und niemandem laufe. Während ich dieses Ereignis acht Jahre später niederschreibe, wird auch alles andere für einen Moment erhellt, was auf diesen Spaziergang mit Ali in der Altstadt von Istanbul folgte, einen Spaziergang, von dem ich nicht einmal mehr sagen kann, ob er im europäischen oder im asiatischen Teil der Stadt stattfand. In diesem nächtlichen Wiedererleben der Vergangenheit wird jedes noch so kleine Detail zum Schlüssel für das Verständnis der ganzen Geschichte. Wenn diese schreckliche, stürmische Nacht endlich vorbei sein wird, wenn ich endlich die Pension Gunnarson in Vaxholm, Schweden, verlassen werde können, werden mir die Sätze im Tagebuch und noch mehr die Sätze, die ich gerade abschreibe, die Echos von Echos, die Schatten von Schatten, die wiederbelebten Gespenster eines unzuverlässigen Versuchs, die Zeit festzuhalten, wahrscheinlich überflüssig, überdreht, wenn nicht sogar völlig wahnhaft erscheinen. Tote Sätze, die von der Hand eines psychisch überforderten Schlaflosen auf Papier gekritzelt wurden, das Wiedererwecken von Erinnerungen als Selbsttherapie für Hilflose. Aber in dieser Nacht leuchten die Worte für mich wie nie zuvor. Die schmerzhaft wiedererweckten Erinnerungen erhellen im Nachhinein, was für mich im Moment des Niederschreibens völlig unsichtbar war. Es ist, als hätten die Worte beiläufig, fast unbeabsichtigt, durch ihre eigene innere magnetische Logik, die Vorahnung einer Tragödie an sich geklebt, die sich vor acht Jahren bestenfalls heimlich angedeutet hatte, eine leichte Brise, die langsam am Himmel keimte.

6.

Wenn ich mir den Pavillon der Istanbuler Bibliothek hinter den Mauern des Gülhane-Parks in Erinnerung rufe, die Büste des Dichters Ahmet Hamdi Tanpınar, neben der Ali und ich ein Foto gemacht haben und nach dem die Bibliothek benannt ist, fühle ich mich unwohl, weil ich so wenig über türkische Poesie, Kultur und Geschichte weiß – dieses Gefühl der

Hilflosigkeit beim Erleben einer fremden Kultur, das mir in meinen Tagebucheinträgen immer wieder begegnet. Über die Türken, die ich aus Heidelberg kenne, kann ich nur sagen, dass sie fleißig, aber speziell, oft schwierig und in meinen Augen meist völlig irrational sind mit ihren Mercedes, verschleierten Frauen, Dönerläden und ihrem übersteigerten Ehrgefühl. In Deutschland sind sie eine Minderheit, doch hier, in Istanbul, bin die kleinstmögliche Minderheit ich, allein, umgeben von ihnen. Das verändert alles und löst Mechanismen der Angst und Demut aus, die ich nicht gewohnt bin. Barisha trifft Ali und mich in der Bibliothek. Sie ist sehr nervös, weil praktisch niemand zu der Veranstaltung gekommen ist, nicht einmal Alis Studenten. In dem Pavillon sind etwa hundertfünfzig Stühle leer. Einer davon ist von dem Mann besetzt, der heute Abend unser Simultanübersetzer ist. Der Vorsitzende des Literaturübersetzerverbandes, ein älterer Herr, der, wie sich herausstellt, in Heidelberg Chemie studiert hat, trifft ebenfalls ein, vor allem wohl um mit mir sein Deutsch aufzufrischen. Er spricht kein Englisch, aber neben Deutsch spricht er Französisch und Arabisch. Nach einiger Zeit kommt ein Mann mit einem kleinen Mädchen herein. Barisha geht auf ihn zu, sie unterhalten sich leise, während das Mädchen die Holztreppe hinaufsteigt, über die Stühle springt, sich an den Mann hängt, der die ganze Zeit leicht lächelt. Dann sitzen der Mann und das Mädchen in der letzten Reihe, weit weg von uns, die auf die Bühne gehen. Wir beginnen. Während Ali eine lange Einführungsrede hält, beugt sich Barisha, die zu meiner Rechten sitzt, vor und flüstert mir mit Blick auf das Mädchen zu: »Ihre Mutter war eine sehr berühmte Dichterin. Für das kleine Mädchen ist es das erste Mal, dass sie einer Gedichtlesung zuhört, verstehst du?« Ich weiß noch, wie diese Worte von Barisha auf mir lasteten, so dass ich mich danach nicht mehr traute, den Mann und das Mädchen genau zu betrachten, sondern sie nur noch verstohlen ansah. Vielleicht ist das der Grund, warum ich mich nicht mehr an das Gesicht des Mannes erinnern kann. Ich erinnere mich nur an seine stämmige Figur, seinen Wollrolli, aber nicht an sein Gesicht. In meinen Notizen finde ich die Frage: »War das der Vater des Mädchens?« Daneben habe ich einen Satz notiert, den Ali einige Stunden vor der Veranstaltung in der Bibliothek gesagt hatte, als er beiläufig erwähnte, dass seine Geliebte, lover, ebenfalls zu der Veranstaltung kommen würde. Oder meinte er einen männlichen Liebhaber?

7.

Ich kann mich nicht mehr daran erinnern, worüber wir an jenem späten Novembernachmittag im fast leeren Bibliothekssaal sprachen. Ich erinnere mich an die hektischen Notizen des Übersetzers, der immer wieder Zusammenfassungen des Gesagten ins Englische übersetzen musste, um die Vorgaben der Geldgeber zu erfüllen, an Alis feierliche Stimme, als er feierlich türkische Übersetzungen romantischer Gedichte vorlas, und an meine eigene Lesung der deutschen Originale. In diesem Moment braut sich draußen wieder der Sturm zusammen. Es ist 4:15 Uhr nachts, ich fühle mich völlig leer, mein Kopf ohne jeden Gedanken, stumpf und todmüde. Ich höre das Aufprallen des Meeres am nahen Ufer, das Aufschlagen der Regentropfen auf die Fensterscheiben, die die Kälte des leeren Bibliothekspavillons in meine Erinnerung zurückrufen, Alis endloses Gerede und das kleine Mädchen, das in den Armen des Mannes eingeschlafen ist, ihre kleinen Arme, die nur mit einer dünnen rosa Bluse bekleidet sind, umklammern die kräftige Gestalt des Mannes im Schlaf. Jetzt glaube ich ihn für einen Moment zu sehen, wie er in seiner schwarzen Lederjacke sitzt, regungslos, aufrecht wie eine Kerze, mit einem ausdruckslosen Lächeln, das auch dann nicht von seiner Wange weicht, als wir nach fast zwei Stunden endlich fertig sind und das Echo des Klatschens von ein paar Händen in dem riesigen Raum ertönt.

8.

Vielleicht war das alles nur Barishas Einbildung. Aber wenn das wahr ist – warum? Ich kann mir unsere stundenlangen Telefongespräche anders nicht erklären, zuerst nach ihrer Flucht aus der Türkei und besonders intensiv später, nach dem Verschwinden des Mädchens. Die Gespräche im letzten Jahr waren eine unerbittliche Tirade von Selbstvorwürfen, häufige Ausbrüche von hysterischem Weinen, die manchmal in klare, selbstironische Kommentare übergingen. Barisha war eine Meisterin des Letzteren und verstand es immer wieder, sich selbst als tragische Versagerin darzustellen. Ich interpretierte ihren Humor als den gesunden Kern ihrer Persönlichkeit und als den Schutz, der sie vor der Verwirklichung einer ihrer hundert Drohungen, sich etwas anzutun, bewahrte. Im Allgemeinen verstand ich Barishas Selbstmorddrohungen als ein Erbe übertriebener osmanischer Rhetorik und nicht als ernsthafte Absicht. Ich nahm an, dass Barisha wirklich nur Zeit, Zeit und Arbeit brauchte, um sich von dem vermissten Mädchen abzulenken. Ich betrachtete ihren Zynismus als Heilmittel und sah in ihr eine verwandte Seele. Wie falsch ich doch lag! Natürlich ahnte ich, dass das Einzige, was ihr in ihrer Not wirklich helfen konnte, die Anwesenheit von jemandem war, der sich ihrer annahm, und nicht die vermeintlich raffinierten, vermeintlich vernünftigen, vermeintlich allwissenden Worte, die Tausende von Kilometern entfernt in einen

Telefonhörer gesprochen wurden. So wie sie sich für das kleine Mädchen geopfert hat, sollte sich nun jemand für sie opfern. Solange der Kreis der Liebe zwischen Menschen, die sich füreinander aufopfern, geschlossen ist, stirbt niemand. Aber wenn der Kreis zerbricht und jemand, der sich aufgeopfert hat, allein zurückbleibt, dann … Ich habe mich nie in Barisha verliebt, geschweige denn sie wirklich geliebt. Es ist in der Tat die Frage, ob ich jemals einen Menschen kennengelernt habe, für den ich bereit wäre, meinen Job in Heidelberg aufzugeben oder zumindest meine Verpflichtungen für eine Weile einzustellen und mich ganz der Lösung der Probleme anderer zu widmen. Ich hatte auch Angst, dass Barisha sich zu sehr an mich hängen könnte, was im Nachhinein betrachtet eine ziemlich narzisstische Idee war. Vielleicht schreibe ich diese Zeilen, um das Gefühl der Verantwortung mit Worten wegzuspülen, um die Schuldgefühle zu vertreiben, die mich seit vorgestern belasten, als ich bei meiner Ankunft auf der Insel erfuhr, dass Barishas Leiche in den frühen Morgenstunden nicht weit von meinem Gästehaus an den Strand gespült worden war. Draußen höre ich deutlich das Donnern des Meeres, in dem Barishas zerbrechlicher Körper zu einem toten Spielball der Strömung geworden ist. Ich höre das Trommeln des Wassers, das uns von allen Seiten umspült, vom Nachthimmel und vom Meer, ich höre das Meer als einen Ruf des Gewissens und der Erinnerung. Für einen Moment scheint es mir, dass unsere Insel ein unzuverlässiges Land ist, dass der Sturm und das Wasser die Richter über uns alle sind, und dass sie jeden Moment die Möglichkeit haben, uns endgültig zu verurteilen. Wenn ich die Augen schließe, sehe ich Istanbul wieder, die Straßenbahn Nummer 1, ich sehe Barisha, die mir gegenüber durch die schmutzigen Fenster schaut. Und dann, zur gleichen Zeit, vielleicht sogar in der Zeit vor dieser

Erinnerung (obwohl es dafür keine andere Logik gibt als die Logik der Vorahnung und der Negation der Zeit), sehe ich ein anderes Bild, Barishas aufgedunsenes blassblaues Gesicht, von dem die Folie im unterirdischen Kühlhaus von Vaxholms Vårdcentral für einige Augenblicke vor mir abgezogen wird. Als ich die Augen öffne, ist es völlig dunkel um mich herum. Der Strom ist wieder ausgefallen. Bald blinkt die Glühbirne ein paar Mal auf, und die Lampe leuchtet wieder. Ich liege regungslos, gefühllos, durchgefroren da, und frage mich, ob es morgen noch einen Morgen geben wird, einen neuen Tag?

9.

Am nächsten Morgen bietet mir der Rezeptionist meines Istanbuler Hotels wieder seinen verstaubten Sessel an und lächelt mir mit einem Stirnrunzeln zu. Die Geschichte vom vorigen Morgen wiederholt sich, nur dass ich diesmal volle anderthalb Stunden auf Barisha warte. Als sie endlich auftaucht, begrüßt sie mich kurz, bezahlt die Hotelrechnung an der Tür und dann sind wir weg. Ich höre, wie sie murmelt: »Es ging wirklich nicht früher«, und ich tue so, als ob es mich nicht interessiert, obwohl sich der Groll in mir nur langsam abkühlt. Mein Flug zurück nach Deutschland geht am späten Abend, vorher nimmt mich Barisha noch zur Buchmesse mit, die ziemlich weit außerhalb der Stadt stattfindet. Es stellt sich heraus, dass Barisha nicht weiß, wie man mit öffentlichen Verkehrsmitteln dorthin kommt. Sie fragt die Leute an der Straßenbahnhaltestelle. Bald versammelt sich eine kleine Gruppe von Menschen um sie herum, die sich streiten, sich gegenseitig überzeugen, sich auf die Schultern klopfen und aufschreien. Eine Straßenbahn kommt an, die meisten steigen ein. Wir warten. »Wie geht es dir?«, frage ich, um Barishas Schweigen zu brechen. Sie sieht mich mit ihren breiten Augenringen an. »Mir geht es wirklich schlecht«, sagt sie und zündet sich eine Zigarette an. Ich erinnere mich, wie hilflos und zerbrechlich sie mir in diesem Moment erschien, und jetzt, da ich zum Fenster schaue, hinter dem die Dunkelheit der Nacht langsam dem windigen Grau eines regnerischen Morgens weicht, wird mir bewusst, wie Barishas Geheimnis mich neugierig machte und mich mehr berührte, als mir lieb war. Die Straßenbahn Nummer 1 kam an und wir stiegen ein. Seltsam ist für mich die kristalline Klarheit, mit der ich mich, im Bett liegend in einer eiskalten Pension irgendwo in den Schären vor Stockholm, an zwei oder drei Szenen erinnere, die ich im Vorbeifahren gesehen habe, als die Straßenbahn vorbeiratterte: ein Junge, der auf der Straße Mandarinen verkaufte, eine alte Frau, die fast von der Straßenbahn hätte überfahren werden können, Szenen von Menschenmengen auf dem Weg zu einem unbekannten Ziel. Dann erinnere ich mich an den Klang von Barishas Stimme, die unser Schweigen brach, mehr ein Rätsel als eine Aussage. Sie sagte: »Sie war eine der besten Dichterinnen, die wir hatten.« Und erst nach einer Weile, als wir an einer Haltestelle anhielten, wo viele Leute aus- und einstiegen, fügte sie hinzu: »Die Mutter des kleinen Mädchens, das du gestern in der Bibliothek gesehen hast.« Einen Moment später begann Barishas längerer Monolog, den ich nicht erwartet und eigentlich noch weniger gewollt hatte, geflüsterte, langsam und deutlich ausgesprochene Sätze, die nicht aufhören wollten. Es war, als ob ein Damm gebrochen wäre. Mit jedem Satz wurde ich tiefer und tiefer in den Hintergrund der Geschichte des Mädchens, aber auch in die Geschichte von Barisha hineingezogen. Jetzt, acht Jahre später, erkenne ich gerade erst, was ich damals nicht einmal geahnt habe. Mit Barishas Geschichte wurde ich in den Hintergrund der Geschichte geführt, die zu meiner Geschichte wurde.

10.

»Sie starb, als das Mädchen dreieinhalb Jahre alt war. Seitdem hat das Kind Albträume und schreit im Schlaf. Heute Nacht hat sie sechsmal geschrien. Der Vater des Mädchens ist noch schlimmer«, lächelt Barisha ironisch, »er schreit die ganze Zeit, Tag und Nacht. Es ist eine sehr komplizierte Situation«, sagt Barisha und ignoriert den Stau auf der Kreuzung, das Hupen der Autos, das Klingeln und die wütenden Rufe des Straßenbahnfahrers, die Aufregung der Fahrgäste, bis ein paar Männer das stehengebliebene Auto von der Kreuzung wegschieben und sich der Stau langsam auflöst. »Der Vater des Mädchens ist ein Rowdy, er schert sich nicht um das Mädchen. Er nimmt das Kind als selbstverständlich hin, er hat es einfach, ohne die geringste Notwendigkeit zu sehen, sich um es zu kümmern. Nach dem Tod der Mutter übergab er das Mädchen seinen Eltern, damit sie es in einem abgelegenen anatolischen Dorf aufziehen. Der Großvater des Mädchens ist Alkoholiker, und ihre Großmutter ist taubstumm. Stell dir vor, das Mädchen war schon im Alter von fünf Jahren geistig zerstört, konnte nicht sprechen und hatte schwere Schlafstörungen. Die Kleine wurde in eine unförmige Masse verwandelt, die gerade so weit entwickelt war, dass sie Hirtin werden konnte. Das konnte ich nicht akzeptieren. Ich flehte ihren Vater an, sie nach Istanbul zurückzubringen, zu mir. Sie war sieben Jahre alt, ging aber noch nicht zur Schule. Letztendlich stimmte er zu. Aber er kam als Paket – mit ihr.« Barisha beugt sich vor und sagt selbstbewusst: »Das Mädchen ist ein güzel melek, ein wunderschöner Engel, ihr Vater aber ist eine Bestie. Er ist nur an Frauen interessiert, die er ficken kann.« Ich weiß noch, wie hart Barisha das Wort »ficken«, »to fuck«, aussprach. Ihre Bemerkung hatte nichts Sexuelles an sich, aber auch nichts

Tragisches oder Abstoßendes. Aus ihrem Mund klang »fuck« hart und mechanisch, wie eine sachliche Beschreibung für den Teil eines größeren Mechanismus, der sich gleichgültig in das Knarren und Rattern der Straßenbahn, den Verkehrslärm und das Rumpeln der Arbeitsmaschinen von den vielen Baustellen, an denen wir vorbeikamen, einfügte. Nach meinen Notizen zu urteilen, hat mich Barishas Geständnis während der Fahrt zur Buchmesse tief getroffen. Ich erinnere mich, wie ich am Abend in der Flughafenhalle versuchte, das Gespräch zu rekonstruieren und mich an Szenen erinnerte, die mir heute, acht Jahre später, wenn ich mein Tagebuch lese und mir Notizen mache, unendlich viel bruchstückhafter erscheinen, aber immer noch klar und lebendig genug, um die Vergangenheit wieder aufleben zu lassen. Ich erinnere mich an das kleine Set mit Kindermalstiften und Plastiklinealen, das Barisha für das kleine Mädchen gekauft hatte und jetzt, ohne eine Pause beim Erzählen zu machen, aus ihrer Tasche zog, mir zeigte und für den Rest der Fahrt in ihren Händen herumdrehte. Ich erinnere mich auch an ihre Genugtuung, als ich erwähnte, dass das kleine Mädchen in der Bibliothek sehr intelligent zu sein schien und emotional an ihrem Vater hing. »Das muss alles von der weiblichen Seite kommen«, antwortete Barisha nachdenklich. »Ihr Vater ist ein Tier. Ich habe ihn gestern gezwungen zu kommen. Er geht nur zu Fußballspielen, wo er sich prügelt. Für beide, ihn und das Mädchen, war es gestern das erste Mal, dass sie an einer solchen Veranstaltung teilnahmen. Weißt du, was er später zu Hause zu mir sagte? Das war wirklich mal etwas anderes. Das hat er zu mir gesagt. Ich fragte ihn, was er von den vorgetragenen Gedichten hielt, daraufhin sah er mich nur an. Er bemerkte, dass ich schluchzte, als ich eines der Gedichte über das Gedenken an Verstorbene las. Er sagte mir, ich sei nicht ganz normal. Er hielt es auch nicht für normal, dass das Mädchen sich so etwas anhört. Dass sie zeichnet und tanzt, das geht noch vielleicht, aber Poesie, Worte … Ansonsten zeichnet das Mädchen wirklich ganz wunderbar. Nach einem halben Jahr mit mir in Istanbul hörte sie auf zu stottern. Sie macht jede Woche sichtbare Fortschritte. Nach zwei Jahren bei mir begann sie, zur Schule zu gehen und sogar mit Fremden zu sprechen, was vorher undenkbar war. Sie wird mehr und mehr zu einem Individuum.« »Und ihr Vater, liebst du ihn?«, frage ich nach einer langen Pause unvorsichtig und fürchte in dem Moment, in dem ich die Frage ausspreche, die möglichen Folgen meiner Worte. Barisha schweigt lange und schaut aus den Fenstern der Straßenbahn, hinter denen die mir völlig unbekannten Vorstädte Istanbuls verschwinden. Dann wiederholt sie erstaunt: »Lieben? Ich verabscheue ihn. Er ist ein dreckiger Primitivling. Er kann nicht mal eine Toilettenschüssel richtig benutzen. Aber für das Mädchen bin ich die einzige Option. Wenn ich ihn aus der Wohnung schmeiße, wird er das Mädchen nach Anatolien zurückschicken, und mit dreizehn oder vierzehn wird man sie mit einer Bestie wie ihm verheiraten, die nichts anderes tut, als zu saufen, sich zu prügeln und jedes Stück Fleisch zu ficken, das er in die Finger bekommt. Ihre Mutter war eine große Dichterin, eine bedeutende Intellektuelle, und sie hatte ein ähnliches Schicksal wie ihre Tochter.« Barisha verstummt. »Stell dir vor, auch bei der Mutter des Mädchens starben beide Eltern, als sie noch ein Kind war. Sie ist bei Verwandten aufgewachsen, und ihre Gedichte sind angefüllt mit Klagen darüber, dass sie zu niemandem gehört, dass sie ungeliebt ist und kein wirkliches Zuhause in der Welt findet.« »Aber wie ist es möglich, dass eine solche Frau von einem solchen Typen schwanger wurde?«, fragte ich Barisha. »Sie war völlig unerfahren in der Liebe, naiv und verzweifelt, und alles, was sie brauchte, war menschliche Nähe. Meiner Meinung nach ging sie einfach mit dem Ersten mit, der ihr über den Weg lief. Sie hatte Pech. Wir haben beide das gleiche Pech, das verbindet uns«, sagt Barisha und lächelt ironisch. »Ich nehme an, ihr standet euch sehr nahe?«, frage ich. »Im Gegenteil«, antwortet Barisha und sieht mir direkt in die Augen, »wir sind uns nie begegnet.« Ich erinnere mich an mein Erstaunen. Die Straßenbahn hatte in diesem Moment gebremst. Barisha gab mir ein Zeichen und wir stiegen aus. Es herrschte ein unbeschreibliches Gedränge an der Haltestelle mitten im Nirgendwo. Riesige Familien, Eltern, die ihre Kinder hinter sich herzogen, viele mit Kinderwagen. Barisha hat sie beobachtet. »Viele Kinder, was?« Eltern, die mit ihren Kindern auf die Buchmesse gehen, um Bücher zu kaufen. Für die meisten von ihnen wird dies der einzige Tag im Jahr sein, an dem sie mit Büchern in Berührung kommen. Der Weg zur Messe ist ziemlich weit, wir werden noch zwei Stunden mit dem Bus brauchen. »Zwei ganze Stunden?«, frage ich Barisha, während der Menschenstrom uns wie zwei Kieselsteine hin- und herwirbelt. Mehrere Busse der Linie 34 kommen nacheinander an, und die meisten Menschen drängen sich in sie hinein. Barisha und ich warten, und die Menge lichtet sich bald. Nach einer Weile kommt eine weitere 34, wir steigen ein und bekommen überraschenderweise sogar einen Sitzplatz.

11.

In meinem Kopf setze ich Bilder zusammen, die Teile dieser Geschichte sind. Das Bild des kleinen Mädchens in den Armen ihres Vaters, die Hände fest um seinen Hals geschlungen. Bilder von Fotos des Mädchens, die mir Barisha Jahre später per Telefon schickte. Das Bild von Barishas bleichem Gesicht, geschwollen vom Wasser, im Kühlraum von Vaxholms Vårdcentral. Das Bild des undurchdringlichen Regengraus vor meinen Fenstern. Das Bild der Empfangsdame, die mir einen Zettel reicht. Das Bild von Barisha im Bus Nummer 34, die aus dem Fenster auf Istanbuls vorstädtische Einkaufszentren, einsame Gebäude und trostlose Felder, Menschen mit Wohnwagen mitten im Nirgendwo schaut. »Das ist die Türkei«, sagt Barisha, »der Einzelne hat hier keine Bedeutung. In den türkischen Gefängnissen befinden sich derzeit Hunderte von Intellektuellen und Schriftstellern im Hungerstreik, aber nichts. Die Menschen kaufen und verkaufen weiterhin, schreiben Gedichte, gehen zur Schule oder kämpfen mit Gegnern, werden geboren und sterben. Der Einzelne kann nichts an der Gesellschaft ändern. Deshalb möchte ich etwas bewirken, zumindest für eine Person, verstehst du? Für mich ist das Leben hier überschaubar, für das Mädchen nicht. Ihr Vater ist nicht in der Lage, ihr Liebe zu geben. Liebe ist für ihn nur das, was er anfassen kann. Er schenkt dem Mädchen seine Aufmerksamkeit, indem er es kneift oder es grob stößt. Du kannst dir nicht vorstellen, wozu er fähig ist. Noch ein paar Jahre, und das Mädchen wird wertvolle Ware für ihn sein, ein Handelsobjekt, verstehst du?« Vor acht Jahren habe ich in meinem zerknitterten Tagebuch das Wort »Ware« mehrmals unterstrichen und eingekreist. Aus Barishas späteren Berichten weiß ich, dass das Mädchen noch mehrere Male nach Anatolien zurückgeschickt wurde. Sobald Barisha versuchte, sich von seinem Vater zu trennen, verschwand das Mädchen und kehrte erst Monate später zurück, bis Barisha sowohl es als auch seinen Vater wieder akzeptierte. Das Mädchen war ein Werkzeug in den Händen eines Mannes, der eine freie Wohnung, einen vollen Kühlschrank und Barisha als sein Dienstmädchen und gelegentliche Beischläferin behalten wollte. Auch das ist eines der Bilder, der Mann ohne Gesicht und Barisha beim Ficken. All diese Bilder sind Bilder im ständigen Wandel. Mit jedem neuen Splitter werden alle anderen Bilder neu positioniert, ändern ihre Form, Temperatur, Berührung und Botschaft. »Man kann nicht glauben, dass der Mann jahrelang aufgrund seiner ideologischen Überzeugungen verurteilt wurde«, sagt Barisha nach einer Pause. »Ein arbeitsloser Schläger. Meine Eltern rufen mich jeden Tag an, ob ich noch lebe, sie haben Angst, sie wissen, dass er zu allem fähig ist. Andererseits ist er dumm, er ist völlig steuerbar, er glaubt, was man ihm sagt, auch wenn es offensichtlich Unsinn ist. Er verbüßte mehrere Jahre im Knast, zunächst wegen versuchten Mordes und dann drei Jahre wegen angeblicher antitürkischer Ideologie. Jemand hatte ihn auffliegen lassen. Ich kenne niemanden, der so weit von jeglicher Ideologie entfernt ist wie dieser Mann. Die einzige Ideologie, die er kennt, ist die, wie man so viele Frauen wie möglich fickt. Er ist zu dumm für Ideologie, zu einfach, er hat keine Ahnung von Politik. Die Mutter des Mädchens war das Gegenteil von ihm, sie war eine Aktivistin, sie wusste, was Bildung bedeutet. Sie war erst 35 Jahre alt, als bei ihr Krebs diagnostiziert wurde, und ihr dichterischer Stern stieg gerade steil auf. Zuerst wollte sie nicht einmal glauben, dass sie Krebs hatte, und dann war es zu spät. Eines ihrer Gedichte trägt den Titel ›127 Nähte‹, nach der Anzahl der Nähte, die sie nach der Operation erhalten hat. Spätestens zu diesem Zeitpunkt muss sie gewusst haben, dass es das Ende war. In ihrem letzten Gedicht schreibt sie über den Körper, der sich von ihr verabschiedet. Es ist, als hätte sie zwei Körper, einen physischen, der zum Teufel geht und von der Krankheit verzehrt wird, und einen anderen, geistigen Körper, der bleibt und umherirrt. Manchmal habe ich das Gefühl, dass sie mich beobachtet, was ich mit ihrem Kind anstelle, ob ich es nun beschütze oder nicht. Manchmal habe ich das Gefühl, dass sie heimlich in mich eindringt und ich sie bin. Verrückt, nicht wahr? Ich habe ihre Anwesenheit gespürt, seit sie mich sofort nach ihrem Tod angerufen hat.« Ich erinnere mich genau an diesen Satz und daran, dass ich mich fragte, ob ich richtig gehört hatte und ob das Rumpeln des Busses vielleicht einige von Barishas ansonsten sehr bedächtigen und klar ausgesprochenen englischen Worten verzerrt hatte. Barisha bemerkt das und lächelt. Ich sehe sie noch vor mir, wie sie selbstironisch lächelt mit ihrer dicken Wollmütze auf dem Schopf. Ich sah dieses besondere Lächeln später noch einige Male, zuletzt an diesem Abend in Brüssel, in der Hotelbar, wo wir nach dem Kongress des Europäischen Literaturübersetzerverbandes saßen. War es Barishas kindlich-verschmitztes Lächeln, das mich verführte? Das Lächeln von jemandem, der seinem eigenen Untergang, dem bösen Schicksal und allen möglichen Göttern zum Trotz trotzdem lacht?

12.

Einige Monate nach meinem ersten und wahrscheinlich letzten Besuch in Istanbul erfuhr ich in einem Telefongespräch mit Ali, dass Barisha ihren Partner wieder einmal aus der Wohnung geworfen hatte. »Und das Mädchen?«, fragte ich. »Das Mädchen ist wieder in Anatolien«, sagte Ali trocken. »Barisha ist am Rand des Durchdrehens. Es war eine Frage des Überlebens. Der Mann schlug sie so sehr, dass sie im Krankenhaus landete«, erklärte Ali. Ich schrieb Barisha sofort, und etwa einen Monat später erhielt ich eine kurze, freundliche Antwort, in der sie mir mitteilte, dass es ihr zwar gut gehe, sie sich aber große Sorgen um das Schicksal des Mädchens mache. Jahre später erzählte sie mir, dass sie damals zweimal nach Anatolien gereist war, aber die Großeltern des Mädchens hatten einem Treffen nicht zugestimmt. Sie nahm Kontakt zu einer Lehrerin der örtlichen Schule auf, die das Mädchen gelegentlich besuchte. Sie hat sie auf ihre Seite bringen können, um eine geheime Verbindung mit dem Mädchen herzustellen. Bald erfuhr sie, dass dem Mädchen schreckliche Dinge widerfahren waren. Barisha konnte es nicht ertragen. »Ich habe alles getan, um sie aufzubauen, aber ich war hilflos. Eineinhalb Jahre nach der Trennung war sie wieder mit dem Mann zusammen, der sie so brutal verprügelt hatte. Einen Monat später kam das Mädchen aus Anatolien zurück nach Istanbul, aber völlig verändert, dünnhäutig und völlig in sich verschlossen. Barisha hatte in der Zwischenzeit ihre Arbeit an der Universität völlig vernachlässigt«, erzählte mir Ali später, »sie hat sich Tag und Nacht um das Mädchen gekümmert. Es gab Konflikte. Als der Vater des Mädchens sie erneut so brutal schlug, dass sie ins Koma fiel, war alles vorbei. Es gab kein Zurück mehr, Barisha hatte das kleine Mädchen für immer verloren. Wenn ich nicht gewesen wäre, hätte sie sich wahrscheinlich nie wieder aufgerappelt«, fügte Ali hinzu und verstummte. Aber er hat sich geirrt. Ein paar Monate später kehrte Barisha zu ihrem Peiniger noch einmal zurück. Ali hatte genug. »Ich habe sie gewarnt, ich habe alles getan, was möglich war«, rief Ali in das Telefon. »Barisha ist verrückt geworden, sie ist von ihrem Märtyrertum überzeugt, sie ist überzeugt, dass sie nur wegen dieses Rotzlöffels von Mädchen auf der Welt ist, das sie nichts angeht«, rief Ali. Ich erinnere mich, dass, als Ali schließlich verstummte, das seltsame Kreischen, das normalerweise seine Anrufe begleitete, wieder im Telefonhörer zu hören war. Seitdem sind sechs Jahre vergangen. Draußen begann es zu dämmern. Es regnet nicht mehr, aber es weht immer noch stark. Der Nebel hat sich gelichtet, und ich kann schwere Wolken sehen, die mit hoher Geschwindigkeit tief am Himmel über uns ziehen. Es ist eiskalt, und mir schmeckt nicht einmal mehr der Wodka. Was habe ich damals beim Ganzen gedacht? Ich sah zu, wie sich die Geschichte wie eine türkische Seifenoper entwickelte, und dachte mir nichts dabei. Barishas Geschichte wurde, zumindest für eine Weile, zu einem Band zwischen Ali und mir. Es war ein gemeinsames Thema, unsere Brücke, etwas, das wir im Laufe der Jahre in unseren Gesprächen immer wieder ansprachen, auch wenn Ali und Barisha schon lange nicht mehr miteinander redeten und ich die offenen Wunden ihres Streits spüren konnte. Ich wollte die ganze Zeit über nur ein Zeuge ihrer Geschichte bleiben – ein schlecht und nur voreingenommen informierter Zeuge, um genau zu sein. Doch ich bin es nicht geblieben. Und Genauigkeit im Denken, schonungslose Genauigkeit, ist jetzt das Einzige, was mich vor den Selbstvorwürfen retten kann, die um mich herum wachsen, während das Bild des Mosaiks, das ich die ganze Nacht über zusammengesetzt habe, mein Unwohlsein und das Wetter draußen immer mehr ineinander verschwimmen und ein formloses Eins werden.

13.

Als Barisha herausfand, dass ihr Ex-Partner seine noch nicht 14-jährige Tochter als Braut verkauft hatte, beschloss sie zu handeln. Mit Hilfe von Bekannten hat sie das Mädchen entführt. Eine ganze Weile gelang es ihr nicht, einen gefälschten Reisepass für das Mädchen zu organisieren. Schließlich beschaffte sie einen, aber es war zu spät. Das Mädchen war bereits verheiratet. Barisha wusste, dass weder sie noch das Mädchen länger in der Türkei bleiben konnten. Nach ein paar Tagen im Versteck schafften sie es irgendwie nach Griechenland und landeten zwei Monate später in einem Asylbewerberheim in einem Vorort von Göteborg. »Alles ist anders gekommen, als ich dachte.« Dieser Satz hallt immer wieder in meinem Kopf nach. Diesen Satz wiederholte Barisha in zahlreichen Telefongesprächen mit mir immer wieder. Ich habe geholfen, so gut ich konnte. Über die Universität Heidelberg sicherte ich Barisha eine externe Aufnahme an die Uni, die ihr die Möglichkeit eröffnete, zu reisen. So kam sie zum Brüsseler Kongress, wo wir uns wiedersahen. Ich weiß jetzt, dass dies ein fataler Fehler war, mein Fehler. Ein Gefühl der Verantwortung, aber auch, wie ich mir jetzt eingestehe, der Überlegenheit. Wusste Barisha das, oder ahnte sie es zumindest? Wie auch immer, es hat funktioniert. Trotz ihrer Beredsamkeit hatte ich die ganze Zeit das Gefühl, dass Barisha mir nicht ganz vertraute. Oder dass sie mir nicht die ganze Geschichte erzählt hatte. Ich weiß nicht, warum ich nie über meine Vermutung gesprochen habe. Ich hielt es wohl für völlig unangebracht, eine Flüchtende, eine Asylbewerberin, die ihr Leben aufs Spiel gesetzt hat, um das Kind eines Fremden zu retten, noch weiter unter Druck zu setzen. »Es ist alles anders gekommen, als ich dachte«, sagte Barisha immer wieder, als wir nach dem Sex in ihrem Hotelzimmer lagen. Tränen kullerten über ihre Wangen. Sie wollte mir nie erzählen, was das kleine Mädchen in Anatolien durchgemacht hatte. »Als wir sie holten, trug sie ein Zeichen«, sagte Barisha, »ihr Blick war anders. Ich hätte es wissen müssen, aber ich wollte mir die Niederlage nicht eingestehen. Ich wollte sie so sehr retten, dass ich bereit war, alles zu tun, sogar mich selbst zu belügen. Als ob ich mit ihr die ganze Welt retten würde. Als ob ich mich und ihre tote Mutter retten würde.« In den folgenden Monaten waren ich und mein Anwalt voll in die Rettung der zwei involviert. Stundenlange Telefongespräche, stapelweise offizielle Briefe und eine Flut von E-Mails. Worüber haben wir zu der Zeit gesprochen? Barisha sprach über Selbstverstümmelung, über die Fremdheit der schwedischen Kultur, darüber, dass alles umsonst ist und dass es am besten wäre, dem Ganzen ein Ende zu setzen. Nach einem Jahr im Asyl war sie bereit, das Mädchen zu seinem Vater in die Türkei zurückzubringen. Aber ihr Vater war verschwunden. Er hat nie nach ihnen gesucht. Barisha befürchtete, dass die Familie oder zumindest die Familie des minderjährigen Ehemanns des Mädchens einen Rachefeldzug unternehmen würde, um die beiden für die Beleidigung der Familienehre zu bestrafen. Aber nichts dergleichen geschah. Zu Barishas Erstaunen meldete niemand in der Türkei das Mädchen als vermisst, niemand suchte nach ihm. In der Zwischenzeit hatte sich das Mädchen, das kein Mädchen mehr war, sondern bereits im späten Teenageralter, in keiner Weise in ihre neue Umgebung integriert. »Die Kleine wird heute Nacht wieder im Schlaf schreien«, sagt Barisha am Telefon. »Woher weißt du das?«, frage ich. »Weil sie immer im Schlaf schreit, seit wir in Schweden sind. Weil sie immer mehr und mehr schreit, weil sie weiß, dass sie mich damit bestraft. Ich werde noch verrückt«, fügt Barisha hinzu. »Durchhalten«, sage ich. »Es wird schon alles gut am Ende«, sage ich und schäme mich gleichzeitig für meine flapsigen Sätze. »Durchhalten.« Jetzt frage ich mich, wann der starke Wind nachlässt und ich endlich in der Lage sein werde, die Insel zu verlassen, Barishas Leiche zurückzulassen, den Versuch aufzugeben, die zerbrochenen Erinnerungen zusammenzufügen, einen Sinn zu erfinden, eine Logik der Ereignisse, die zumindest für mich selbst überzeugend wäre. Ich kann nicht verstehen, dass meine eigenen Worte vor ein paar Jahren so oberflächlich waren. Durchhalten? Inwiefern? Wozu? Wem zum Trotz? Für wen? Warum?

14.

Eineinhalb Jahre, nachdem das Mädchen unter großen Schwierigkeiten begann, eine schwedische Schule zu besuchen, verschwand es. Die 16-Jährige wurde als vermisst gemeldet, eine große Suchaktion wurde eingeleitet, aber die Polizei konnte nicht die geringste Spur finden. Für Barisha war dies die ultimative Niederlage. Sie hatte alles getan, was sie konnte, um das Mädchen zu retten und ihm ein besseres Leben zu ermöglichen. Sie opferte ihre eigene Universitätskarriere, ihr Zuhause und ihre Zukunft für das Kind und erreichte das Gegenteil von dem, was sie wollte. Sie fühlte sich unbeschreiblich schuldig. Das Schlimmste war die Ungewissheit: War das Mädchen ein Opfer von Gewalt geworden, war es ein Unfall, wurde es entführt, ist es weggelaufen oder etwas ganz anderes? Monate vergingen. In der Zwischenzeit erhielt Barisha ein Stipendium der Universität Stockholm und zog nach Vaxholm im Archipel. Nach fast einem Jahrzehnt, in dem sie sich ganz dem kleinen Mädchen gewidmet hatte, war sie wieder allein. Zu diesem Zeitpunkt hörten die Anrufe von Barisha, die in den ersten Monaten nach dem Verschwinden des Mädchens sehr häufig gewesen waren, einfach auf. Dieses Verschwinden war für Barisha zweifellos tragisch, aber es war auch eine Lebensrettung. Die Möglichkeit, sich in einer neuen Umgebung und einer möglichst akzeptablen neuen Lebensweise wiederzufinden, zeichnete sich ab. Mit der Tragödie des Mädchens war die tägliche Hölle der ständigen Fürsorge für einen sehr gestörten Teenager vorbei. An dessen Stelle trat eine innere Hölle aus Schuldgefühlen und Selbstvorwürfen, die sie, wie Barisha mir am Telefon versicherte, mit Hilfe eines Psychiaters und Antidepressiva in Griff behielt. Dann, fast ein Jahr nach dem Verschwinden, ereignete sich ein Ereignis, das in den nationalen und internationalen

Medien bald als der Schrecken von Europa bekannt wurde. Es war ein Samstagnachmittag. Das Europa-Einkaufszentrum am Rande der schwedischen Hauptstadt war sehr gut besucht. Eine Frau in einem langen schwarzen Mantel, bekleidet mit einem Hidschāb, erschien unauffällig inmitten der Menge. Die Aufnahmen der Sicherheitskameras, die anschließend um die Welt gingen, zeigen, wie die Menschen an der Frau in der zentralen Arena des Einkaufszentrums vorbeilaufen und sie dabei völlig ignorieren. Die Frau steht minutenlang regungslos da, ein unauffälliger Kieselstein in einem Strom von Menschen, und wirft dann plötzlich ihren Mantel ab, unter dem ein schlanker, mit Sprengstoff beladener Körper zum Vorschein kommt. Die Kameras zeichnen das allgemeine Chaos auf: Menschen, die verängstigt davonlaufen, Menschen, die sich drängeln, Einkäufer, die übereinander fallen, Sicherheitskräfte, die sich nähern, dann fangen die Kameras ein, wie die Frau ihre Arme öffnet. Bildunterbrechung. Einhundertzweiunddreißig Tote und fast 400 Verletzte. Der Schrecken von Europa geht als einer der schlimmsten Terroranschläge des Jahrzehnts in die Geschichte ein. Die Terrorzelle, die die Verantwortung für den Anschlag übernimmt und in den folgenden Wochen dafür sorgt, dass es den Sicherheitsbehörden nie gelingt, das Bildmaterial aus dem Internet zu entfernen, sondern dass die Schreckensbilder immer wieder geteilt, vervielfältigt und wiederholt werden, bleibt der Polizei unbekannt. Der Name dieser terroristischen Organisation erscheint dabei zum ersten und letzten Mal. Die Welt ist erneut fassungslos, als einige Wochen nach dem Anschlag bekannt wird, dass die Gerichtsmediziner die sterblichen Überreste der Täterin nicht finden und somit nicht identifizieren konnten. Die Medien berichten über ein Verbrechen mit einer katastrophalen Zahl von Opfern, ein Verbrechen, das eine Spur der Opfer, aber keine Spur des Täters hinterlässt.

15.

Als Barisha das Filmmaterial am Tag nach dem tragischen Ereignis sah, fiel ihr ein kleines Detail auf. Auf den körnigen Aufnahmen einer der Überwachungskameras erkannte sie ein silbernes Armband, von dem sie sicher war, dass es dem Mädchen gehörte. Sie informierte sofort die Polizei und unterzog sich einer Reihe von Vernehmungen, die zu nichts führten. Schließlich gaben die Ermittler die Spur auf, weil die Anschuldigungen zu vage waren. Realistisch betrachtet, konnten sie bei Barishas Geschichte gar nicht anders. Es war ein sehr gewöhnliches silbernes Stück von Bijoux, eines von Millionen identischer oder ähnlicher Stücke. Auch fehlten jegliche Hinweise auf mögliche Kontakte des Mädchens zu einem Umfeld, in dem sie vor ihrem Verschwinden radikalisiert worden sein könnte. Doch Barisha glaubte zunehmend an ihre Hypothese. Sie durchforstete ihr Gedächtnis, zerlegte es in einzelne Momente und drehte jedes noch so kleine Ereignis um, um es in einem neuen Licht zu interpretieren. Auf diese Weise kam sie schließlich zu der Überzeugung, dass sie eine getäuschte und verblendete naive Frau war, die sich geweigert hatte, die Wahrheit zu sehen, und damit ein brutales Verbrechen ermöglicht hatte. Sie ging davon aus, dass das Mädchen die ganze Zeit über heimlich Kontakt zu seinem verschwundenen Vater gehalten hatte, dass es Barishas Werte verachtete und, wie es ihr in den vielen Auseinandersetzungen, die sie im Laufe der Jahre geführt hatten, immer wieder gesagt hatte, nur nach Anatolien zurückkehren wollte. »Es ist alles ganz anders gekommen, als ich dachte«, sagte mir Barisha immer wieder am Telefon, während sie mich anflehte, sofort zu ihr nach Vaxholm zu kommen. Ich kam vier Tage später an. Hätte ich wenigstens den letzten Tag der Konferenz, den letzten

Vortrag am Vormittag, die Stadtbesichtigung am Nachmittag und das Vasamuseum sowie das abschließende Galadinner verpasst, wäre sie noch am Leben.

16.

Als ich meine Notizen von vor acht Jahren durchblättere, stoße ich auf zwei Seiten, die aneinander kleben. Langsam und vorsichtig trenne ich sie voneinander. Hier steht es: »Ich habe die Mutter des Mädchens nie persönlich getroffen«, sagt Barisha im Bus, als wir durch die graue Einöde zur Buchmesse fahren. »Ich habe ihre Gedichte in Zeitschriften gelesen, aber ich kannte sie nicht. Eines Tages ging ich dann mit ihrem Verleger zu einem Abendessen. Ich bin zwar keine Dichterin, aber ich schreibe über Dichter und unterrichte an der Hochschule Poesieübersetzung, kenne also ein paar Leute aus diesem Milieu. Tatsächlich war ich mein ganzes Leben lang von Dichtern umgeben, alle meine Freunde waren Dichter, alle außer dem Vater des Mädchens.« Barisha beißt sich dabei in die Unterlippe, rückt ihre Wollmütze zurecht, unter der ihr rotes Haar hervorschaut. Nach einer Weile fährt sie fort: »Ich war also mitten bei diesem Abendessen, als das Telefon des Verlegers klingelte. Es war ein Anruf aus dem Krankenhaus, der besagte, dass die Mutter des Mädchens, die Autorin, gerade verstorben war und dass er kommen sollte, um ihre Sachen zu ordnen. Der Vater des Verlegers war einige Monate zuvor gestorben, er war traumatisiert und begann zu zittern, als er erfuhr, dass er wieder ins Krankenhaus musste, weil jemand, der ihm nahe stand, gestorben war. Also bot ich mich an, an seiner Stelle zu gehen. Wie soll ich sagen, als das Telefon des Verlegers klingelte, hatte ich diesen seltsamen Gedanken, dass der Anruf eigentlich für mich bestimmt war. Und so war es auch.

Im Krankenhaus befanden sich einige Bekannte der Verstorbenen. Keiner von ihnen war von Nutzen. So fand ich mich plötzlich mitten im Sortieren der persönlichen Gegenstände einer Person wieder, die gerade gestorben war und die ich nicht kannte. Es war ein seltsames Gefühl. Es war, als ob die Verstorbene mich herbeigerufen hätte und sich langsam mit Hilfe von jedem ihrer persönlichen Gegenstände oder Kleidungsstücke, die ich in die Hand nahm, meiner bemächtigte. Es ist alles von selbst passiert, alles, was ich gemacht habe, ich habe mich dem Lauf der Dinge nicht widersetzt.« »Hast du so den Vater des Mädchens kennengelernt?« Barisha sieht mich an und nickt stumm. Mein Tagebuch endet hier. Ich erinnere mich, dass ich während des hektischen Schreibens fast den letzten Aufruf zum Einsteigen in den Flieger nach Frankfurt verpasst hätte. Ich weiß nicht, warum ich im Flugzeug nicht weitergeschrieben habe, warum ich nichts über die Gespräche geschrieben habe, die wir auf der Messe und auf dem Rückweg geführt haben müssen. Ich war wohl zu müde, und im Nachhinein schien es nicht mehr von Wichtigkeit zu sein. Ich habe lediglich noch Barishas Sätze aufgezeichnet: »Ich wollte nur ein Kind mit Ali haben, aber da das nicht möglich war, habe ich mich anders entschieden. Ich habe mich entschieden, mein Schicksal für mich entscheiden zu lassen. Ich glaube, das Mädchen hat mich gewählt und nicht umgekehrt, verstehst du?«

17.

Ich werde das Frühstück auslassen. Ich sitze im Bett, steif und kalt, und beobachte, wie sich das Wetter draußen langsam beruhigt und aus dem stürmischen Morgen ein regnerischer Mittag wird. Auf dem Nachttisch steht eine kaum angetrunkene Flasche Wodka, die mir überhaupt nicht bekommt. Auch ohne Alkohol fühle ich mich schwindelig. An der Rezeption erfahre ich, dass die Fährlinien wieder in Betrieb sind. Mit meinem Koffer statt eines Regenschirms über dem Kopf versuche ich, auf dem Weg zur Anlegestelle den Wasserströmen auszuweichen, die über die Pflastersteine von Vaxholm laufen. Ich bin todmüde. Im Warteraum drücke ich mich in eine feuchte Ecke, und wie in Trance wechseln sich immer wieder Bilder von türkischen Ornamenten auf steinernen Grabsteinen ab, das Schaukeln der Istanbuler Straßenbahn Nr. 1 und schwedische Fahrpläne, die noch immer recht raue See und Erinnerungen an den riesigen hohlen Rumpf des Schlachtschiffs Vasa, den Stolz der schwedischen Krone, der gleich nach seinem Stapellauf 1621 sank und 350 Jahre später vom Meeresgrund gehoben und als einzigartige Attraktion ausgestellt wurde. Die morschen Planken des Schiffes sind geblieben, nicht aber die Namen der Besatzung. Ich war mit anderen Kongressteilnehmern im Vasa-Museum zu dem Zeitpunkt, als Barisha wahrscheinlich Selbstmord beging. Es ist erst drei Uhr nachmittags, aber es wird bereits dunkel. Ich verlasse Vaxholm endgültig. Das Wetter beruhigt sich, aber alles um mich herum ertrinkt in der Zeit. Wir werden von der Zeit zum Narren gehalten, als wären wir noch lebende Ertrunkene. Ich schreibe diese Zeilen im geräumigen Laderaum der Fähre, immer noch erschöpft und fiebrig. Ich bin mit mir selbst immer weniger im Klaren. Fällt wirklich alles dem Vergessen anheim? Sogar diese Zeilen? Trotzdem harre ich aus, verstehe immer weniger und erkenne immer deutlicher die schnell verblassenden Umrisse unserer Wahnvorstellungen und unserer Eitelkeiten. Das Meer der Zeit kümmert sich nicht um uns. Es ist stark genug, um alles zu löschen. Auch diese Notizen. Inklusive Alis E-Mail, die mir an der Rezeption meines Stockholmer Hotels kurz vor meiner Abreise nach Vaxholm ausgedruckt wurde und die ich zusammengefaltet zwischen den Seiten meines Tagebuchs aufbewahre. Ich hatte vor, Barisha damit zu überraschen, um sie von ihren schweren Selbstvorwürfen zu entlasten. Ein gewöhnliches, gräuliches, stark zerknittertes A4-Blatt, der Ausdruck einer E-Mail, in der Ali mit Bestimmtheit feststellt, dass Barishas Mädchen in ihr anatolisches Dorf zu ihrem Mann zurückgekehrt ist, und mich im nächsten Satz fragt, wann wir zusammen wieder Goethe rezitieren, das Flackern der Nachtlichter auf dem Bosporus beobachten, Raki trinken und das nächste Augenpaar aus einem weiteren Ochsenkopf schlürfen werden.

Prometheus

Auf den Spuren von Mehmedalija Alić

1.

»Prometheus Kunemtiselkis« – seit dem Tod seiner Mutter hatte ihn niemand mehr bei seinem vollen Namen genannt. Für alle, auch für ihn selbst, war er einfach Pro. Das war der einzige Name, unter dem ihn alle im Bergwerk und auch alle Nachbarn in seinem Wohnblock kannten. »Prometheus, Prometheus Kunemtiselkis!«, wiederholte die Stimme über die Gegensprechanlage der Mine immer ungeduldiger. Schließlich reagierte Pro und antwortete. Er wurde zur Bergwerksleitung vorgeladen, was in den 27 Jahren, seit er als Minderjähriger in der Grube zu arbeiten angefangen hatte, noch nicht vorgekommen war.

2.

Am Empfang des gläsernen Verwaltungsgebäudes wurde Pro registriert und mit dem Aufzug in den neunten Stock zum Dienstzimmer der Bergwerksdirektorin gefahren. Im Büro der Sekretärin saß er in einem Ledersessel, starrte auf seine staubigen Arbeitsschuhe und fühlte sich von Minute zu Minute unwohler. Nach 15 Minuten rief die Direktorin ihn schließlich herein. Neben ihr befand sich noch ein Mann. Er hatte sich über eine Kopie eines alten Bergbauplans gebeugt, der auf dem großen Konferenztisch ausgebreitet war. Während sie telefonierte, winkte die Direktorin Pro, näher zu treten. Bald war sie fertig. »Pro, nicht wahr? Die Personalabteilung sagt, dass Sie der Bergmann mit der längsten unfallfreien Dienstzeit in unserem Bergwerk sind«, sagte die Direktorin. Pro zuckte mit den Schultern. »Sie sagen mir, dass Sie auch Erfahrung als Bergretter und in der Sondierung von schwierigem Gelände haben, dass Sie also der richtige Mann für die besondere Aufgabe sind, die wir für Sie haben.« Die Direktorin zeigte auf den ausgelegten Plan. Pro, der in den letzten zehn Jahren im Haupttunnel gearbeitet hatte und ihn besser kannte als seine eigene Hosentasche, schloss aus der Zeichnung, dass der Plan veraltet und fehlerhaft war. Er war wahrscheinlich unmittelbar nach dem Krieg gezeichnet worden, vor mehr als einem halben Jahrhundert. Der Mann, der bis dahin schweigend auf den Plan gestarrt hatte, sah schließlich auf und drückte seinen Zeigefinger fest auf die Mitte der Karte. Eine hohe, schrille Stimme meldete sich zu Wort, die in krassem Gegensatz zu dem gebieterischen und strengen Auftreten des Mannes stand. »Etwa 300 Meter oberhalb des aktiven Haupttunnels befindet sich einer der verlassenen Tunnel«, pfiff der Mann mit dem Akzent der fernen Hauptstadt. Pro nickte. Er kannte den versiegelten Eingang des verlassenen Tunnels. Unter den Bergleuten kursierten alle möglichen, auch oft schaudererregenden Geschichten darüber, die Pro aber nie beunruhigt hatten. Er selbst war nie ein Geschichtenerzähler gewesen, sondern nur Zuhörer. »Dieser alte Tunnel«, fuhr der Mann fort, »wir werden ihn öffnen und untersuchen.« Pro nickte erneut. »Sie bekommen die notwendige Ausrüstung und die richtigen Mitarbeiter. Sie werden die Sondierung leiten«, sagte die Direktorin, und der Mann fügte hinzu: »Wir erwarten von Ihnen äußerste Diskretion, es handelt sich um einen vertraulichen Auftrag, Sie verstehen?« Pro beugte sich über die grau-gelbe Kopie des Plans und fuhr mit seinen kräftigen

Fingerspitzen vom Eingang über das Netz der Seitentunnel bis hin zum Schacht, in dem der Tunnel endete. Dann fuhr er etwas tiefer, wo trotz des vermeintlichen Alters der Karte bereits die Hauptwasserquelle für die nahe gelegene Brauerei und die Wasserversorgung der Stadt eingezeichnet war. »Der Tunnelverlauf, so wie Sie ihn auf dieser Karte sehen, ist nur ein Anhaltspunkt, es ist sehr gut möglich, dass nicht alles eingezeichnet ist oder dass etwas von dem, was eingezeichnet ist, verschüttet ist«, pfiff der Mann und sah die Direktorin an, die wieder auf ihrem Handy herumtippte. »Ich schlage vor, Sie treffen sofort die notwendigen Vorkehrungen. Das Ministerium erwartet es.« Die Direktorin schaute Pro scharf an. »Sie werden sofort anfangen«, sagte sie kalt. »Über alles, was Sie finden, werden Sie ausschließlich mir berichten, haben Sie verstanden?« Pro nickte, und erst beim Verlassen des Verwaltungsgebäudes fiel ihm ein, dass weder die Direktorin noch der geheimnisvolle Mann ihm gesagt hatten, wozu die Sondierung diente. Auf jeden Fall würde er eine Woche oder länger brauchen, um einen Plan zu erstellen und die Arbeit zu organisieren, und er war sich sicher, dass in dieser Zeit genauere Anweisungen folgen würden.

3.

Pro war etwas überrascht, dass das Dokumentationsarchiv des Bergwerks ihm nicht helfen konnte. Er besorgte sich eine eigene Kopie des Plans, den er im Direktorenbüro gesehen hatte, sowie zwei schlechte Kopien von zwei älteren Plänen noch aus den Zeiten des Königreichs. Nach sorgfältiger Prüfung stellte er fest, dass sich die Pläne in Bezug auf die Abmessungen, den Verlauf der Tunnel, die Tiefe, die geologische Beschaffenheit des Berges und die Beschreibung des Tunnelbaus oft widersprachen. Gleichzeitig erwies sich die technische Ausstattung des Teams, das er leiten sollte, als nicht so gut, wie er es angesichts der Komplexität der geplanten Arbeiten erwartet hatte. Außer einer großen Bohrmaschine und einem Presslufthammer verfügte man nur über das Nötigste: Spitzhacken und Schaufeln, zwei Schubkarren, Helme, Taschenlampen und ein paar andere kleinere Gegenstände aus der umfangreichen Liste, die er vorbereitet hatte. Erst nach mehreren Anrufen von Pro und begleitet von schriftlichen Anfragen wurde ein digitales Messgerät für das Vorhandensein von gefährlichen Gasen in der Höhle aus dem Lager geliefert. In den Tagen nach der Übergabe an seinem alten Arbeitsplatz fragte er seine älteren Kollegen in aller Vorsicht, ob sie etwas über den Tunnel wüssten. Er war überrascht, dass keiner der ansonsten erfahrenen Bergleute etwas wusste. Nur einer von ihnen konnte sich grob an eine alte Geschichte über den Tunnel erinnern. Es handelte sich um eine Geschichte, die sich um halluzinogene Pilze drehte, die angeblich im Inneren des Tunnels gediehen und in der Vergangenheit viele Menschen in den Wahnsinn getrieben hatten, was der Grund für die Schließung des Tunnels gewesen war. Pro bedankte sich bei seinem Kollegen, bezahlte dessen Bier in der Bergmannskantine und versuchte, die eher peinliche Geschichte so schnell wie möglich zu vergessen. Er sollte mit der Arbeit beginnen, aber auch nach zwei ganzen Wochen waren ihm noch keine Männer zugeteilt worden. Er rief die Personalabteilung an, dann sogar die Verwaltung. Da er jedoch keine Antwort erhielt, teilte er schließlich der Minenleitung schriftlich mit, dass er am nächsten Morgen mit der Arbeit beginnen würde, egal ob er Leute hätte oder nicht. Er wusste sehr wohl, dass dies praktisch unmöglich war und gegen die strengen Sicherheitsvorschriften des Bergwerks verstieß.

4.

Es war ein kalter Dezembermorgen, an dem der erste leichte Schnee fiel. Pro begann, das massive Stahltor zu inspizieren, das den Zugang zum Tunnel versperrte. Zusätzlich zu den Schlössern befanden sich mehrere alte Sicherheitssiegel an der Tür, die darauf hinwiesen, dass der Sicherheitsdienst des Bergwerks von Zeit zu Zeit überprüft hatte, ob es illegale Öffnungsversuche gegeben hatte. Alles sah ganz normal aus. Nicht weit entfernt rumpelte ein Auto aus der Richtung des schlammigen Waldweges heran, der einzigen Zufahrt zum Werkzeugcontainer, der vor dem Eingang zum Tunnel stand. Es war der Beamte der Bergwerksaufsichtsbehörde. Er parkte am Waldrand und ging die letzten zweihundert Meter zu Fuß, wobei er über den Kies und die Schienen stolperte, die unter dem Stahltor verschwanden. Ohne zu grüßen oder auch nur ein Wort zu sagen machte er mit seinem Handy einige Fotos vom Eingang, dann von jedem der Siegel einzeln, um sie schließlich mit einer Zange aufzubrechen und eine Reihe alter Schlösser zu entriegeln. Die Tür knarrte auf. »Na dann viel Spaß«, sagte der Aufseher schließlich und drehte sich grimmig um. »Und meine Männer?«, fragte Pro. »Ich weiß nichts von irgendwelchen Männern«, antwortete der Aufseher und spuckte in die dünne, nasse Schneeschicht, die sich über alles gelegt hatte. »Ich überprüfe nur, ob bei der Übergabe alles so ist, wie es sein sollte. Über alles andere weiß ich nicht Bescheid, und es interessiert mich auch nicht im Geringsten. Was auch immer du fragst, du wirst es erfahren, denn früher oder später erfahren wir es alle.« Der Aufseher baute die neuen Schlösser ein. »Aber ich sah vorhin zwei Knappen unten an der Kreuzung stehen. Sie sahen ziemlich jung und verloren aus. Vielleicht sind es deine, ich weiß nicht, sieh nach.« Mit einem Satz Tunnelschlüssel in der Hand, sah Pro zu, wie der Aufseher ohne ein Wort des Abschieds ging. Er war an wortkarge Typen gewöhnt. Es gab nur zwei Arten von Menschen in den Minen. Die ersten wurden im Laufe der Jahre harter Arbeit immer mehr zu Plappermäulern, während den anderen bald die Worte vergingen. Sowohl das Geplapper als auch die Stille waren das Ergebnis derselben unmenschlichen Stille, die die Bergleute in den Tiefen der Erde umhüllt, wenn die Maschinen verstummen.

5.

Mitten im Wald begegnete Pro zwei blutjungen Männern. Sie waren schlecht gekleidet und ganz durchgefroren. Sie entpuppten sich als Schüler im letzten Jahr der hiesigen Bergbauschule. Es war der erste Tag ihres sechsmonatigen Pflichtpraktikums, und sie waren zu Pro geschickt worden. Sie waren ziemlich dünn und klein und hatten zuvor noch nie in einem Bergwerk gearbeitet. Ihre ängstlichen Augen blickten verlegen auf den Boden. Pro hatte Mitleid mit ihnen. Es war klar, dass sie ihm bei seiner anspruchsvollen Aufgabe keine Hilfe, sondern eher eine Last sein würden. Er rief bei der Personalabteilung des Bergwerks an, aber da er auch nach dem dritten Versuch niemanden erreichte, der ihm Auskunft geben konnte, beschloss er, die zwei an diesem Tag mitzunehmen. In dem Container befanden sich genau drei Paar Schuhe und Arbeitskleidung. Sie war zu groß für die Jungen und hing schlaff von ihren schlanken Körpern herab. Auch die Helme waren viel zu groß für ihre kleinen Köpfe. Pro drückte ihnen die Handleuchten in die Hand und erklärte ihnen kurz die grundlegenden Verhaltensregeln im Bergwerk. Das jahrelange Leben in der Einsamkeit und die Tatsache, dass er nie mit

Jugendlichen zu tun gehabt hatte, geschweige denn selbst Kinder hatte, machten Pro stumpf und umständlich im Umgang mit den Jungs. Er erinnerte sich nicht nur nicht an ihre Namen, sondern konnte sie selbst nach einigen Stunden gemeinsamer Arbeit nicht mehr auseinanderhalten, obwohl die Praktikanten, die Franc und Ali hießen, sich überhaupt nicht ähnlich sahen. Aber so wie sich die Schatten von Menschen unter der Erdoberfläche, die von starken Grubenlampen beleuchtet werden, ähneln, so schienen die beiden Jungen seiner Bemühungen, sie zu unterscheiden, nicht würdig zu sein. Schon am nächsten Tag würden sie durch erfahrene Bergleute ersetzt werden, und Pro würde sie wahrscheinlich nie wieder sehen, dachte er und leuchtete in die Dunkelheit.

6.

Am nächsten Morgen kamen die Direktorin und der Mann aus ihrem Büro vor den Tunnel gefahren. Pro war im Begriff, die beiden Praktikanten zu entlassen, die sich trotz seiner ausdrücklichen Anweisung wieder vor dem Tunneleingang eingefunden hatten und behaupteten, sie seien gekommen, weil das die ausdrückliche Anweisung der Personalabteilung des Bergwerks war. Pro begrüßte die Direktorin und den Mann zurückhaltend und beklagte sich vorsichtig über das unverantwortliche Verhalten der Personalabteilung und die mangelnde Ausstattung. Doch bevor er zu Ende sprechen konnte, stoppte ihn die Direktorin mit einer Handbewegung. »Ich bin sicher, dass sie all diese Formalitäten problemlos mit den zuständigen Dienststellen regeln können«, sagte die Direktorin, die einen eleganten schwarzen Mantel und rote Lederhandschuhe trug. »Es gibt viel wichtigere Dinge zu tun, und wir dürfen keine Zeit verlieren.« Bei diesen Worten warf sie einen

Blick auf den Mann, der mit seinen schwarzen Lackschuhen im Schlamm feststeckte und halblaut fluchte, als er versuchte, die Schuhe in einer nahe gelegenen, leicht verschneiten Grassode zu säubern. »Haben Sie die Einfahrt geräumt?«, fragte sie in einem Ton, der keinen Widerspruch zuließ. Pro nickte und zeigte auf die Stahltür. Er entfernte das Schloss und die Tür öffnete sich knarrend. Die beiden Praktikanten beugten sich freudig vor, als wollten sie als Erste einen Blick in das dunkle Innere des Tunnels werfen. Pro verteilte Helme und Taschenlampen. Dunkelheit und Feuchte hüllten sie ein. Sie gingen auf dem aufgeschütteten Schotter zwischen den rostigen Eisenbahnschienen, die tiefer in das Innere des Berges führten. »Was für ein Gestank«, pfiff die Stimme des Mannes, die sich im Echo der von der Decke fallenden Tropfen verlor. »Der Tunnel ist schon lange nicht mehr belüftet worden, deshalb riecht es so schlecht«, sagte Pro. »Ich habe gestern die entsprechenden Messungen vorgenommen, und es gibt keine erhöhten Werte gefährlicher Gase in diesem Gebiet. Dieser Tunnel verläuft horizontal über etwa dreihundert Meter in einer geraden Linie. Gestern haben wir den ersten Teil erkundet und weiter innen eine Notbeleuchtung installiert.« Bald war der Eingang nur noch als schwacher Lichtpunkt hinter ihnen sichtbar. Sie hielten an. Pro beleuchtete den Kasten, von dem aus die Kabel weiter auf der Wand geführt wurden. »Wollt ihr es anmachen«, sagte er und leuchtete mit dem Licht auf die beiden Praktikanten, die offensichtlich nur auf seinen Befehl gewartet hatten. Sie hockten sich bei der Kiste nieder, und im nächsten Moment erleuchtete schon ein Licht den Rest des Tunnels. Einige zehn Meter tiefer im Tunnel konnten sie eine halb zerstörte Backsteinscheidewand erkennen. Sie gingen schneller und bald erreichten sie die Wand. »Es ist eine neuere Barriere«, sagte Pro und zeigte auf die Ruinen der Mauer, »wahrscheinlich nicht mehr als ein paar Jahre alt. Wir haben sie vorsichtig durchbohrt und festgestellt, dass auch dahinter keine gefährlichen Gase zu finden sind.« Der Mann in den Lackschuhen, der die ganze Zeit am Ende der Kolonne gegangen war, drängte sich näher heran, hielt sich die Nase wegen des Gestanks zu, der hinter den Resten der Backsteinmauer aufstieg, und leuchtete mit seiner Lampe in die klebrige Dunkelheit dahinter. »War's das?«, fragte die Direktorin, scheinbar desinteressiert. »Können wir nicht noch weiter gehen?« Pro antwortete zufrieden: »Im Gegenteil, das ist erst der Anfang.« Einen Moment lang herrschte Schweigen, das von der Direktorin erneut gebrochen wurde. »Worauf warten wir dann hier noch? Auf geht's, auf geht's, schnell!« Pro war sichtlich verärgert über das Drängen der Direktorin. Der Druck der Direktorin ruinierte nicht nur seinen Überraschungsmoment, den er offensichtlich für die hohen Gäste vorbereitet hatte. Sie zerstörte die einzige Art von Autorität, die Pro hier im Untergrund verstand und akzeptierte, eine Autorität, die sich von der oben unterschied. Pro hatte dort außerhalb des Tunnels nie eine Führungsrolle inne gehabt. Er sah zu den beiden Praktikanten hin, die ebenfalls ungeduldig auf den weiteren Wegverlauf warteten. Er bückte sich und verschwand durch eine Öffnung in der Wand. Die anderen folgten ihm schweigend.

7.

Nach ein paar Dutzend Metern weitete sich der Tunnel zu einer Halle. Die Strahlen ihrer Lampen beleuchteten die scharfen Felsen, die die Dunkelheit über ihnen durchbrachen. »Das ist der Maschinenraum des alten Tunnels«, sagte Pro und zeigte auf einen Teil der Höhle mit grob verputzten

Wänden und verrosteten Resten von Metallstangen und Türstürzen, die aus den Wänden ragten. Ein Stück weiter waren massive verrostete Eisengitter in Rahmen eingelassen, die als Regale dienten, an der Wand befestigt. »Das war die Kommandozentrale«, sagte Pro und beugte sich hinter eines der verrosteten Gitter. Im nächsten Moment erstrahlte auch in der Halle fahles Licht. »Es ist eine Notbeleuchtung, den Jungs und mir sind gestern die Zeit und das Material ausgegangen, aber zur Orientierung reicht es«, so Pro weiter. Franc und Ali nickten stolz bei diesen Worten. »Wozu waren diese Regale gut?«, fragte der Mann und streifte seine Jacke ab. Pro zuckte mit den Schultern. »Pilze«, sagte die Direktorin und starrte in die entgegengesetzte Richtung, aus der sie gekommen waren. »Pilze?«, kicherte der Mann. »Hier? Tief unter der Erde?« »Warum nicht«, antwortete die Direktorin hart. »Offenbar sind die Bedingungen hier ideal für den Anbau bestimmter Sorten. Nun, sie haben das Geschäft vor einiger Zeit aufgegeben, als die allgemeine Situation immer unberechenbarer wurde.« »Demokratie«, kicherte der Mann wieder, den der Geruch offenbar nicht mehr so sehr störte und der von der Pilzgeschichte offensichtlich fasziniert war. Daraufhin verschluckte er sich, begann zu husten und langsam zu würgen, ohne sich helfen zu können. »Geht es Ihnen gut?«, fragte Pro. »Soll ich Ihnen auf die Schulter klopfen?« Der Mann streckte seine Hand aus und bedeutete ihnen, sich von ihm fernzuhalten. Schließlich wimmerte er: »Mir geht es gut.« Sie standen eine Weile da und sahen ihm zu, wie er langsam hustend wieder zu sich kam. »Sind bei Ihnen auf Ihrer Behörde alle so?«, fragte die Direktorin schließlich. »Wie meinen Sie das?«, erwiderte der Mann feindselig. »Na so, wie Sie eben sind«, sagte die Direktorin. In dem fahlen, staubigen Licht glaubte Pro zum ersten Mal die Spur eines spöttischen, vielleicht sogar verächtlichen Lächelns auf ihrem ansonsten völlig ausdruckslosen Gesicht zu sehen. Aber es erschien dort nur für einen Moment. »Was ist mit den Tunneln an diesem Ende?«, fragte sie im nächsten Augenblick und lenkte ihre Aufmerksamkeit von einer möglicherweise beunruhigenden Situation ab. Sie wollte gerade in Richtung der Tunnel gehen, als ihre Handtasche an einem der rostigen Gitterstäbe hängen blieb. Einer der beiden Praktikanten, die neben ihr standen, streckte die Hand aus, um die Handtasche wieder zu befreien. »Weg, fass ja nur nichts an mit deinen schmutzigen Händen«, brauste die Direktorin auf. Daraufhin kicherte der Mann leise vor sich hin. »Wie ich sehe, sind Sie, die im Bergbau zu Hause sind, auch nicht besser«, sagte er und ging triumphierend an allen vorbei in Richtung der Tunnel, doch nach ein paar Schritten blieb er stehen und ließ Pro den Vortritt. »Wir haben gestern auch all diese Seitentunnel erkundet, es sind ziemlich viele, und sie sind mehrfach miteinander verbunden, ein richtiges kleines Labyrinth, aber sie sind nicht sehr lang, alle höchstens ein paar Dutzend Meter«, sagte Pro. »Da ist nichts drin außer taubem Gestein. Einige von ihnen sind in ziemlich schlechtem Zustand und drohen einzustürzen. Nur dieser, der ganz rechte Tunnel, ist untypisch. Auch die Gleise führen dort hinein«, fuhr Pro fachgerecht fort und zeigte auf den Tunnel ganz rechts. »Der Tunnel endet nach ein paar Dutzend Metern an einer Stahlbetonbarriere. Als wir gestern dort ankamen, war es zu spät, um weiter nachzuforschen. Ich bohrte ein fünfzig Zentimeter langes Loch, aber es gab keinen Durchbruch. Wir brauchen hier eine bessere Ausrüstung und professionelle Hilfe.« »Hilfe?«, sagte die Direktorin verdrossen. »Wie ich sehe, haben Sie zwei junge, hoch motivierte Assistenten.« Sie schaute sich nach den beiden Praktikanten um, die zurückgeblieben waren und sich flüsternd unterhielten, so dass sie nicht einmal merkten, dass sich das Gespräch um sie drehte. »Es könnte gefährlich sein, und die Jungs haben keine Erfahrung«, antwortete Pro entschieden. »Ich kann nicht für sie einstehen.« »Das erwartet auch niemand von Ihnen«, warf die Direktorin ein. »Hier, unter der Erde ist jeder auf sich allein gestellt, nicht wahr, Jungs?« Sie sagte die letzten Worte so laut, dass die beiden Praktikanten verlegen aufschreckten. Pro schwieg eine Weile, dann sprach er schließlich. »Sie erwarten also, dass wir weitermachen?« Die Direktorin blickte zu dem Mann, der nun direkt hinter ihr stand. »Ich sage, was man mir sagt«, antwortete der Mann trocken. »Also machen wir erst einmal weiter«, antwortete die Direktorin. »Aber wie gesagt, dies ist eine vertrauliche Angelegenheit, und ihr dürft unter keinen Umständen jemals jemand anderem als mir mitteilen, was sich hinter dieser Mauer verbirgt. Versteht ihr?« Die Direktorin erhob erneut befehlend ihre Stimme und ließ die Gesichter der Praktikanten aufleuchten. »Nur damit wir alle verstehen und uns der Konsequenzen bewusst sind, wenn etwas nicht wie vereinbart abläuft«, drohte die Direktorin mit ruhiger Stimme und ging ein paar Schritte zurück in die Richtung, aus der sie gekommen waren. Sie kehrten schweigend an die Oberfläche zurück. Am Eingang des Tunnels nahm Pro ihnen die Helme und Lampen ab. Er hatte sich vorgenommen noch mit der Direktorin über das Problem der zusätzlichen Arbeiter zu sprechen, doch wollte er das vertrauliche Gespräch, das die Direktorin und der Mann im Flüsterton führten, auch nicht stören. Der Mann tippte dabei noch etwas in sein Telefon, dann stiegen sie beide ohne ein Wort des Abschieds in ihre Autos. Pro rannte dem Auto der Direktorin hinterher und konnte es gerade noch rechtzeitig abfangen. Die verdunkelte Wagenscheibe fuhr runter, und bevor Pro den Mund aufmachen konnte, sagte die Direktorin: »Die zuständigen Stellen werden Ihnen mit der Ausrüstung und den Leuten helfen, das wissen Sie.« Pro nickte. »Das war nicht das einzige, was ich Sie fragen wollte«, korrigierte sich Pro. »Es würde die ganze Sache viel einfacher machen, wenn ich wüsste, wonach ich suche. Der Sicherheitsaspekt ist hier von entscheidender Bedeutung. Wenn auch nur die geringste Möglichkeit besteht, dass sich in dem Tunnel etwas Gefährliches befindet, Sprengstoff, Chemikalien oder Ähnliches, sollte ich das wissen.« Die Direktorin starrte Pro an und rauchte. »Wenn man wüsste, was in dem Tunnel ist, wären Sie nicht hier«, sagte sie kalt. »Es ist glasklar, wonach wir suchen, oder?« Pro sah angespannt aus und lehnte sich tiefer in die Zigarettenrauchwolke, die aus der Autoscheibe stieg. Die Direktorin streckte ihre Hand mit der Zigarette aus, aschte direkt neben Pro's Kopf ab und sagte schließlich: »Die Wahrheit, natürlich. Wir sind auf der Suche nach der Wahrheit.« Bei diesen Worten bohrten sich die Augen der Direktorin kalt in die von Pro. »Was auch immer diese Wahrheit ist, wir brauchen Sie, verstanden? Und ich hoffe wirklich, dass Sie sich Ihrer Verantwortung bewusst sind, die nicht nur darin besteht, die Wahrheit herauszufinden, sondern auch darin, diese Wahrheit letztendlich so an die Öffentlichkeit zu bringen, dass die Menschen damit leben können. Zumindest ist das die Anweisung von oben.« Bei diesen Worten warf die Direktorin ihre halb gerauchte Zigarette in den Schneematsch. Die Autoscheibe hob sich, und Pro sah für einen Moment sein eigenes Gesicht im Glas, bevor der Wagen im Kiefernwald verschwand.

8.

Anstatt in den Stollen zu gehen, ging Pro am nächsten Tag in eines der Verwaltungsgebäude des Bergwerks. Er fand eine Tür mit der Aufschrift »PERSONALVERWALTUNG –

EMPFANG« und klopfte. Als keine Antwort kam, drückte Pro langsam auf die Klinke, doch bevor er einen Blick hineinwerfen konnte, ertönte eine Stimme hinter der Tür. »Warten Sie draußen, Sie werden gerufen!« Pro schloss die Tür sofort wieder. Er konnte sich nirgendwo im Korridor hinsetzen und musste sich damit begnügen, sich an die Wand zu lehnen. Er fühlte sich wie in einem Minenstollen, denn es war auch hier erstickend und dazu noch heiß. Nach einer Weile zog er seine Jacke und später seinen Wollpulli aus. Beide waren fehl am Platz, und er fühlte bereits ein wachsendes Unbehagen, es war schon das zweite Mal, das er in Arbeitsstiefeln und Hosen in der Direktion erschienen war, und ärgerte sich nun über sich selbst, dass er beim Besuch im Büro der Direktorin nichts gelernt hatte. Sein Anzug hatte ihn sichtbar unter die Unterirdischen, die staubigen Menschen eingereiht, aber jetzt befand er sich in der Zone der Überirdischen, der sauberen Menschen, die in all diesen Büros arbeiteten. Er lehnte an der Wand und wartete. Die Entschlossenheit des Vormittags, die Dinge zum Besseren zu wenden, schmolz von Minute zu Minute. Er hatte es eilig, zurück in den Tunnel einzufahren. Die beiden Praktikanten mussten in der Zwischenzeit bestimmt schon eingetroffen sein. Wer weiß, vielleicht waren sie entgegen seinen Anweisungen in den Tunnel hineingegangen und hatten selbst damit begonnen, die Reste der Ziegelwand zu entfernen, um alles für den Durchbruch der zweiten, unteren Betonwand vorzubereiten. Sie waren der Grund für sein Warten vor der Tür des Personalbüros. Er kam, um sich zu beschweren und zu fordern, dass die unerfahrenen Praktikanten umgehend durch erfahrene Bergleute ersetzt würden. In der Monotonie des Wartens wäre er fast im Stehen eingeschlafen, hätte nicht ein Husten hinter der Tür des Personalbüros seine fast erloschene Hoffnung auf einen Termin wieder geweckt.

Er fasste erneut Mut und klopfte vorsichtig. Als wieder keine Antwort kam, drückte er erneut auf die Türklinke und machte diesmal einen schnellen Schritt in das kleine Büro. Zwei Angestellte saßen sich hinter zwei Schreibtischen gegenüber. Die linke tippte auf ihrem Handy, und die rechte blätterte in einer Modezeitschrift. Sie waren durch zwei große Computerbildschirme getrennt. »Ich bin hierhergekommen«, sagte Pro und räusperte sich, um auf sich aufmerksam zu machen. Bevor er noch etwas sagen konnte, wurde er von der erhobenen Hand der Sachbearbeiterin gestoppt, die mit der anderen Hand die Zeitschrift wegschob und eine Taste auf der Computertastatur drückte. Im nächsten Moment wurde eine Uhr auf dem Bildschirm angezeigt. »Sehen Sie?«, sagte die Beamte. »In zwei Minuten und sechsunddreißig Sekunden beginnt die Mittagspause, also beeilen Sie sich bitte. Ich möchte Sie jedoch gleich darauf hinweisen, dass wir Ihnen hier nur mit den einfachsten Verfahren helfen können, die keinen Papierkram und praktisch keine Zeit erfordern. Sie haben noch genau ...« bei diesen Worten drehte die Beamtin ihren Computerbildschirm in Pros Richtung, »zwei Minuten und ... Nein, nur noch eine Minute und achtundfünfzig Sekunden. Also?« »Ich versuche schon seit Tagen, die Verantwortlichen ans Telefon zu bekommen«, sagte Pro grimmig. »Wenn das der Fall ist ...«, warf die Beamtin ein, »wird meine Kollegin mit Ihnen alles übers Telefon klären.« »Ich rufe schon seit Tagen an ...«, begann Pro wieder und wandte sich dem anderen Schreibtisch zu. »Das Callcenter ist für die Anrufe zuständig, das weiß jeder«, sagte die andere Angestellte, ohne ihren Blick vom Telefon abzuwenden. »Das meine ich doch, man verbindet mich nie mit den Verantwortlichen, sondern man schickt mich von einem zum anderen.« »Kommen wir zur Sache«, sagte die erste Beamtin und stand auf. »Ich habe zwei Praktikanten zugeteilt bekommen«, sagte Pro. »Sie Glücklicher«, sagte die zweite Angestellte, die schließlich aufschaute, aufstand und anfing ihre Handtasche zu packen. »Alle wollen einen haben, aber nur die Wenigsten bekommen Praktikanten, die dann die schmutzigsten Arbeiten für sie erledigen. Und Sie haben gleich zwei auf einmal. Ich kann mich nicht an einen solchen Fall erinnern.« »Aber ich will keine Praktikanten, ich brauche erfahrene Bergleute«, beschwerte sich Pro. »Wollen Sie damit sagen, dass es einen Fehler in unserem ansonsten fehlerfreien Computerprogramm gegeben hat? Sie wissen wahrscheinlich, dass wir im Interesse einer vollständigen Transparenz und Gleichberechtigung seit einiger Zeit einen komplexen Algorithmus verwenden, um die Menschen nach ihren Qualifikationen, nach ihren Bedürfnissen und natürlich in erster Linie nach unseren begrenzten personellen Ressourcen zuzuweisen.« Es herrschte eine Stille, die von Minute zu Minute unfreundlicher wurde. »Selbst wenn es sich um einen Fehler handeln sollte, was aber sehr unwahrscheinlich ist«, brach die erste Beamtin schließlich das Schweigen und tippte auf den Bildschirm, auf dem die Uhr angezeigt wurde, »können wir Ihnen nicht helfen.« Sie zog ihren Mantel an und band sich ein Kopftuch um, während die zweite Beamtin ihre Jacke anzog und eine Wollmütze aufsetzte. »Das Programm wird gerade aktualisiert, und wir haben beide keinen Zugang mehr dazu. Solange es nicht installiert und getestet ist, kann Ihnen niemand helfen«, fügte die erste Beamtin hinzu. »Wenn Sie mich jetzt entschuldigen würden, Sie haben uns bereits vier Minuten unserer Mittagspause gestohlen, wir alle haben unsere Arbeitnehmerrechte, nicht wahr?« Pro wich verlegen zurück, damit die beiden Angestellten aus dem Büro hinausgehen und den langen Korridor entlang Richtung Ausgang trotten konnten. Plötzlich stand er allein in ihrem Büro. Auf den Bildschirmen zählten die beiden Digitaluhren weiter die Zeit herunter. Draußen vor dem kleinen Fenster schneite es in einem grauen Nieselregen. Pro erkannte, dass es keinen Sinn hatte, noch mehr Zeit mit der Bürokratie zu verschwenden. Vielleicht, so dachte er, sollte er nicht nur die Wahrheit des Tunnels ans Licht bringen, sondern auch den zwei Lehrlingen die Grundlagen des Bergbauberufs vermitteln. Dieser Gedanke beruhigte und entspannte ihn sofort. Da wurde ihm ganz warm ums Herz. Er wusste, dass er sich in einer Situation zu trösten versuchte, die nicht einfach war, weil sie zu ernsthaften Komplikationen führen konnte. Dennoch verließ er die schmuddeligen Gänge des Verwaltungsgebäudes mit einem Gefühl der Begeisterung, das Problem gelöst zu haben. Irgendetwas war anders, auch wenn sich in Wirklichkeit nichts geändert hatte. Und das war ja auch etwas.

9.

Es war fast Mittag, als Pro in den Tunnel zurückkehrte. Der Schnee hatte sich verstärkt. Er blickte in den Himmel, der ihn blendete, oben und unten war kaum unterscheidbar, er war im Weiß gefangen, und dieses Gefühl störte ihn viel mehr als die Feuchtigkeit und die Kälte. Er wollte so schnell wie möglich in das berechenbare Klima seines Tunnels zurück. Franc und Ali waren nirgends zu finden. Ihre Leuchten fehlten ebenfalls, und es gab eine kaum noch sichtbare Spur im Schnee, die vom Container zum Eingang des Tunnels führte, von der Pro nicht sicher sagen konnte, ob sie nun alt oder frisch war, da sie von einer dicken Schicht Neuschnee bedeckt war. Pro stieß die Stahltür auf. Der erste Teil des Tunnels war dunkel, aber der fahle Schein der Lampen, die er und seine Praktikanten installiert hatten, drang aus der Tiefe. Es war kein Ton zu hören. Als Pro den Kommandoraum erreichte, knisterte darin ein kleines Feuer. Franc und Ali lagen jeder auf einem rostigen Regal und schliefen tief und fest. Der erste Gedanke von Pro war, sie zu wecken und sie zu schelten, im nächsten Moment fiel ihm auf, dass sie schlafend noch jünger aussahen, als sie waren. In seinen Augen waren sie praktisch noch Kinder, unwissend und dementsprechend unbesonnen. Ein offenes Feuer hätte aufgrund der unterirdischen Gase leicht ihr Ende bedeuten können. Jetzt aber verströmten die Flammen für alle drei eine angenehme Wärme und erzeugten ein flackerndes Schattenspiel an den Tunnelwänden, sodass Pro nur schweren Herzens und mit seinem dicken Bergmannsschuh die brennenden Holzscheite auseinandertrat. Die Flammen erloschen in den feuchten Resten bald. Seine beiden Schützlinge schliefen weiter, ihre übergroßen Overalls bis übers Kinn gezogen. Pro nahm eine der Leuchten und ging zu der Blockade am unteren Ende des Tunnels. Er fuhr mit der Hand über den rauen Putz und betrachtete alle Fugen zwischen dem Fels und der Wand genau. Es gab nicht die geringste Lücke. Wer auch immer diese Arbeit vor Jahrzehnten erledigt hatte, war sehr gründlich gewesen. In diesem Moment erwachte in Pro der Wunsch, die Mauer so schnell wie möglich einzureißen und zu enthüllen, was sich dahinter befand. Die Heftigkeit dieses Verlangens beunruhigte ihn sehr. Er war ein erfahrener Bergmann, der eher durch Verantwortung und Professionalität als durch Leidenschaft angetrieben wurde. Doch nun trieb ihn das Gefühl um, dass hinter der Mauer etwas auf ihn wartete, das ihn rief. Einen Moment lang glaubte er, etwas an der Wand vorbeiziehen zu hören. Er ging ein paar Schritte zurück und schaute noch einmal genauer hin. Dann machte er sich langsam auf, die Praktikanten zu wecken. Sie hatten eine Menge Arbeit zu erledigen. Franc und Ali schliefen immer noch süß, und in der Mitte zwischen ihnen brannte ein Feuer, von dem Pro hätte schwören können, dass er es gelöscht hatte. Ein Heulen hallte durch den Tunnel. Die Flammen flackerten und mit ihnen die Schatten, die sich über die Wände des Saals bewegten. Der Schacht wurde feindselig und unheimlich. Pro nahm eine Schaufel und erstickte das Feuer mit Schutt, bis kein Rauch mehr aus dem Boden aufstieg. Erst dann weckte er seine beiden Assistenten.

10.

Die folgenden Tage verbrachten Pro und die zwei Praktikanten damit, den Schutt wegzuschaffen und alles Nötige vorzubereiten, um durch die Blockade zu brechen. Die beiden jungen Männer nutzten jede freie Minute, um sich auf die Eisengitterregale in der Kommandohalle zu legen. Pro zog es vor, seine Pausen im Freien, vor dem Eingang des Tunnels, zu verbringen und wunderte sich über die beiden Jungen, denen das Klima im Tunnel ebenso gut zu bekommen schien wie den Pilzen vor ihnen. Die feuchte und schleimige Umgebung, in der das Wasser von den Wänden tropfte und der Ausgang des Tunnels wie ein kleiner, verschwommener Punkt in der Ferne wirkte, ließ sie schnell einschlummern. Sie störten sich weder an Pros striktem Verbot, ein Feuer zu machen, noch an seinen dürftigen Empfehlungen, möglichst viel Kontakt zur Außenwelt zu halten. Die meiste Zeit arbeiteten sie schweigend, kommunizierten mit Andeutungen und Sätzen, die so kahl waren wie die Wände des Tunnels. Als sie schließlich alles überschüssige Material entfernt und an einigen Stellen die Überreste der Schienen freigelegt hatten, auf denen vermutlich einst Kohle transportiert worden war, versuchte Pro, ein Loch in die Wand zu bohren. Zunächst drang der Bohrer sanft in den Ziegel ein, doch nach etwa 40 Zentimetern traf er auf etwas Hartes. Im Laufe der nächsten Stunde zerstörte er drei Bohrer und war nicht in der Lage, die Barriere zu durchbrechen. Was verbarg sich hinter einem solch massiven Widerstand? Aus sicherer Entfernung beobachteten Franc und Ali mit jugendlicher Ungeduld Pros Bemühungen. Als der dritte abgebrochene Bohrer in der Wand stecken blieb und Pro, verschwitzt und wütend, die Bohrmaschine zu Boden warf und fluchte, kamen sie zu ihm und setzten den letzten verbliebenen Bohrer ein. »Es ist wahr«, hörte Pro einen der Praktikanten dem anderen zuflüstern, während er den Bohrer festzog. In einem plötzlichen Anfall von Wut zischte Pro: »Was ist wahr? Was?« »Dieser Tunnel«, sagte Ali bescheiden, »wird bei uns das Teufelsloch genannt.« »Und bei uns sagt man, er wäre verflucht«, fügte Franc hinzu. »Was auch immer sich hinter dieser Wand befindet, der Stollen ist nicht schuld daran. Eine Höhle ist eine Höhle.« Pro schickte sie los, um den Presslufthammer zu bringen. Er spürte, wie die Wut in ihm wuchs und ihm neue Kraft gab. Er begann mit dem Abriss, im Tunnel wurde es sehr staubig, und die beiden Praktikanten konnten kaum mit ihm mithalten, als sie das Material wegschleppten, das unter den Hammerschlägen zerbröckelte und auf den Boden klackerte. Bald waren sie erledigt und kraftlos. Pro schickte sie nach Hause. Draußen war ein nebliger Winternachmittag. Nachdem sie gegangen waren, kehrte Pro in den Stollen zurück, um das Licht zu löschen und zu überprüfen, ob das Belüftungssystem, das sie im Tunnel installiert hatten, funktionierte. Doch beim Anblick der Barriere geriet er erneut außer sich vor Wut. Er nahm sich den Presslufthammer und begann, wie wild Stücke von Stahlbeton, Ziegeln und Mörtel zu zertrümmern und alles zu zerstören, was er in die Finger bekam. Er arbeitete wie in Trance, bis er nicht mehr spürte, wie seine brennenden Hände die Werkzeuge umklammerten und hielten. Hinter der Backsteinmauer befand sich eine Mauer aus Stahlbeton. Hinter dem Stahlbeton befand sich eine weitere Mauer aus großen Feuersteinbrocken, in denen die Bohrer stecken geblieben waren. Als er schließlich Stück für Stück durch die Feuersteinmauer brach, kam eine dicke Stahltür zum Vorschein, die in die Öffnung eingemauert war. Pro hatte den Eindruck, dass sich das ganze Leid der Welt in seinen Händen gesammelt hatte. Er konnte sich die Tränen nicht erklären, die ihm während der stundenlangen, harten Arbeit über die Wangen liefen. Waren es Tränen der Erschöpfung? Tränen des körperlichen Schmerzes? Tränen des Glücks über die Aussicht, endlich der im Tunnel verborgenen Wahrheit auf den Grund zu kommen?

11.

Am nächsten Morgen fanden die Minenleiterin und ihr Begleiter Pro schlafend auf dem kalten Metallboden des Containers. Warum waren sie gekommen? Hatten die Praktikanten sie heimlich darüber informiert, was in dem Tunnel geschah? Pro wischte sich vage mit seinen schmutzigen Händen über das Gesicht, das von der Arbeit der letzten Nacht staubig war. Die Praktikanten waren noch nicht da. »Haben Sie keinen anderen Platz zum Schlafen?«, fragte ihn die Direktorin. »Haben Sie kein Zuhause, vermisst Sie niemand? Wie auch immer, lassen Sie uns einen Blick auf die Situation werfen, ich bin in Eile.« Pro nickte stumm. Sein ganzer Körper war verkrampft von der Anstrengung der letzten Nacht. Sein Plan sah vor, den Durchbruch und die Sondierung alleine vorzunehmen, den Ort zu dokumentieren und gegebenenfalls zu sichern und erst dann die Direktorin über die Ergebnisse zu informieren. Er hatte jetzt aber keine Wahl. Er stapfte in den Tunnel und schaltete das Licht ein. Der hintere Teil des Tunnels war voller Aushubmaterial, über das alle drei kletterten und sich schließlich vor einer massiven Tür befanden. Der Mann ohne Namen trat näher und überprüfte das Schloss der Tür. »Jajaja, meisterhaft, wirklich meisterhaft.« Pro beobachtete erstaunt die Aufregung des Mannes in dem dicken Mantel mit dem Pelzkragen. »Das ist eine echte Tresortür. Stellen Sie sich vor, jemand hat den Tunnel in einen echten Safe verwandelt! Kein Wunder, dass man mit normalen Bohrern nicht weiterkommt. Diese Tür«, der Mann klopfte mit dem Finger gegen das Metall, »hält Dynamit aus, nicht nur einen Bohrer.« Diese Worte ließen auch die Direktorin nicht kalt. Sie trat heran und betrachtete die Tür im Schein der Lampe. »Und was nun? Wir brauchen ein spezielles Team, und jede zusätzliche Person, die an der Öffnung beteiligt ist, stellt ein erhöhtes Risiko dar, sowohl für die Sicherheit als auch für die Geheimhaltung. Stellen Sie sich vor …«, sagte die Direktorin leise und verstummte. »Stellen Sie sich vor, Fotos von dieser Tür würden in die Medien gelangen«, fuhr der Mann fort und machte mit seinem Mobiltelefon eine Reihe von Fotos von der Tür. »Das wäre eine Katastrophe. Eine Katastrophe, verstehen Sie?«, wiederholte er und schaute Pro scharf an, der nur mit den Schultern zuckte. »Aber zum Glück werden keine zusätzlichen Mitarbeiter benötigt. Jedes Schloss hat seinen eigenen Schlüssel.« Bei diesen Worten zog der Mann ein Etui aus seiner schwarzen Lederaktentasche, öffnete es und holte theatralisch einen Gegenstand heraus, den Pro noch nie gesehen hatte. Er sah eher aus wie ein Messingkamm als wie ein Schlüssel. Der Mann hebelte die Tür vorsichtig auf und entdeckte schließlich eine Aussparung in der oberen rechten Ecke. Mit seinen behandschuhten Händen entfernte er den

Schlamm und steckte den Öffner hinein. Der Mechanismus knirschte, und die Tür sprang mit einem Knarren auf. Alle drei griffen nach der dicken Kante der schweren Tür und öffneten sie mit großer Mühe. Pro war auf alles vorbereitet gewesen, aber was er jetzt sah, hätte er niemals erwartet.

12.

Die Praktikanten kamen gerade an, als die Direktorin und der Mann den Tunnel verließen. Mit geneigten Köpfen grüßten sie ihre Vorgesetzten, die sie überhaupt nicht beachteten, sondern ihr vertrauliches Gespräch im Flüsterton fortsetzten, in ihre Autos stiegen und davonfuhren. Kurz nachdem sie den Kontrollraum betreten hatten, bemerkten die Praktikanten eine große Menge an Abraumschutt, der tief in den Raum hineinragte. Sie beschleunigten ihr Tempo und krochen schließlich die letzten paar Meter auf allen vieren. Eine seltsame Szene spielte sich vor ihnen ab. Die mächtige Tresortür stand offen, und dahinter befand sich eine senkrechte Wand aus Lehm, vor der Pro regungslos hockte. Er schien zu schlafen oder sogar tot zu sein. Erst als sie bis zur Tür herangekrochen waren, drehte Pro den Kopf, so dass sie zwei Linien, Tränenspuren auf seinen staubigen Wangen, sehen konnten. »Jungens, unsere Mission ist abgeschlossen«, sagte Pro, der zu Tode erschöpft war. »Ihr könnt nach Hause gehen. Man wird euch Zertifikate über ein mit Auszeichnung abgeschlossenes Praktikum schicken.« Langsam erhob sich Pro, nahm den Helm ab und knallte ihn stumpf gegen die Lehmwand. »Alle Arbeit, alles für nichts!« Es herrschte eine tödliche Stille. Dann sprach Ali leise, als hätte er Angst, die Geister des Tunnels zu wecken. »Wir können doch weitergraben«, sagte Ali. Pro sah ihn müde an. »Weiter? Es gibt kein Weiter. Sie haben gerade unseren

Auftrag eingestellt, und wir drei wurden entlassen. Niemand weiß, wie lang dieser Tunnel sein könnte, er könnte ein paar Meter oder ein paar Kilometer lang sein, und für diese Art von Erkundung ist angeblich kein Geld vorhanden. Versteht ihr, man will nicht, dass wir weitermachen. Ich habe ihnen bereits eine grobe Schätzung der Kosten für weitere Arbeiten gegeben, wenn sie die Tunnelsäuberungsarbeiten um mindestens einen weiteren Monat verlängern, aber die Direktorin will nichts davon wissen. Sie sagt, dass es auf einer höheren Entscheidungsebene kein Interesse gäbe.« »Was für eine höhere Entscheidungsebene?«, fragte Franc leise. Pro zuckte mit den Schultern. »Wahrscheinlich eine, die höher als hoch ist, auf jeden Fall höher als die Direktorin. Ansonsten bin ich auch ratlos, woher die Direktorin wusste, dass wir uns durch die Mauer gebohrt hatten. Hat einer von euch sie informiert ...«, fragte Pro, und seine vom Staub und der Erschöpfung völlig geröteten Augen bohrten sich in die beiden jungen Männer scharf ein, woraufhin diese ihre Köpfe senkten. »Es ist sowieso egal«, fügte Pro hinzu, putzte sich die Nase und kroch auf allen vieren zum Ausgang. Bald aber wurde er von den Rufen der beiden Praktikanten unterbrochen, die mit gesenktem Kopf an der Lehmwand knieten und etwas betrachteten. Knapp über dem Boden ragte etwas schwach aus dem festgestampften Ton heraus. Sie begannen zu graben, und bald stellte sich heraus, dass es sich um eine Art Schnur handelte, die ziemlich verwittert war und sofort auseinanderfiel, als sie versuchten, sie herauszuziehen. Sie gruben weiter, der Lehm war feucht und sehr dicht, und es kostete viel Mühe, ihn zu lockern. Gleichzeitig war der hinter ihnen liegende Tunnel fast bis oben hin mit altem Material gefüllt, das ständig entfernt werden musste. Nach mehreren Stunden gruben sie eine etwa eineinhalb Meter dicke Lehmbarriere weg. Die Schnur führte zu einem unbekannten Ziel. Es waren unterschiedlich lange Schnürsenkel, die zusammengebunden waren. Wer hatte sie gebunden und wessen Schnürsenkel waren das? Pro rief bei der Verwaltung an und fragte nach der Direktorin, wurde dann aber an die Arbeitsdirektion verwiesen. Dort wurde ihm mitgeteilt, dass er 48 Stunden Zeit habe, um alle Geräte aus dem Tunnel zu räumen und ihn für die sichere Schließung und Wiederversiegelung vorzubereiten. Pro entließ die Praktikanten, schaltete das Licht aus und verriegelte die schwere Eingangstür aus Stahl zum Tunnel. Draußen herrschte dichter Nebel. Auf dem Heimweg fühlte sich Pro wie ein Gefangener. Er war zwischen Nebelwänden mitten in der Stadt genauso eingesperrt, wenn nicht sogar noch mehr, wie in einer Mine zwischen Wänden aus lebendem Stein. Zurück in seiner Wohnung, die seit dem Tod seiner Mutter verwaist war, hatte Pro nach zwei Tagen endlich wieder geduscht, dann zog er sich eine Decke über den Kopf und tauchte in die Dunkelheit ein.

13.

Am nächsten Morgen war Pro wieder im Tunnel. Von dort aus rief er die Verwaltung an und teilte mit, dass er erkrankt wäre und sich die Tunnelsperrung etwas verzögern würde. Er brachte einige Konservendosen und die alte Matte vom Bett seiner Mutter mit und packte alles in den Container. In den nächsten drei Tagen arbeitete er praktisch ohne Unterbrechung. Ab und zu, wenn er nicht mehr konnte, schlief er ein paar Stunden und machte dann so schnell wie möglich weiter. Es gab keine Praktikanten mehr. Wahrscheinlich waren sie in einen anderen Tunnel verlegt worden oder bis auf Weiteres nach Hause geschickt. Das größte Problem war die Entfernung des Materials. Nach einigen Metern verwandelte sich der ölhaltige Lehm in Höhlenabraum, der sich leichter ausgraben und abtransportieren ließ. Pros einzige wirkliche Sorge war es, schneller als die Höhleninspektion zu sein, die früher oder später ja kommen würde. Neben der wahrscheinlichen Verhängung eines Bußgeldes gegen Pro würde man den Tunnel sofort schließen. Pro hat gegraben, als ob es um sein Leben ginge. Als ob er von einer Art religiösem Wahn besessen wäre. Religiös, weil er tief in seinem Innern immer deutlicher die Verbindung zwischen sich und dem Tunnel erkannte und somit der Erfolg oder Misserfolg seiner Mission mit seinem Schicksal verbunden war. Pro konnte es nicht erklären. Er hatte mehr als zwei Jahrzehnte unter der Erde in einer Vielzahl von Tunneln verbracht und noch nie etwas Ähnliches gespürt. Mit klammen Händen lud er Schutt und größere Steine auf die Schubkarre und füllte die letzten Ecken des Kommandoraums mit dem Aushubmaterial. Bald würde der Platz knapp werden, und das Material müsste nach draußen vor die Grube transportiert werden, was die Arbeit erheblich verlangsamen würde. Im fahlen Schein der Elektroleuchte betrachtete Pro die Schnur der Schnürsenkel, die fest angezogenen Schlammknoten, die eine Art Rosenkranz bildeten. Einen Moment lang glaubte er, etwas zu hören, das Schluchzen der Kinder und die Schreie der Frauen, das Grunzen und Stöhnen der Männer, die dumpfen Schläge, die Bitten um Gnade, das rasende Lachen und die letzten Schreie. Er versuchte, sie nicht zu hören, sie aus seinem Kopf zu vertreiben, sich auf den Hammer, die Hacke, seine beste Freundin, die Schaufel, das Knarren der Schubkarre, das Anspannen der Muskeln in seinen Armen und den wachsenden Müllhaufen in der Kommandohalle zu konzentrieren. Dann, endlich – an welchem Tag? in welcher Nacht? – stieß er auf ein weiteres Hindernis, eine unverputzte Ziegelmauer. Mit bloßen Händen befreite er den ersten halben Meter unter der Decke und versuchte, die Wand zu durchbrechen. Es klappte nicht. Mit einem Bohrer gelang es ihm schließlich, ein 60 Zentimeter tiefes Loch zu bohren. Er versuchte, mit einer Lampe hindurch zu leuchten, aber das Loch war zu klein und ein übler Geruch schlug ihm ins Gesicht. Sein Gasmessgerät begann zu piepen, und das dumpfe Piepen wurde immer lauter, bis Pro nachgab. Er verließ den Tunnel in der Hoffnung, dass sich die Gase bald verflüchtigen würden. Draußen herrschte eine eisige, kristallklare Nacht. Er rief in der Mine an und hinterließ bei der diensthabenden Telefonistin eine Nachricht für die Direktorin. Sie würde die Nachricht bekommen, sobald sie am Morgen zur Arbeit kam. Er starrte noch eine Weile in die eisige Weite des Sternenhimmels über ihm, dann schloss er die Tür des kalten Containers, legte sich auf die feuchte Matratze und schlief ein.

14.

Am Morgen tauchte nicht das Auto der Direktorin am Tunnel auf, sondern ein älteres, Pro unbekanntes Fahrzeug. Der Mann, der ausstieg, stellte sich als Bergbauinspektor vor. Offensichtlich war die Botschaft von Pro in die falschen Hände gelangt. Oder die Direktorin selbst hatte sie zur Inspektionsbehörde umgeleitet. Für Pro war klar, dass er praktisch gegen alle Protokolle des Bergbaugewerbes verstoßen hatte. Illegales Graben, Arbeiten ohne vorgeschriebene Begleitung, Gefährdung seiner selbst und von anderen bei der Arbeit, Missbrauch seiner Stellung, Missbrauch firmeneigener Arbeitsmittel und Instrumente. Der Inspektor listete kalt und sachlich die Verstöße auf. Er stoppte in der Mitte, sah Pro an und fragte: »Was hast du dir dabei gedacht?« Pro stammelte etwas Unverständliches. »Wie?«, rief der Inspektor. »Die Wahrheit«, antwortete Pro leise. »Ich habe nach der Wahrheit gesucht.« Der Inspektor sah ihn streng an, dann veränderte sich sein Gesichtsausdruck. Er brach in Gelächter aus. Es war ein ungestümes, teilweise unkontrolliertes Lachen, von dem die dicken Gläser seiner Inspektorenbrille beschlugen. »Ich bin seit achtzehn Jahren in diesem Beruf tätig, aber so etwas habe ich noch nie gehört. Ich habe gesehen, wie Bergleute einen verlassenen Tunnel in ein Kasino oder sogar in ein Bordell verwandelt haben. Einer der verlassenen Tunnel wurde sogar einmal als illegale Schinkentrocknungsanlage benutzt. Menschen stehlen Werkzeuge und Schutzausrüstungen, sind nachlässig bei der Arbeit oder einfach nur faul. Doch dass jemand illegal nach der Wahrheit gräbt, sowas gab's noch nie. Ich werde dir etwas sagen. Du bist erledigt. Du wirst nicht nur nie wieder im Bergbau arbeiten, du wirst nicht mal mehr Blumen in Blumentöpfe einpflanzen, falls du zufällig welche hast. Denn nachdem du alle Bußgelder und Klagen des Bergwerks abbezahlt und deine ein bis zwei Jahre abgesessen hast, wird dir nichts anderes übrigbleiben als deine beschissene Unterhose, und selbst das hängt von der Laune des Richters ab. Verstehst du, was du getan hast?« Pro starrte stumm vor sich hin. Es war ein kalter Dezembermorgen. Es müsste bald Weihnachten sein, aber selbst darüber war sich Pro nicht so sicher. Der Inspektor ging zur stählernen Eingangstür des Tunnels. »Ist noch jemand drin?«, fragte er. Pro schüttelte den Kopf. »Dann schließ ab. Ich werde in der Zwischenzeit ein Protokoll verfassen, und dann werden wir das Ganze schön versiegeln. Und dein Fall wird an die Kripo weitergeleitet.« »Die Kripo?«, fragte Pro alarmiert. »An die Kriminalpolizei, ja. Der Tunnel ist als geschützte staatliche Einrichtung von besonderer Bedeutung eingestuft, was bedeutet, dass Straftaten, die an diesem Ort begangen werden, nicht von unserer Aufsichtsbehörde, sondern von einer höheren Behörde untersucht werden«. »Und sie wollen nicht einmal reingehen und sehen, was ich entdeckt habe?«, fragte Pro klagend. Die Zungenspitze des Inspektors schob sich immer wieder hinter seinen fleischigen Lippen hervor, während er den Bericht schrieb. »Nein, ich bin kein wenig in Versuchung«, antwortete er schließlich und winkte Pro mit dem Zettel, den er unterschreiben sollte. »Was auch immer du gefunden hast, es kann nichts Gutes sein. Und es ist nicht meine Sache, den Tag mit Schlechtem zu beginnen. Verstehst du?«

15.

Noch Jahre nach dem Tod seiner Mutter konnte Pro ihre Anwesenheit in der Wohnung spüren. Alles, was er berührte, erinnerte ihn an sie. Er öffnete eine Dose, setzte sich im Dunkeln ans Fenster und aß kalte Bohnen. Und selbst das erinnerte ihn an seine Kindheit, als er stundenlang bei gelöschtem Licht auf seine Mutter gewartet hatte, die immer spät von der Arbeit nach Hause kam. Er mochte die Dunkelheit, sie war das Gerechteste, was er je erlebt hatte. Oft war es die Dunkelheit, welche die kleinen Dinge, die der Lärm des Tages fortnahm, wieder lebendig werden ließ. Wie die flackernden Lichter in den Fenstern von grauen Hochhäusern wie das, in dem er wohnte. Sie waren noch in den vergangenen Zeiten des Kommunismus inmitten eines engen, schattigen Tals gebaut worden. In ihnen lebten vor allem Bergarbeiterfamilien. Hier und da war sogar ein Komet auf einigen der Kandelaber zu sehen, aber ansonsten gab es überall graue Matschflecken und den Geruch von Smog. Pro war dies alles gewohnt. Er war hier aufgewachsen. Dies war der einzige Ort für ihn. Alles, was er tat, war dem Wunsch untergeordnet, ein möglichst unauffälliges und eintöniges Leben zu führen. Jetzt saß er am Küchentisch seiner Mutter und wartete auf den Anruf, der ihn endgültig aus seiner Welt vertreiben würde. Er überprüfte immer wieder sein Mobiltelefon, aber es gab keinen Anruf. Dann tat er, was er immer tat, wenn er sich einsam fühlte. Er schaltete das Licht ein und nahm das Familienalbum aus der Schublade. Er blätterte durch bekannte Fotos. Die ältesten zeigten seine Mutter als kleines Mädchen, ein Jahr nach ihrer Rückkehr aus dem Lager, und später seine Mutter im Internat. Die ersten Fotos von seiner Mutter und ihm als Baby, immer nur von ihm oder von ihr, meistens aber sie beide zusammen. Er kannte seinen Vater nicht. Es war ein dunkler Fleck in der Vergangenheit, den seine Mutter ihm nicht enthüllen wollte. Das Geheimnis hatte sie mit ins Grab genommen. Die Fotos zeigten meist fremde, unbekannte Gesichter, verschiedene Wohnungen und Umzüge. Dann kamen sein Internat und die ersten Anfänge im Bergwerk. Bergbau-Picknicks, Bergbau-Festivals, Bergbau-Neujahrsfeiern. Einmal sogar ein Bergarbeiterstreik. Und seine Mutter, die älter, strenger und immer wortkarger wurde. In dem Moment klingelte das Telefon. Er sah auf das brummende Handy und die unbekannte Nummer, die auf dem Display leuchtete. Einen Moment lang hatte er Angst, es zu berühren. Sicherlich drohte ihm eine Verurteilung, man würde ihn zu einer Anhörung rufen, oder gar zu einem kriminalistischen Verhör, und dann würde er mit allem bezahlen, was er hatte, für seinen Eigensinn und seine Aufsässigkeit. Das Telefon summte lange Zeit. Schließlich meldete sich Pro. Es war eine unbekannte Stimme. »Warum antwortest du nicht? Und warum bist du nicht im Tunnel?« Pro war verwirrt. »Niemand hat dir erlaubt, den Tunnel zu verlassen. Alle sind da und warten auf dich, aber du bist nicht da. Du kannst für ein solch unverantwortliches Verhalten bestraft werden.« Pro schaffte es nur, am Telefon zu sagen: »Aber, der Herr Inspektor, ich, die Untersuchung ...« »Was für ein Inspektor!«, herrschte die Stimme am anderen Ende ihn an, »der Inspektor ist auch da, und die Direktorin höchstpersönlich auch. Komm sofort hierher, verstanden?« Bevor Pro etwas erwidern konnte, war die Verbindung bereits unterbrochen worden. Er saß eine Weile lang da und fragte sich, ob das Gespräch wirklich stattgefunden hatte. Dann rief er zurück, aber die Nummer war besetzt. Schließlich entschied er sich und ging am nächsten Morgen zu seinem Tunnel.

16.

Die stählerne Eingangstür des Tunnels stand offen. Pro wollte die Plomben überprüfen, die der Inspektor am Vortag angebracht hatte, aber es gab keine Spur von ihnen. Im Tunnel brannte die Notbeleuchtung. Bald sah Pro einen Schatten, der sich dem Ausgang aus dem dunklen Innenraum näherte. Er erkannte einen der Praktikanten, der eine Schubkarre voll Schutt schob. Als er Pro sah, beschleunigte er seine Schritte. »Bist du hier?«, fragte Pro ein wenig naiv. Franc nickte ihm knapp zu. »Wir haben Sie seit gestern Nachmittag erwartet«, sagte er leise. »Wir dachten, Sie würden nicht mehr zurückkommen.« »Aber wie kommt es, dass du hier bist?«, fragte Pro. Der Praktikant zuckte mit den Schultern, leerte die Schubkarre und ging zurück in den Tunnel. Der Container war nicht verschlossen, was Pro verwunderte. Außer Pro hatten nur noch die Bergwerksleitung und das Bergwerkinspektorat die Schlüssel zum Tunnel. Was den Container betraf, so war Pro sicher, dass nur er einen Schlüssel hatte. Er überprüfte das Schloss. Es war nicht ersetzt worden, und es gab keine Anzeichen von

Gewalt. Im Tunnel waren Franc und Ali mit dem Verladen und Transportieren des Abraums beschäftigt. Pro erfuhr bald, dass ihr Praktikum offiziell abgeschlossen war und sie später zurückgerufen worden waren mit dem Versprechen, dass sie ab jetzt für ihre Arbeit bezahlt würden und dass sie, wenn sie ihre Aufgaben gewissenhaft erledigten, danach einen festen Arbeitsplatz in der Mine bekämen. Pro war auch überrascht, dass sie ihm nicht erklären konnten, wer genau sie angerufen und in den Tunnel zurückgeschickt hatte. »Uns wurde gesagt, dass Sie schon gestern Nachmittag kommen würden. Wir haben eine Weile gewartet, aber da der Tunnel offen war, haben wir uns einfach an die Arbeit gemacht«, sagte Franc und lud den Schutt und die größeren Steine auf die Schubkarre. Pro starrte eine Zeit lang auf das Gasmessgerät, aber da ihm keine vernünftige Erklärung einfiel, fand er sich schließlich mit der Annahme ab, dass sich die Sache früher oder später von selbst aufklären würde und dass er bald erfahren würde, ob gegen ihn ein Disziplinar- oder, schlimmer noch, ein Strafverfahren eingeleitet würde. Der Bericht des Inspektors konnte nicht einfach so verschwinden, aber es hatte keinen Sinn, in der gegebenen Situation viel darüber nachzudenken. Einen Moment lang fühlte sich Pro erleichtert, ja sogar befreit. In seinem Tunnel betrachtete er den riesigen Schutthaufen, der darauf wartete, abtransportiert zu werden. Selbst wenn das Material mit zwei Schubkarren Tag und Nacht abtransportiert worden wäre, hätte es aufgrund der großen Entfernung Wochen, wenn nicht Monate gedauert, bis die drei die Arbeit erledigt hätten. Pro schaute sich die alten Eisenbahnschienen an, die zum Eingang führten, und kam zu dem Schluss, dass sie vielleicht ausreichen würden. Er rief die Nummer des technischen Unterstützungszentrums des Bergwerks an, das schon Wochen zuvor Dutzende von Anträgen auf zusätzliche Ausrüstung abgelehnt hatte. Dieses Mal war es anders. Pro beobachtete eine Gruppe von Technikern, die bereits zur Mittagszeit am Eingang einen elektrischen Wagen zusammensetzten und in Betrieb nahmen. Irgendetwas an seiner Aufgabe hatte sich geändert, etwas, das er nicht verstand und nicht verstehen konnte, weil ihm eine Menge Informationen fehlten. Aber die Veränderungen waren offensichtlich, und das allein war das beste Weihnachtsgeschenk für Pro.

17.

In den folgenden Wochen wurde der Abraum von Pro und den zwei Praktikanten aus dem Tunnel entfernt und am Tunneleingang aufgeschüttet. Mitte Januar stellte sich heraus, dass die dicke Ziegelmauer, die Pro im oberen Teil des Tunnels ausgegraben hatte, gar keine Mauer war, sondern ein massiver Sturz, der die instabile Decke des Tunnels stützte. Alle drei verfolgten aufmerksam den Verlauf der Schnürsenkel, die etwa einen Meter hinter dem Türsturz aufhörten. Erst später, als viel mehr Material entfernt worden war, entdeckte einer der Praktikanten einen Pfeil an der Wand, etwa dort, wo die Schnur hinreichte, der in den gefüllten Tunnel zeigte. Pro machte ein Foto von der Markierung. Außerdem verstaute er pflichtbewusst in einem Karton die Reste der Schnürsenkel und einen Knochen, den sie gefunden hatten und aus dem sie nach kurzer Erörterung schlossen, dass er von einem Tier stammen müsse. Die Luft in diesem Teil des Tunnels war stickig, und sie konnten den Gestank auch mit Hilfe von Lüftungsrohren nicht loswerden. Die Verlängerungskabel für die Innenbeleuchtung gingen zur Neige, so dass sie in zunehmender Dunkelheit arbeiteten. Im Zentrum für technische Unterstützung, das über die Feiertage sehr gut erreichbar war, konnte nach Neujahr niemand mehr erreicht werden. Pro versuchte sich so wenig wie möglich aufzuregen. Während der Arbeit schwiegen sie meist. Nur ab und zu erwischte Pro die zwei Praktikanten bei ihrem vertraulichen Flüstern, das sie unterbrachen, sobald er erschien. Einmal hat Pro zufällig mitbekommen, wie sie sich darüber unterhielten, wer von ihnen als Erster die Knochen eines ihrer Großväter ausgraben würde. Pro war über diesen Sarkasmus verblüfft, sagte aber nichts. In der zweiten Januarhälfte erreichten sie eine weitere Barriere, diesmal eine aus Holz. Die Bretter waren verrottet und leicht zu entfernen. Hinter den Brettern war der Tunnel weiterhin mit Schutt angefüllt. Es war Freitag. Pro beendete seinen Arbeitstag früher als sonst und wünschte den Praktikanten ein schönes Wochenende. Er schaute sich noch einmal in Ruhe im Tunnel um, bevor er das Licht ausschaltete und den Eingang verriegelte. Im Gegensatz zu den vorherigen Abschnitten war der letzte Teil des Tunnels hinter der entfernten Holzbarriere nicht bis zum oberen Ende mit Abraum gefüllt. Er blickte auf den Spalt zwischen der Böschung und den rauen Felszähnen der Decke, die weniger als einen halben Meter hoch war. Er glitt dann, den Kopf in den Nacken gelegt, langsam in die düstere Öffnung. Pro kam nur sehr langsam voran, da er praktisch keinen Bewegungsraum hatte. Das Helmlicht beleuchtete blendend die Tropfen, die von den feuchten Felsen direkt über ihm herabkrochen. Sie riefen ihm zu, erst leise und sanft, dann immer bedrohlicher und deutlicher. Plötzlich waren sie überall. Es war, als wären die Felsen voller Stimmen, die ihn betasteten, ihn packten und ihn wie ihre Beute tiefer in die Dunkelheit zogen. Panik ergriff Pro, er spürte, wie sein Herz wie wild schlug. Er konnte keine Bewegung mehr ausführen, die ihn wieder nach draußen bringen würde. Die Stimmen zogen ihn immer tiefer hinein, es gab kaum noch Luft, der

Gestank und das stimmlose Heulen wurden unerträglich. In Panik klammerte er sich an den Schutt unter sich, lehnte sich hoch und versuchte den Kopf zu drehen, als sein Helm auf etwas traf, das wie eine verputzte Betonwand aussah, und die Überreste einer menschlichen Hand, die aus dem Schutt herausragte. In diesem Moment hörte das Stimmengewirr auf. In Todesangst begann er rückwärts zu kriechen. Er spürte, wie die scharfen Steinsplitter seinen dicken Bergbauanzug durchdrangen und in seinen Rücken schnitten. Er hörte sie wieder, sie kamen auf ihn zu und versuchten, ihn in die Tiefe zu ziehen. Mit letzter Kraft stürzte er schließlich aus der Spalte, blutig an Rücken und Händen, rannte zum Ausgang des Tunnels und schlug die schwere Eisentür zu. Zu Hause desinfizierte er die Wunden an seinem Rücken mit Schnaps. Er betrachtete sie in dem kleinen Badezimmerspiegel. Sie sahen aus, als hätte jemand etwas in ihn eingeschrieben. Er versuchte, es zu lesen, aber es war sinnlos. Er nahm den Hörer ab und informierte die Direktorin über seine geisterhafte Entdeckung. »Montag früh«, lautete ihre knappe Antwort. Dann hörte er nur noch gedämpfte Stimmen und merkte erst nach einer Weile, dass sie gar nicht aus dem Telefon kamen, die Leitung war längst unterbrochen worden. Es bestand kein Zweifel, dass die Stimmen in seinem Kopf waren.

18.

»Lassen Sie mich vorsichtshalber noch einmal daran erinnern, meine Herren«, sagte der namenlose Mann, der am Montagnachmittag anstelle der Direktorin im Tunnel erschienen war, »dass Sie eine Einverständniserklärung unterschrieben haben, die Sie zum Stillschweigen verpflichtet. Alle im Tunnel gemachten Feststellungen werden Gegenstand einer Untersuchung sein, die Sie unter keinen Umständen durch die unbefugte Verbreitung von Informationen gefährden dürfen. Verstanden?« Die beiden Praktikanten traten vor Verlegenheit von einem Fuß auf den anderen. Pro bockte still. Er stand noch immer unter dem Eindruck des Schocks. Während des Wochenendes hatte er kaum die Augen zugemacht. In einen Traum zu fallen war wie in die Arme der rufenden Stimmen zu fallen. »Wenn irgendetwas an die Öffentlichkeit käme«, fuhr der Mann mit piepsiger Stimme fort, »würden alle Strafverfahren, die wir bisher mit größter Mühe zurückhalten konnten, sofort gegen den Täter wieder eingeleitet.« Bei diesen Worten trat der Mann ganz nah an Pro heran und sah ihm tief in die Augen. »Zurückhalten, ich wiederhole, aber nicht wiederrufen. Haben wir uns verstanden?« Pro zuckte bei dem scharfen Blick des Mannes zusammen und nickte stumm. »Natürlich ist es möglich, dass wir einer Antwort auf die Frage näher kommen, ob unser Tunnel überhaupt etwas verbirgt, oder ob all der Aufwand und das Risiko umsonst waren – und damit meine ich nicht nur den physischen Aufwand, sondern vor allem die möglichen sozialen und sonstigen Folgen, die eine solche oder andere Entdeckung haben könnte. Ganz zu schweigen von den Folgen, wenn sich herausstellt, dass sich im Tunnel nie etwas befand, was hätte entdeckt werden können. Jeder von uns hat also eine schwere Prüfung vor sich, meine Herren«, fuhr der Mann mit monotoner, piepsiger Stimme fort, als würde er eine vorgefertigte Plattitüde ablesen. Wie immer trug er schwarze Lackschuhe und betrachtete Pros Gerät zur Messung von gefährlichen Gasen, während er sprach. »Wirklich schwere Prüfungen«, wiederholte er und nickte sich selbst zu, »obwohl niemand weiß, ob die wirkliche Prüfung etwas Überraschendes, vielleicht Schockierendes ist, das uns früher oder später unweigerlich im Leben erwartet, oder ob die viel schlimmere Prüfung das Ausbleiben der Prüfung ist, auf die wir so sehr warten. Am Ende seines scheinbar eintönigen oder besser gesagt viel zu geradlinigen Lebens wird der Mann ohne Prüfung vielleicht für sich in Anspruch nehmen können, dass er die schlimmste aller Prüfungen überstanden hat. Aber wie soll man seine Fragestellung beantworten?« Bei den letzten Worten schaute der Mann streng auf die beiden Praktikanten, die sich offenkundig langweilten und auf seinen strengen Blick hin sofort wieder ernsthaft vor sich blickten. »Was sagen eure jungen Köpfe dazu?«, fragte sie der Mann, was die Praktikanten sichtlich verlegen machte. »Ein Mensch, den das Schicksal nie mit einer Prüfung konfrontiert hat, die radikaler war als die Abwesenheit jeglicher Prüfung – hat ein solcher Mensch nicht eine viel schwierigere Aufgabe gehabt und sich einer viel schwierigeren Herausforderung des Wartens und der Unmöglichkeit der Konfrontation und des Sieges oder der Niederlage gestellt als jemand, der mit dem scheinbar Schlimmsten konfrontiert wurde und angesichts dessen die Möglichkeit hatte, sich als Person richtig auszuformen? Stellen Sie sich vor, die Leere gegen die zumindest theoretische Möglichkeit eines Sieges, auch wenn die Niederlage viel wahrscheinlicher ist? Das Nichts gegen die Hoffnung. Was würden Sie wählen, meine Herren?« Der Mann wandte sich wieder an Pro. »Eigentlich ist diese Frage überflüssig, meinen Sie nicht auch? Denn im Grunde können wir nie wählen. Wir sind immer nur auserwählt, auf die eine oder andere Weise. Aber sagen wir mal, hypothetisch gesehen, wenn Sie könnten, was würden Sie wählen?« Pro starrte schweigend in die Richtung des Tunnels. Er hielt nicht viel von dieser begrifflichen Gymnastik des Mannes mit seinem quietschenden Professorengehabe und den Lackschuhen. Er verstand nicht, wohin all diese sehr abstrakten Fragen führten und was der

Mann wirklich von ihm wollte. »Also gut«, pfiff der Mann schließlich, »ich sehe, dass keiner von euch dreien besonders redegewandt ist. Setzen Sie Ihre Arbeit fort und lassen Sie uns sofort wissen, wenn Sie etwas finden. Wenn Sie nichts finden, wird dieses Nichts ohnehin der Hauptfund sein. Die Frage bleibt, für wen, und glauben Sie mir, selbst meine Vorgesetzten, also die, die immer alles wissen, haben keine klare Antwort auf diese Frage.« Bei diesen Worten kicherte der Mann auf eine finstere, überhebliche Art, die Pro nicht ertragen konnte. Er war erst erleichtert, als der Mann weg war und sie weitergraben und die nächsten Meter Abraum abtransportieren konnten.

19.

In der darauffolgenden Woche wurden ein Frauenschuh und zwei Kinderschuhe sowie mehrere Schachteln mit Munition und mehrere Fässer mit Kalkrückständen gefunden. Etwa einen halben Meter von der Betonbarriere entfernt wurde dann ein menschliches Skelett ausgegraben, dessen Überreste eines Arms zuerst von Pro gesehen worden waren. Aufgrund der Größe der Knochen nahm er an, dass es sich um ein männliches Skelett handelte. Die Knochen waren von den Steinen und dem Schutt entstellt, mit Ausnahme des Schädels und der rechten Hand, die überraschenderweise unversehrt geblieben waren. Besonders erschreckend waren die strahlend weißen Zähne, unversehrt, als wären sie im Schädel noch lebendig. War dies das Skelett eines Mannes, der die Schnürsenkelschnur gebunden und mit seinem Blut das Zeichen an die Wand gemalt hatte? Pro fürchtete um seine beiden Assistenten, Franc war erst letzte Woche achtzehn geworden, Ali würde erst in ein paar Monaten volljährig sein. Glücklicherweise hatten sie keine Probleme mit dem Skelett, ganz im Gegenteil. Im Gegensatz zu Pro, der sich bemühte, das Skelett so gut wie möglich zu dokumentieren und mit den Überresten äußerst vorsichtig umzugehen, stapelten die beiden Praktikanten die Knochen in der Kiste fast spielerisch und spielten sich den Schädel sogar ein paar Mal gegenseitig wie einen Ball zu, was Pro verblüffte. Es schien ihm, dass die beiden Jugendlichen, die sich als äußerst fleißig erwiesen hatten, nicht viel vom Leben wussten und dass er sie über Dinge belehren musste, um die man nicht herumkommt. Nach der Begegnung mit den Stimmen, die inzwischen verstummt waren, wurde Pro schnell reizbar und angespannt. Dazu trug auch die Entzündung der Wunden auf seinem Rücken bei, die er sich beim Kriechen zugezogen hatte und die einfach nicht verheilen wollten. Immer wieder sickerten Blut- und Eiterflecken durch die dicke Arbeitskleidung, und die feuchte und kalte Umgebung im Tunnel war der Heilung nicht zuträglich. Unter normalen Umständen hätte Pro einen Arzt aufsuchen müssen, aber die Umstände waren alles andere als normal. Pro war sogar davon überzeugt, dass keine Stunde, geschweige denn ein Tag, verloren gehen durfte, um die Arbeit fortzusetzen. Die Sondierung ergab, dass die nächste Betonbarriere fast zwei Meter dick war. Pro gelang es, vom technischen Kundendienst eine spezielle Bohrmaschine zu bekommen. Die Gasanzeige ertönte erneut. Pro bohrte ein zweites Loch, durch das die Belüftung eingerichtet wurde und der Abriss begann. Sie waren ein eingespieltes Team. Franc und Ali sorgten für das anstandslose Entfernen der Betonbrocken, die unter den Schlägen des Presslufthammers von Pro zerbröselten. Pro fühlte, dass sie nah dran waren. Er roch es förmlich, dass sie nah dran waren. Er konnte hören, dass sie nah waren. Als die Wand schließlich nachgab, erschien hinter ihr eine weitere Wand aus verdichtetem Lehm, die sich jedoch von der ersten unterschied. In der Mitte war ein roter Fleck, ähnlich dem auf Pro's Rücken. Bald wurden sechs Skelette aus dem Lehm gegraben, zwei weibliche und vier männliche. Es war nicht schwer, sie zu identifizieren, ihre Kleidung, ihre Haut, sogar ihre Haare, haben sich im undurchlässigen Ton perfekt erhalten. Bei Kontakt mit der Luft zerfielen sie schnell. Franc und Ali brachten die Skelette weg, sortierten sie separat jedes in eine eigene Kiste und legten sie auf die Metallregale im Kommandoraum, die früher zur Pilzzucht verwendet wurden. Sie gruben weiter und stießen bald auf eine schmiedeeiserne Tür. Pro fragte sich, was für Skelette das waren. Und wem gehörte das einsame Skelett an der Barriere zuvor? Waren sie gezwungen worden, bei der Schließung des Tunnels zu helfen? Welches Drama hatte sich auf dieser Seite des Eisentors abgespielt? Pro schnappte sich den Bohrer und schaffte es bald, die Scharniere, die die Tür in ihrem Eisenrahmen hielten, durchzubohren. Er schlug auf das stumpfe Eisen ein, bis es nachgab und sich die Tür öffnete. Dahinter gab es nichts Neues, kein Ende, nur eine weitere Wand aus Lehm. Pro schrie auf. Er ließ den Bohrer los, griff mit den Fäusten hinein und warf Erdklumpen umher. Als er schließlich nicht mehr konnte, vergrub er sein Gesicht in der Lehmwand und schluchzte. Er hatte seine Kräfte bis zur Grenze ausgeschöpft. Doch im nächsten Moment gab die Lehmwand nach und Pro fiel mit dem Gesicht voran in einen Hohlraum. Ein unbeschreiblicher Gestank waberte durch den Tunnel. Die beiden Praktikanten halfen Pro auf die Beine und leuchteten in die Dunkelheit. Vor ihnen lag ein Feld aus menschlichen Knochen. Unter einer Schicht aus weißlichem Kalk wuchsen Haufen von Gürteln, Schuhen und verrotteten Kleidern empor, die wie Flecken zwischen den Skeletten lagen. Frauen, Kinder und stellenweise die noch deutlichen Umrisse von meist nackten Leichen, die mit Draht gefesselt waren, einige mit Schuhen an den Füßen. Haare, noch erkennbare Gesichter zu Todesschreien entstellt. Das Messgerät warnte mit einem Piepton vor dem steigenden Kohlendioxidgehalt. Pro machte einen oder zwei Schritte nach vorne zwischen die nächsten Skelette. Die Schreie der Ermordeten schwirrten um ihn herum. Er fiel auf die Knie und begann sich zu übergeben. Die beiden Praktikanten packten ihn unter den Achseln, luden ihn auf einen Förderwagen und brachten ihn weg. Es dauerte wahrscheinlich eine Stunde, bis Pro wieder zur Vernunft kam. Er saß auf einem Haufen gefrorener Abraumhalden vor dem Eingang des Stollens. Ab und zu streifte der Wind den Schnee von den nahen Fichten, ansonsten war alles um ihn herum still und tot. Schließlich nahm er sein Handy und schickte eine kurze Nachricht an die Direktorin: »Wir haben die Wahrheit gefunden«. Im nächsten Moment erhielt er eine Nachricht zurück. Als er sie las, wurde ihm eiskalt in den Knochen. Die Nachricht sagte: »Kein Anfang ist leicht.«

20.

Trotz Pros Warnungen vor den überschrittenen Giftgaswerten besichtigten die Direktorin und der Mann in den schwarzen Lackschuhen sofort nach ihrer Ankunft die Grabstätte. Sie behielten die volle Kontrolle und waren in Pros Augen ziemlich gleichgültig. Ihre Haltung schockierte Pro, den immer wieder ein unkontrollierbares Weinen überkam, ja, ihre Haltung erfüllte ihn mit Rebellion. Er konnte sich die Psyche eines Menschen nicht vorstellen, der angesichts eines Massenmordes gleichgültig bleiben konnte. Franc und Ali zeigten keine Anzeichen einer allzu starken Beeinträchtigung, was Pro auf die monatelange Arbeit in der Mine und die Tatsache zurückführte, dass sie schon in den Tagen zuvor den ausgegrabenen Toten ausgesetzt gewesen waren. Noch etwas anderes fiel Pro bei seinen Rundgängen auf. Aus ihren kleinen Beobachtungen und Äußerungen konnte er eine Veränderung in der Beziehung zwischen der Direktorin und dem Mann erkennen. Bisher war er davon ausgegangen, dass es sich bei dem Mann mit der piepsigen Stimme und den schwarzen Lackschuhen um einen Regierungsvertreter oder einen hochrangigen Beamten handelte und dass die Direktorin ihm unterstellt war. Doch nun wurde immer deutlicher, dass der Mann der Direktorin unterstellt war, was angesichts der Entdeckung nicht allzu wichtig war. Als sie aus dem Tunnel ins Freie zurückkehrten, dämmerte es bereits. Pro atmete tief durch und wartete darauf, dass jemand sprach, aber es herrschte nur Schweigen. »Was nun?«, fragte Pro schließlich. »Wie, was nun?«, antwortete die Direktorin in verlegenem Ton. »Ich denke«, wimmerte Pro, »dass jetzt die Profis für diese Fälle kommen werden, Forensiker, Polizei und so weiter.« »Haben Sie meine Nachricht nicht gelesen, Prometheus?«, sagte die Direktorin. Es war das erste Mal, dass sie ihn beim Namen nannte. »Das ist erst der Anfang Ihrer Arbeit«. Wieder herrschte Stille, die von der piepsigen Stimme eines Mannes in schwarzen Lackschuhen durchbrochen wurde. »Lassen Sie es mich ganz klar sagen: Es gab einen Krieg, der Krieg war vorbei, es gab ein Verbrechen, das wissen wir, oder wir haben es zumindest die ganze Zeit vermutet. Wir kennen also diesen Teil der Wahrheit, das ist nichts Neues. Wir schauen tiefer«. »Tiefer?«, fragte Pro. »Tiefer!«, sagte die Direktorin, und ihr Gesicht erhellte sich bei diesem Wort. »Ich erwarte, dass Sie die begonnene Arbeit fortsetzen«, fuhr die Direktorin fort. »Das ist es, wozu Sie sich verpflichtet haben, das ist Ihr Beitrag.« Der Mann fügte hinzu: »Mit all dem gehen Sie kein Risiko ein. Im Gegenteil.

Die einzigen, die ein Risiko eingehen, sind diejenigen, die die Last der Entscheidung tragen, wie man mit dieser Entdeckung umgehen soll.« Pro sah mal den einen, mal den anderen an und sagte schließlich: »Sie haben also wirklich nicht vor, irgendwelche Experten, die Polizei oder sonst jemanden einzuschalten?« »Das wird vorerst nicht nötig sein«, antwortete der Mann kühl. »Sie wären nur ein Ärgernis, wer weiß, vielleicht käme der ganze Prozess zum Stillstand, und es stellt sich die Frage, ob jemals der Wille vorhanden wäre, die Arbeit wieder aufzunehmen«, fügte er hinzu. »Was natürlich nicht heißt, dass wir sie nicht einbeziehen werden, wenn die Zeit reif ist.« »Wie meinen Sie das?« fragte Pro zögernd. »Wenn Sie das gefunden haben, was wir suchen«, sagte der Mann. »Die Wahrheit?«, fragte Pro. »Die Wahrheit!«, erwiderte der Mann und lachte sarkastisch.

21.

Von nun an kamen die Direktorin und ihre Begleiter regelmäßig, um den Fortschritt der Arbeiten zu überwachen. Pro hatte große Schwierigkeiten mit seinem neuen Job. Er musste sich zwingen, zwischen den Skeletten umherzugehen, sie zu zählen, sie zu fotografieren und ihren Zustand so genau wie möglich zu dokumentieren. Er machte eine Bestandsaufnahme der Schusswunden, der Bekleidungsreste und prüfte, ob die Leichen mit Draht gefesselt waren oder nicht. Er inventarisierte die gefundenen Knöpfe und Kämme, die Ringe, die die Opfer oft vor ihren Henkern im Mund versteckt hatten und die in den ausgehöhlten Schädeln lagen, die Kinderschuhe, Gebet- und Liederbücher, Haarspangen. Das Einzige, was er anfassen konnte, waren die Haarsträhnen, die dicken, noch robusten Büschel, die Pro pflichtbewusst in spezielle Kartons stapelte. Währenddessen gingen Franc und Ali gut gelaunt, oft sogar fröhlich, ihrer Arbeit nach, stapelten die Skelette in Plastikkisten und sortierten sie in Metallregale. Pro rechnete aus, dass sich der Tatort genau über der Trinkwasserfassung für die ganze Stadt befand, also genau über dem Tunnel, in dem er mehr als ein Jahrzehnt lang tagein, tagaus gearbeitet hatte, ohne zu ahnen, welches Grauen nur etwa 300 Meter weiter oben lauerte. Selbst die Stimmen waren durch die Entdeckung der Opfer nicht zum Schweigen gebracht worden. Erst tröpfchenweise, bald in Strömen, ertränkten sie Pro in seinem Inneren. In solchen Momenten beobachteten die beiden Praktikanten ihn schweigend, wie er im Tunnel auf und ab ging und ab und zu gegen die Felsen klopfte, als ob er ihre Echtheit prüfen wollte. Er unterbrach diese unerklärliche Tätigkeit sofort, als die Direktorin und der Mann wieder erschienen, um die Skelette zu zählen und die gefundenen Gegenstände zu untersuchen. Sie wirkten ganz entspannt. Sie lobten das Trio ständig für den raschen Fortschritt der Arbeiten. In kurzer Zeit würden sie fertig sein. Dreihundertdreiundneunzig Opfer. Pro warf immer wieder einen Blick auf die Direktorin und fragte sich, ob sie ihnen einen Hinweis geben würde, dass sie doch gefunden hatten, wonach sie viereinhalb Monate lang gesucht hatten, und ihn nun endlich von dem wachsenden Schrecken in seinem Inneren befreien könnten. Aber da war nichts, kein Zeichen.

22.

Eines Tages war Pro überzeugt, dass sie endlich gefunden hatten, wonach sie suchten. Als Zeichen ihres Glücks zogen die beiden Praktikanten, die längst zu treibenden Kräften und informellen Vorarbeitern geworden waren, eine vollständig erhaltene hölzerne Beinprothese hervor und setzten sie, mal der eine, mal der andere, scherzhaft als ihre eigene ein und stakten im Kommandoraum herum. Der Mann in schwarzen Lackschuhen klatschte dabei begeistert Beifall, während die Direktorin wie immer zurückhaltend blieb. Der Anblick des Holzfußes ließ Pros Augen glasig werden. Er sah sich im Kontrollraum um. Sie waren von einem unübersichtlichen Stapel von Plastikkisten umgeben, die bis oben hin mit menschlichen Knochen gefüllt waren. Er konnte das Lachen des Mannes und der beiden Praktikanten hören, das Klatschen und Pfeifen, jemand hatte sogar Musik auf seinem Telefon eingeschaltet, und in der Mitte des Kommandoraums wurde ein Tanz mit dem Holzbein aufgeführt. Pro wurde von Stimmen überflutet, er konnte das Blut durch die Narben auf seinem Rücken pochen spüren, alles kribbelte. Er konnte es nicht mehr ertragen. Er taumelte tiefer in den Tunnel hinein, dorthin, wo das murmelnde Heulen am lautesten war, hielt sich die Ohren zu und schlug seinen Kopf gegen die Felsen. Der Tunnel endete an einer feuchten, kahlen Wand, die wie alle Wände in diesem Teil des Tunnels mit Kalk getüncht war. Direkt davor brach der Boden unter Pros Beinen ein. Die verrottenden Bretter, die den Höllenschlund unter einer dünnen Schuttschicht verschlossen hatten, gaben nach. Pro fiel durch die Äste des Baumes des Todes, alles um ihn herum rasselte und zerbrach, er rutschte tiefer und tiefer in die erstickende Dunkelheit eines vertikalen Schachts, in dem Tausende von zerbrechlichen Skeletten ineinander verschlungen waren. Er spürte, wie das Universum unter seinem Gewicht zusammenbrach, wie er in das Zentrum der Finsternis glitt, wie Querbalken aus menschlichen Knochen zerbrachen, wie sie ihn mit Stimmen umarmten und hinunterschluckten, wie unter seinem Körper Schädel zerbarsten und ihn immer tiefer in das trockene Feuer der Schreie zogen, in das schwarze Feuer der Finsternis, das sich mit Schrecken über ihm schloss und ihn dann in sich selbst begrub, so lebendig wie einst diejenigen, die hierhineingeworfen worden waren.

23.

»Nun, wie ich schon sagte, die Hoffnung stirbt zuletzt. Am Ende werden wir es schaffen«, sagte die Direktorin, als es ihnen nach mehreren Stunden erfolgloser Versuche endlich gelang, Pro aus dem Schacht zu ziehen. Pro war in etwa zehn Metern Tiefe stecken geblieben und die beiden Praktikanten mussten einen Gang durch die Skelette graben, was sehr zeitaufwendig war, da nur einer von ihnen an einem Seil hängend graben konnte, während der andere Skelettteile entsorgen musste. Alle atmeten erleichtert auf, als sich herausstellte, dass Pro den Sturz ohne ernsthafte Verletzungen überstanden hatte, auch wenn er aufgrund des Schocks nicht mehr ansprechbar war. Die Stimmen in Pro verstummten. Pro verstummte. In der nächsten Woche verließ er den Teil des Tunnels neben dem Schacht nicht mehr. Er saß zusammengekauert auf der Seite und beobachtete schweigend, wie Franc und Ali eifrig Hunderte von Skeletten wegschleppten. Es waren so viele, dass es sinnlos war, Untersuchungen über die einzelnen Knochen und die anderen Gegenstände anzustellen. Die beiden Praktikanten erwiesen sich als sehr praktisch. Von irgendwoher hatten sie einen kleinen Bagger bekommen, mit dem sie sich leicht in das Innere des senkrechten Schachtfensters hineinnagen und es entleeren konnten, wenn auch nur bis zu einer gewissen Tiefe. Später half der Bagger auch, die Überreste zu beseitigen. Der etwa vier Quadratmeter große Schacht reichte mehr als siebzig Meter tief und war bis zum

Boden mit Leichen gefüllt. Bei ihrer Arbeit kamen die beiden jungen Männer immer wieder auf die Blutmenge zu sprechen, die wahrscheinlich über eine gewisse Zeit in den Schacht geflossen und direkt in das Wasserreservoir der Stadt gesickert war. Pro reagierte praktisch nicht mehr. Er verließ das Ende des Tunnels nur noch zweimal. Das erste Mal, um zu sehen, wie die Jungs die Knochen aus dem Schacht in einen der blinden Stollen transportierten, die von der Kommandohalle abgingen und aus denen sie zuvor alles taube Gestein entfernt hatten, das sie dort bereits abgeladen hatten. Und das letzte Mal, als in der Mitte des Kommandosaals ein Feuer angezündet wurde. Den Anweisungen der Direktorin folgend, verbrannten Franc und Ali zunächst die Reste der gefundenen Kleidung und dann nacheinander alle persönlichen Gegenstände, die sie gefunden hatten. Ihre beiden Gesichter leuchteten triumphierend angesichts des großen Lagerfeuers, das das baldige Ende ihrer Mission ankündigte und die Aussicht auf die wohlverdiente Belohnung für ihre fleißige Arbeit. Als sie versuchten, Bücher zu verbrennen, diese aber nicht brennen wollten, übergossen sie sie mit Benzin. Die Flammen zischten bis an die Decke der feuchten unterirdischen Halle. Als Pro sah, dass die Kisten mit den Haaren, die er so sorgfältig gesammelt hatte, ebenfalls brannten, versuchte er zu retten, was zu retten war. Wahrscheinlich wäre er verbrannt, hätten Franc und Ali ihn nicht im letzten Moment aus dem Feuer gezogen und ihn, ganz voller Brandwunden, an eines der Metallregale gebunden. Die Regale waren wieder leer und standen für den Pilzanbau oder die Lagerung zur Verfügung. Gefesselt und verbrannt, aber noch am Leben, musste Pro mit ansehen, wie das Feuer alles verzehrte. Am nächsten Tag betraten die Direktorin und der Mann mit den schwarzen Lackschuhen zum letzten Mal den Tunnel. Es roch immer noch nach Verbranntem. Sie konnten die Praktikanten für die gründliche Arbeit, die sie geleistet hatten, nicht genug loben. »Ihr zwei seid aus dem richtigen Holz geschnitzt«, sagte der Mann und schüttelte sogar die Hände der beiden Jungen, die vor Stolz strahlten. »Aus euch wird noch etwas werden.« Er befahl ihnen, einige Kisten mit sorgfältig ausgewählten Knochen und Gegenständen, die er vor dem Verbrennen entnommen hatte, darunter das Holzbein, zu seinem Auto zu bringen. Er band Pro los, aber Pro machte keine Anstalten, aufzustehen und mit ihnen hinauszugehen. Als sie schon am Ausgang angekommen waren, hörten sie Pro mit schwacher Stimme rufen: »Die Wahrheit!« Die Direktorin blieb stehen, ging ein paar Dutzend Meter zurück, gerade so weit, dass Pro sie gut hören konnte. »Prometheus Kunemtiselkis«, sagte sie mit einer seltsam beruhigenden Stimme, die Pro sehr an die Stimme seiner verstorbenen Mutter erinnerte. »Alles, was du gesucht hast, hatten wir alle schon immer. Doch es war gefangen, und wir wussten nicht, wie man es befreien konnte. Du hast dabei mitgewirkt, und es ist richtig, dass auch du an den Früchten unserer Arbeit teilhaben sollst.« Daraufhin nahm der Wirbelwind aus den Stimmen der Toten mit einer bis dahin unbekannten Macht Pro wieder in sich auf. Es war zu stark, zu berauschend und zerstörerisch zugleich, als dass er die Schritte der Vier beim Verlassen des Tunnels, das Klicken des Schalters, der das Licht im gesamten Tunnel ausschaltete, und das Krachen der Stahltür beim Schließen noch hätte hören können.

Narziss

1.

Als Kind hatte er stundenlang neben der Keksdose mit den Familienfotos gesessen. Papa bei den Soldaten, Mama mit den Babys im Garten, er und sein Bruder beim Ausblasen der vier Kerzen auf dem gemeinsamen Kuchen. In der Badewanne, zwei Augenpaare, ein Berg von Badeschaum um sie herum. Dann nur er, allein auf dem Fahrrad. Er nochmals, stolz aufrecht stehend bei der Schulfeier, mit schwarzer Krawatte auf der Bühne. So viel eingefrorene Zeit, so viel Vergangenheit. Zu Hause hatten sie nie wirklich über die Vergangenheit gesprochen. Die gesamte Vergangenheit wurde in der Keksdose aufbewahrt. Oder vielleicht nicht einmal dort. Schon früh stellte er fest, dass auch die Erinnerungen auf Fotos nicht ewig sind. Bald nachdem sein Vater die Filme aus der Familienkamera in einem der Fotostudios entwickeln ließ, begannen die Farben und schließlich auch die Bilder zu verblassen. Er konnte die Gesichter und Silhouetten der Menschen kaum noch erkennen. Seine Eltern waren über das Verblassen der Bilder verärgert, aber er interessierte sich mehr dafür als für die Erinnerungen, die auf den Fotos festgehalten waren. Nichts währte ewig, nichts blieb bestehen. Er empfand das als eine große Erleichterung, denn alles, was verblasst war, konnte bald von seiner Phantasie bewohnt werden.

2.

Als er sieben Jahre alt war, bekamen er und sein Bruder eine kleine weiße Katze. Sie wetteiferten um ihre Zuneigung, fütterten sie und versuchten, sich bei dem Tier auf jede erdenkliche Weise beliebt zu machen. Wenn das Kätzchen in den Armen eines von ihnen hängen blieb, kam es schnell zu Streit zwischen ihnen. Obwohl sie noch andere Katzen zu Hause hatten, würde er alles tun, um die Zuneigung dieser kleinen weißen Katze zu gewinnen. Aber nach einigen Wochen zeigte die Katze eine viel stärkere Bindung zu seinem Bruder, sie schlief nachts am liebsten an seinen Füßen ein, und auch wenn er sie heimlich bei sich aufnahm, flüchtete sie bald zu seinem Bruder und mied ihn immer mehr. Er war enttäuscht und fragte sich, was nur mit ihm los war. Einmal, als sie allein zu Hause waren, lockte er die Katze hinter das Haus, bis hin zu einem nahe gelegenen Teich. Sie spielten mit einem kleinen roten Ball. Er rollte ihn in Richtung Wasser. Das Tier rannte dem Ball hinterher und fiel in den Teich. Er streckte seine Hand aus, um die Katze zu erreichen, aber die Berührung des dunklen Wassers stieß ihn zurück, als wäre er elektrisiert. Er versuchte es erneut. Es klappte nicht. Er starrte auf die Oberfläche. War das, als er den Schrei seiner Mutter hörte? Oder hatte er den Schrei schon die ganze Zeit im Ohr, wie Fotos in einer Keksdose? Der rote Ball dümpelte auf der trüben Oberfläche. Auf einmal kam von irgendwoher sein Vater, sprang angekleidet in den Teich, verschwand unter Wasser, tauchte kurz auf, um Luft zu holen, und tauchte wieder. Ein Augenblick verging, vielleicht vergingen auch ein paar Jahre. Der Vater tauchte schließlich mit dem Ertrunkenen in seinen Armen auf. Die Weidenbäume beugten sich tief über die Schreie der Mutter. Die Eltern versuchten, den reglosen

Körper wiederzubeleben. War die weiße Katze wirklich sein Bruder? War der Ertrunkene wirklich sein Bruder oder war er es selbst? Er erinnert sich, dass er tage-, wochen- und monatelang die Oberfläche des Teiches, alle Oberflächen, absuchte, um zu sehen, ob die Katze wieder auftauchen würde. Die Sonne schien, und er hätte schwören können, dass sich an diesem Tag alles auf der trüben Oberfläche spiegelte, auch die Wolken, die Baumkronen, die Rettungsmänner und die Polizisten, nur er hatte kein Spiegelbild.

3.

Sie waren umgezogen. Kurze Zeit darauf ließen sich seine Eltern scheiden. Er wohnte beim Vater. Oder besser gesagt, er lebte eher in einem stillen Dabeisein als dass er wohnte. Er empfand die Tatsache, dass er noch lebte, als Ungerechtigkeit und Anklage. Obwohl sein Vater ihm nie etwas vorwarf. Er schwieg einfach. Was noch schlimmer war. Gegen das Schweigen seines Vaters gab es keine Verteidigung. Er wurde immer verschlossener. Seine Klassenkameraden mieden ihn. Er hatte keine Freunde, nichts, was ihn glücklich gemacht oder interessiert hätte, mit einer Ausnahme. Seine Liebe zur Fotografie wurde durch eine gebrauchte Leica geweckt, die er nach einem erfolgreichen Klassenabschluss als Fünfzehnjähriger erhielt. So verwandelte er das heimische Badezimmer gelegentlich in eine Dunkelkammer. Er vergrößerte und entwickelte bei Rotlicht die Fotos, die er durch die schmutzigen Fenster des Schulbusses aufnahm. Auf seinen Fotos waren keine Menschen zu sehen, sondern nur ausladende Silhouetten. Immer wieder gab es unscharfe Flecken von Bäumen und Gebäuden, Lichtflecken, die sich bei zu langer Belichtung seltsam über seine fotografischen Schöpfungen ergossen, für die sein Vater, falls er nüchtern war, kein freundliches Wort fand. Da er aber in der Schule gut abschnitt, übte sein Vater keinen Druck auf ihn aus. Der Vater wurde immer mehr zum stillen Trinker, der abends stundenlang am offenen Fenster saß, rauchte und langsam die Weinflaschen leerte. In der Küche wurde es dunkel, und vom Vater war nur noch der Schein einer Zigarette zu sehen. Wenn er als Teenager nach Hause kam, machte er nie das Licht an, sondern ging im Dunkeln ins Bett, oft noch angezogen. Er ahnte, dass er seinen Vater im Handumdrehen für immer verlieren würde, wenn er das Licht anmachen würde. So aber verschwand der Vater erst allmählich, Jahre vergingen, in denen Vaters zunehmend gebeugter Körper immer mehr verblasste und sich auflöste, bis schließlich auch der Schein seines Zigarettenstummels erlosch.

4.

Der Umzug in die Stadt, in der er studieren sollte, kam wie eine Erlösung. Zum ersten Mal war er allein und auch nicht mehr für irgendetwas oder irgendjemanden außer für sich selbst verantwortlich. Gleichzeitig war er aber auch zum ersten Mal finanziell völlig auf sich allein gestellt und lebte von einem bescheidenen Stipendium. Schon nach wenigen Wochen verflog die Freude über die neu gewonnene Freiheit, und unkontrollierbare Angst und Unruhe wuchsen in ihm. Schon bald waren selbst die alltäglichsten Aufgaben wie Einkaufen oder der Gang zur Post eine enorme Anstrengung, umso mehr, wenn sie den Umgang mit Menschen erforderten. Tage- und wochenlang lag er in seinem feuchten Zimmer im Halbkeller und gab sich ganz der inneren Auflösung hin, den Selbstanschuldigungen für jeden unpassenden Satz oder jede Ungeschicklichkeit, die den Spott der Professoren,

Fakultätskollegen, Angestellten oder Ladenbesitzern hervorrufen könnte. Alles in ihm kräuselte sich dunkel, langsam, aber unaufhaltsam, gebrochen, ohne Kanten und ohne jegliche Festigkeit. Perioden der Schlaflosigkeit verschlimmerten seinen Zustand nur. Trotz seiner tiefen Krise kam es ihm nicht in den Sinn, einen Arzt aufzusuchen. Er schämte sich bereits vor einfachen Allgemeinärzten, umso mehr noch vor Psychiatern. Wegen des Schlafentzugs begann er zu halluzinieren. Er dachte mehr und mehr darüber nach, wie er sich von dem unerträglichen Druck befreien könnte. Der Weg zur Uni führte an einem Fluss vorbei. Oft blieb er am Ufer stehen und starrte auf die vorbeiziehenden Wellen. Er war vom Gedanken besessen, dass er ertrinken müsste, um sich endlich in der Oberfläche des Flusses zu sehen. Dann erschien ein Paar neugieriger Augen in seinem Leben. Bei einer Vorlesung über die Geschichte der Fotografie wählte sie unter all den leeren Stühlen den Stuhl neben ihm aus. Er erschauerte bei ihrem Anblick. Er wurde von zwei widersprüchlichen, doch zugleich sehr hartnäckigen Gefühlen geplagt. Er mochte es, wahrgenommen zu werden, um endlich in den Augen anderer zu existieren. Andererseits schämte er sich seines Anblicks und fühlte sich der Aufmerksamkeit anderer nicht würdig.

5.

Sie studierte Filmregie. Sie war von zierlicher Statur, aber strahlte deswegen umso mehr ihre Kraft und Entschlossenheit aus, was sich besonders bei der Arbeit mit Menschen oder hinter der Kamera zeigte. Als Student assistierte er ihr gelegentlich und bewunderte ihre Ausdauer und Unermüdlichkeit. Bei anderen hatte sie es immer geschafft, den Eindruck zu vermitteln, dass sie genau wusste, was sie wollte. Sie war in vielerlei

Hinsicht auffällig, auch körperlich. Bei der Arbeit roch er oft ihren starken Körpergeruch, der ihn gleichzeitig abstieß und faszinierte. Sie kamen sich näher. Sie war die einzige Person, mit der er ganz gelassen schweigen konnte, und auch sie schien diese unaufdringliche Form der Gesellschaft zu genießen. Eines Tages probierten sie in seinem feuchten Halbkellerzimmer zum ersten und einzigen Mal miteinander zu schlafen und stellten fest, dass ihre Körper nicht füreinander geschaffen waren. Sie teilten ihre Vergangenheiten, ihre Träume und ihre Sehnsüchte nur durch kleine, alltägliche Gesten dem anderen mit und erlaubten es sich, einander und sich selbst gegenüber verschlossen zu bleiben, zwei Geheimnistuer, die alles zu verstehen schienen, vieles ahnten und doch sehr wenig wussten. Das ging zwei Jahre lang so, bis sie eines Abends in ihrem Studentenwohnheim den Studentenpreis feierten, den sie für ihr Video gewonnen hatte. Sie hatten viel getrunken. Er war auf dem Heimweg, als es plötzlich aus ihr herausschoss: »Spürst du diese Dunkelheit? Fühlst du diese Albtraumgeschichte im Dunkeln?«, stammelte sie. »Mit fünfzehn Jahren bin ich von zu Hause weggegangen. Ich ging hinein, hinein in die Dunkelheit.« Er schwieg. Er war nicht in der Lage, einen sinnvollen Kommentar abzugeben. Jahre später würde er sich an dieses Schweigen erinnern, das anders war als alle ihre gemeinsamen Schweigen zuvor, an ihre Augen, die ziellos durch den Raum schweiften. Dann murmelte sie kaum hörbar: »Ich arbeite mit Video wegen der Dunkelheit. Was immer wir filmen, was immer wir sehen, verdeckt nur die Dunkelheit. Du hast keine Ahnung, wie ich erschauere, wenn ich die Dunkelheit betrete. Alles ist immer da. Alles, was jemals war, ist in der Dunkelheit und dauert ohne Ende. Wenn wir das Licht einschalten, geht alles nur vorübergehend vorbei«, sagte sie. Dann rannte sie zum Waschbecken und begann sich zu übergeben.

6.

Schon bald etablierte sie sich in Intellektuellenkreisen als Videokünstlerin. Er selbst gab unterdessen die Fotografie auf und begann in Werbespots aufzutreten. Sein Gesicht mit der markanten Nase wurde immer bekannter. Ihre Wege trennten sich schließlich, als sie ein Kunststipendium gewann und ihre Karriere in Amsterdam fortsetzte. Auch er versuchte ins Ausland zu gehen und erhielt ein einjähriges Stipendium in Innsbruck. Er konnte in der Stadt am Inn aber keinen Kontakt zu Menschen herstellen. Seine persönliche Krise verschärfte sich weiter. Er besuchte ein Schauspielstudio, wo er wegen seiner schlechten Deutschkenntnisse kaum den Mund aufmachte. Nach drei Monaten kehrte er still wieder zurück und tat weiterhin das, was er am besten konnte: charmant in die Kamera lächeln. In den folgenden Jahren spielte er in der beliebten Fernsehserie »Beauty Clinic« die Rolle eines jungen Patienten, bei dem eine unbekannte unheilbare Krankheit diagnostiziert wurde, und eroberte damit, wie die Boulevardpresse schrieb, die Herzen der weiblichen Zuschauer.

7.

Nach einiger Zeit ging es mit seiner Schauspielkarriere bergab. Der Markt verlangte zunehmend erkennbare Charaktere und ausgebildete Schauspieler. Er bekam nur noch kleine Episodenrollen, arbeitete als Ansager bei öffentlichen Veranstaltungen und erschien gelegentlich in der Boulevardpresse, aber das reichte kaum zum Überleben. Er wurde zunehmend auf Instagram und anderen sozialen Netzwerken aktiv. Selfies, die ihn im Kopfstand, im schottischen Kilt im Hyde Park, als Gondoliere in Venedig oder im Frack und mit Monokel unter dem Eiffelturm zeigen, bescherten ihm eine große Fangemeinde. Er nutzte sein immer noch jugendliches Gesicht mit der markanten Nase, um für neue Modetrends und Kosmetika zu werben. Mit dem Geld kaufte er sich eine geräumige Wohnung und dokumentierte deren Renovierung in den sozialen Medien. Posts, die ihn in hundert verschiedenen Pyjamas in seinem roten Zimmer zeigen, fanden besonderen Anklang. Es war ein geräumiges, ganz in Dunkelrot gehaltenes Zimmer, das vom Boden bis zur Decke mit roten Ordnern gefüllt war, in denen er alle Fotos aufbewahrte, die er selbst gemacht hatte oder auf denen er abgebildet war, Tausende und Abertausende von sorgfältig sortierten und beschrifteten Porträts, Zeitungsausschnitte oder Ausdrucke von jeder noch so unbedeutenden Kleinigkeit, die jemals im Zusammenhang mit ihm online veröffentlicht worden war. Ein Jahr später wurde er von einem renommierten französischen Fotografen in der Mitte des Roten Zimmers porträtiert. Das Porträt erschien auf der Titelseite eines beliebten Gesellschaftsmagazins und festigte über Nacht seinen Ruf als Influencer, der dafür bekannt ist, mit den Grenzen des guten Geschmacks zu spielen.

8.

Das Web schien wie geschaffen für ihn. Im Internet konnte er die Beklommenheit und Schüchternheit, die er jahrelang versteckt hatte und die ihn im Umgang mit anderen Menschen immer wieder überwältigt hatte, leicht abschütteln. Er überlegte und plante jeden Beitrag sorgfältig und baute nach und nach ein virtuelles Bild von sich auf. Er musste nie in physischen Kontakt mit den Tausenden von Anhängern treten, die seine Beiträge jeden Tag mit Likes versahen, kommentierten und teilten. Er lebte ein einsames Leben, ohne Freunde oder Partner. Die Inszenierung seines vermeintlich extravaganten Privatlebens befreite ihn von der Notwendigkeit, es wirklich zu leben. Eingesperrt in seinem roten Zimmer, lebte er in der Überzeugung, dass nur seine virtuelle Figur zählte, die er für die Öffentlichkeit geschaffen hatte. Von Computerbildschirmen, Filmen und Fotos starrte ihm jemand entgegen, der eine verbesserte und vervollständigte Version seiner selbst war. Nur die Bilder der inszenierten Person werden in der Erinnerung der Menschen bleiben. In der Zwischenzeit verschwand sein wahres Ich, so wie auf den Fotos, die er immer noch in der Keksdose aufbewahrte, seine Eltern verschwanden, die weiße Katze verschwand, und er selbst verschwand, manchmal mit zwei, manchmal mit einer noch erkennbaren Silhouette.

9.

Eine unerwartete E-Mail kündigt ihre Rückkehr aus Amsterdam an. Sie hatte ihre künstlerische Laufbahn schon vor Jahren an den Nagel gehängt und war im Medienmanagement gelandet. Ein Job im nationalen Fernsehen war in Sicht. Nach vielen Jahren kamen sie wieder zusammen. Er fand sie arrogant. Sie fand ihn zu affektiert. Er sprach die ganze Zeit über seine Projekte, seine Anhängerschaft und seine Erfolge. Sie sprach die ganze Zeit über Frauenrechte, über das Recht auf Selbstbestimmung der eigenen Identität und über Kampagnen zur Änderung der offiziellen Verwendung männlicher und weiblicher Personalpronomen. Er konnte spüren, wie seine Verachtung für ihre hohle, lehrbuchartige politische Korrektheit in ihm wuchs. Er sprach noch mehr über seine Arbeit, seine Siamkatze und den Preis für herausragende Leistungen in der Online-Kommunikation, den er kürzlich erhalten hatte. Er war ihr gegenüber so, wie er der ganzen Welt gegenüber geworden war, höflich distanziert und ständig auf der Suche nach seinen eigenen Interessen. Als sie ihm erzählte, dass sie einen Job beim Fernsehen hatte, überschüttete er sie mit Komplimenten und raffinierten Schmeicheleien. Sie hörte ihm stoisch zu und sagte ihm sogar, dass er sich nicht verändert habe, obwohl sie die Person, die vor ihr stand, nicht mehr mit der Person in Verbindung bringen konnte, mit der sie einst eine besondere Beziehung gehabt hatte.

10.

Sie sahen sich gelegentlich bei Ausstellungseröffnungen oder anderen VIP-Veranstaltungen. Ihre Rolle im nationalen Fernsehen wuchs. Bald wurde sie Chefredakteurin des Unterhaltungsprogramms. Unmittelbar nach ihrer Berufung trat er in Aktion und überschwemmte sie mit Nachrichten, in denen er ihr nicht nur Ideen zu verkaufen versuchte, die in Verbindung mit Produkten standen, für die er beruflich warb, sondern auch eine bessere Version seiner selbst. Und tatsächlich, nach drei Monaten ständigen Drucks erhielt er die Einladung, in einer der meistgesehenen Sendungen des Landes aufzutreten. Die Zahl der Likes und Freundschaftsanfragen explodierte in dieser Nacht. Er war zufrieden, zumal die Sendung eine Reihe von Interviews und andere öffentliche Reaktionen hervorrief. In den folgenden sechs Monaten war er wieder eine Szenegröße, einer der wenigen im Lande, der in den traditionellen Printmedien und im Internet gleichermaßen präsent war und bewundert wurde. Er hatte das Gefühl, dass das, was ihm seiner Meinung nach schon seit einem Jahrzehnt zustand, nun endlich eintrat. Andererseits wurde er ständig von bösen Vorahnungen und Gefühlen der Unzulänglichkeit und Bedrohung heimgesucht. Er war selbstkritisch genug, sich nicht als Ausnahmeerscheinung zu sehen, aber gleichzeitig kannte er niemanden, der begabter war als er selbst. Er war so elegant, fleißig und kreativ wie nur möglich. Daraus schloss er logischerweise, dass er selbst nicht gerade durchschnittlich war, sondern dass er von einem engstirnigen Umfeld mutwillig übersehen wurde.

11.

Ein halbes Jahr später hatten die Medien endgültig die Nase voll von seiner Anwesenheit. Er war 33 Jahre alt, und auf seinen Wangen zeichneten sich die ersten Falten ab. Die Branche wandte sich neuen, frischen Gesichtern zu. Sein Geschäfts- und Lebensmodell geriet ins Wanken. Er lebte hauptsächlich von Ersparnissen und vom Verkauf der Wohnung, die er nach dem Tod seines Vaters geerbt hatte. Als ihm das Geld ausging und er niemanden mehr hatte, den er um Hilfe bitten konnte, wandte er sich nach fast 16 Jahren leicht beschämt an seine Mutter. Sie trafen sich im Park neben dem Altersheim, in dem sie lebte. Sie begrüßte ihn mit ihren verwirrten Augen und starrte immer wieder auf den Teich vor ihnen, während sie sich unterhielten. Das Geld, um das er am Telefon gebeten hatte, hatte sie nicht, aber sie hatte etwas anderes für ihn parat. Sie verabschiedeten sich so, wie sie sich begrüßt hatten, ohne sich zu berühren. Er sah ihr nach, als sie für immer hinter der Tür des Pflegeheims verschwand. In der Plastiktüte, die sie für ihn auf der Bank zurückgelassen hatte, befand sich ein Schuhkarton, der bis oben hin mit ausgeschnittenen Zeitungsartikeln über ihn gefüllt war. Das war es, was er neben Geld am meisten brauchte: die Bestätigung, dass es Menschen auf der Welt gab, die sich für ihn und seine Arbeit interessierten. Der Schuhkarton seiner Mutter lenkte ihn von den selbstzerstörerischen Tendenzen ab, die seit kurzem wieder in ihm erwacht waren, und das gab ihm die Kraft, nach einem Ausweg aus der Krise zu suchen.

12.

Er kratzte seine letzten Ersparnisse zusammen und nahm einen kleinen Verbraucherkredit auf. Das Geld reichte aus, um den ersten einer Reihe knapp einminütiger Clips mit dem Titel »Narziss am Ende der Welt« zu drehen. In den Clips wanderte er in stilisierten Outfits aus recycelten Materialien, Flaschen, Kunststoffen, Autoreifen und ähnlichem untermalt mit Wagner-Musik durch die ökologisch am stärksten belasteten Orte des Landes, durch apokalyptische Kahlschläge, an verschmutzten Flussufern entlang, durch illegale Mülldeponien. Es waren kraftvolle Szenen mit umweltbewusster Botschaft. Die Clips fanden Anklang, wenn auch nicht übermäßig, aber doch genug, um das Thema in den wenigen Wochen seiner Online-Werbekampagne wieder in den Vordergrund der öffentlichen Aufmerksamkeit zu rücken, insbesondere bei jungen Menschen und Mitgliedern verschiedener Umweltbewegungen. Bald geriet die Kampagne jedoch in Vergessenheit. Es war kein Misserfolg, aber auch kein Triumph. Er hatte keine andere Wahl, als die Zähne zusammenzubeißen und sich an das einzige ernsthafte Angebot zur geschäftlichen Zusammenarbeit zu klammern, das er erhalten hatte. Er begann für einen multinationalen Konzern zu arbeiten, der für seine vielen Marken mit alkoholischen Getränken und Mineralwassern bekannt ist.

13.

Die Zusammenarbeit begann mit ein paar kleinen Online-Werbekampagnen. Sie waren mit seiner Arbeit und seinen Ideen zufrieden. Mit der Zeit erhielt er immer größere Aufträge. Obwohl es sich um ein globales Unternehmen mit strengen internen Richtlinien handelte, wurde der lokalen Marketingfirma, für die er arbeitete, viel Freiheit eingeräumt, insbesondere bei der indirekten, so genannten unsichtbaren Vermarktung der Agenda des multinationalen Unternehmens. Die Marketingagentur verfügte über ein großes Werbebudget. Bald wurde er vom etablierten Influencer und Webkünstler zum »Doktor Wasser«. Er war das Gesicht, das zunächst indirekt und dann immer direkter erklärte, warum es eine gute Idee war, die Wasserressourcen zu privatisieren, um Transparenz und klare Verantwortlichkeit für die natürlichen Ressourcen zu gewährleisten. Und warum das Trinken bestimmter Wassermarken die Konzentration verbesserte, das Immunsystem stärkte, den Körper ionisierte und damit das Leben verlängerte.

14.

Nach anderthalb Jahren hatte er den Kredit abbezahlt. Mit dem Rest des Geldes kaufte er ein Haus auf dem Lande, ließ es renovieren und baute davor einen herzförmigen Swimmingpool, der mit roten Kacheln ausgelegt und von weißem Marmor und Kakteen umgeben war. Er hat die Einweihung des Pools bis ins kleinste Detail geplant. Die feierliche Eröffnung wurde mit der Einführung einer neuen Mineralwassermarke verbunden. Alles live gestreamt. In den drei Stunden, die die Übertragung dauerte, brachte das multinationale

Unternehmen mehrere Lastwagenladungen des heilenden Mineralwassers zu »Doktor Wasser«. Drei vorher bei einem Wettbewerb ausgewählte fünfte Grundschulklassen erhielten vergoldete Flaschenöffner, mit denen sie die Flaschen öffnen und in den Pool leeren konnten, bis zwanzig Minuten vor Sendeschluss ein Spezialtanker 33 riesige Kois brachte, die die Kinder ins Wasser entließen. Das Streaming endete mit einem kleinen Feuerwerk und einer Szene, in der »Doktor Wasser« unter dem Beifall der Fünftklässler zum ersten Mal in seinem Becken voller bunter Karpfen schwamm, während im Hintergrund ein Chor von Sängern der Staatsoper, verkleidet als Wassernymphen aus der Oper Rusalka, auftrat.

15.

Am nächsten Morgen wurde er von seiner Marketingleiterin geweckt. Ein Clip, in dem er in einem goldenen Badeanzug auf einer aufblasbaren Flasche sitzt, während um ihn herum Kois schwimmen, ein Opernchor im Hintergrund singt und über ihm ein Feuerwerk gezündet wird, war im Internet verbreitet worden und wurde von Millionen von Menschen gesehen. Es war jedoch bald klar, dass die Wirkung das Gegenteil von dem war, was man sich gewünscht hatte. Umweltorganisationen, die Grüne Partei, verschiedene Kommentatoren, sogar die Lehrergewerkschaft und die Union of Societies Against Animal Cruelty verurteilten den Clip aufs Schärfste. Auch nach mehreren Tagen waren die Proteste und Online-Beschimpfungen noch nicht abgeklungen. Viele riefen zum Boykott des von ihm auf den Markt gebrachten Produkts auf, und schon bald änderte sich die Haltung der Geschäftsleitung des multinationalen Konzerns gegenüber seinem exzessiven Marketing. Demonstrativ und mit großem Medienrummel beendeten sie die Zusammenarbeit mit der Marketingfirma und damit auch mit ihm. Von einem Tag auf den anderen wurde er arbeitslos. Aber das war nicht das Schlimmste. Er war das Gesicht einer moralisch umstrittenen Kampagne und als solches eine leichte und nun ungeschützte Beute für die Medien. Die ganze Wut und der Hass richteten sich ab jetzt gegen ihn persönlich. Das nationale Fernsehen spielte eine zentrale Rolle bei der Verleumdungskampagne gegen ihn. In der darauffolgenden Woche verging kein Tag, an dem die Journalisten nicht über die Affäre und seine Einnahmen aus den Werbekampagnen und über alle Personen, für die er in der Vergangenheit gearbeitet hatte, berichteten, wobei sie ihn als Online-Schmierfinken und Betrüger anstatt als Online-Künstler darstellten.

16.

Er hatte mehrfach versucht, sie anzurufen, aber sie rief nie zurück und ignorierte seine Nachrichten. Er war verzweifelt. Ermutigt durch ein paar Whiskeys und angeheizt durch das unaufhörliche Geräusch der App, die jede Erwähnung seines Namens im Internet verzeichnete, dieses unwiderstehliche und zunehmend beängstigende PING-PING-PING, bei dem jeder Tontropfen einen spöttischen, kritischen und vernichtenden Beitrag in einer der Zeitungen, im Radio, im Fernsehen oder auf einem der vielen Online-Portale bedeutete, stellte er ihr schließlich ein Ultimatum. Entweder hören die Angriffe auf seinen guten Namen durch das nationale Fernsehen sofort auf, oder er würde all die qualvollen Details ihrer dunklen Missbrauchsgeschichte durch ihren eigenen Vater veröffentlichen.

17.

Am folgenden Nachmittag besuchte ihn ein nationales Fernsehteam. Er verstand den Anruf, der das Team angekündigte, als ihre stillschweigende Kapitulation, als Ende des Kreuzzuges des nationalen Rundfunks gegen ihn und als ersten Schritt zu seiner öffentlichen Rehabilitierung. Er setzte sich in einen Sessel in der Mitte seines roten Zimmers, leicht gepudert und von einem grellen Scheinwerfer angestrahlt. Auf Aufforderung des Tontechnikers stand er auf und brachte das gelegentliche Tröpfeln der PING-PING-PING-Signale im Nebenraum zum Schweigen. Schließlich war alles bereit. Eine junge Journalistin, die er noch nie gesehen hatte und mit der er zuvor nur ein paar Höflichkeitsfloskeln ausgetauscht hatte, setzte sich in den Sessel gegenüber. Er streckte seine Wirbelsäule, hob sein Kinn an und lächelte leicht. Bevor er das »Die Kamera läuft« des Kameramanns hörte, streifte er mit einem flüchtigen Blick die Hunderte von roten Faszikeln, die in perfekter geometrischer Ordnung an den Wänden angeordnet waren, und sah noch den Schwanz seiner Siamkatze verschwinden, die, erschrocken über die Anwesenheit von Fremden, aus der Tür flüchtete. Er wollte der Katze gerade noch hinterherlaufen, da öffnete sich der Raum zwischen den rotgeschminkten Lippen der Reporterin. Es war, als ob Tausende und Abertausende von Zeugnissen seiner Exzellenz, die sich im Laufe von fünfzehn Jahren angesammelt hatten, ihren letzten tiefen Atemzug getan hätten, als ob alle Artikel, Fotos, Meinungen, alles Lob, alle Kritik, die Laudationes, Interviews, Reflexionen, Porträts, Sozialchroniken, alle Abschriften, Notizen, Berichte, Würdigungen und Erinnerungen in einem einzigen roten Abgrund verschmelzen würden. Seine Kreativität blutete aus den Regalen. Die dunkle Oberfläche der roten Flüssigkeit überzog seine Schuhe und begann aufzusteigen. Er beobachtete die Journalistin wie ein ahnungsloses Tier kurz vor der Schlachtung und wunderte sich einen Moment lang, dass er nicht den geringsten Anflug von Rebellion in sich spürte. Sie begannen.

18.

Nach der zweiten oder dritten Frage der Journalistin war klar, dass er einem fatalen Fehler erlegen war. Die Journalistin, die vor einem Blatt mit vorbereiteten Fragen saß, verwandelte sich von einer Frage zur nächsten in eine äußerst gut informierte Klägerin. Sie fragte ihn nach den Beträgen, die er in den letzten zehn Jahren von dem multinationalen Konzern und anderen Geldgebern erhalten hatte, nach der Ethik des indirekten Marketings und nach seinen ökologischen Überzeugungen. Woher hatte sie all diese Informationen, dachte er. Die Fragen waren so geschickt gestellt, dass sie selbst deutlich zeigten, dass er in diesem Verhör keine Chance hatte, unschuldig zu bleiben. Es folgten immer intimere Fragen zu seinem Verhältnis zu seiner unmittelbaren Familie und seinem häuslichen Umfeld. Über das Aufwachsen mit einem alkoholkranken Vater, über sein unvollendetes Studium und über seine, wie es die junge Journalistin sarkastisch formulierte, »nicht gerade erfolgreiche und im Allgemeinen kläglich gescheiterte künstlerische Karriere«. Anfangs versuchte er noch, sich mit losen und wenig überzeugenden Antworten höflich aus dem Schraubstock zu winden, aber irgendwann war das nicht mehr möglich. Das Gespräch entwickelte sich mehr und mehr zu einem kriminalistischen Verhör vor laufender Kamera. Er wurde nervös, roch den Gestank seines eigenen Schweißes und antwortete zunehmend aggressiv und verwirrt. Er glaubte, das PING-PING-PING-PING aus dem Nebenzimmer wieder tropfen zu hören, das PING-PING-PING-PING, das aus seinem trockenen Mund tropfte, Worte, die ihn nach und nach in eine immer peinlichere und ausweglose Situation brachten. Nach mehr als vierzig Minuten Verhör zog die Journalistin einen Zettel hervor. Es war ein Ausdruck seiner E-Mail, in der er der Redakteurin drohte. Er verstummte. Draußen begann es zu regnen. Das Scheinwerferlicht erlosch. Sie nahmen ihm das Mikrofon ab und zogen das Kabel unter seinem durchnässten Jackett hervor. Er hatte nicht die Kraft, aufzustehen. Bald schloss sich die Tür am anderen Ende der Wohnung hinter dem Kamerateam. Er saß immer noch in dem Sessel in der Mitte des roten Zimmers, als wäre er angekettet. Er wusste, dass er das Gesagte nicht zurücknehmen und schon gar nicht die Verwendung des Interviews, dem er leichtfertig zugestimmt hatte, verbieten konnte. Jetzt hob sich die blutrote Oberfläche des Raumes bis knapp über seinen Schädel, und erzitterte sanft. Sie verschlang ihre Beute, und ein roter Ball schwebte direkt über ihm als Vorahnung seiner verschrumpelten Gedanken.

19.

Das Warten auf den Fernsehbericht über ihn am Samstagabend zur besten Sendezeit war eine brutale Folter. Er machte nur die dringendsten Besorgungen und hatte das Gefühl, dass jeder auf der Straße ihn erkannte und heimlich hinter ihm herschaute. Ohne die entlaufene Siamkatze war die Wohnung unerträglich leer. Er schaltete alles aus, was sich ausschalten ließ, sogar den Router, versuchte zu lesen, obwohl ihm die Konzentration dazu fehlte, und konnte selbst mit Hilfe von Alkohol und Schlaftabletten nicht schlafen. Er mied Fenster und andere reflektierende Oberflächen, insbesondere den großen Spiegel im Badezimmer. Der Anblick des unglücklichen Mannes mit den dicken Augenringen, der rötlichen Nase und den grauen, zerzausten Haaren, des dürren, bemitleidenswerten Fremden, machte ihn noch deprimierter und öffnete in ihm jenen jugendlichen Abgrund der Unzulänglichkeit und Minderwertigkeit, den er für immer geschlossen und verschwunden geglaubt hatte. Plötzlich wurde er, der bis vor kurzem ein unerschütterliches Vertrauen in seine eigene Exzellenz und den Glauben an seine eigene einzigartige Mission hatte, zu einem ausschweifenden, verängstigten und zutiefst unzulänglichen Schatten seiner selbst, ein anderer er, aber nicht der, den er im Laufe der Jahre mühsam erschaffen hatte, sondern dessen Gegenteil, der auf die andere Seite der trüben, undurchdringlichen Oberfläche verschwunden war. Mehr und mehr erkannte er in allem sein eigenes Spiegelbild.

20.

Der Samstag kam nicht als kosmisches Urteil. Der Samstag war die ganze Zeit über da gewesen und hatte auf ihn gewartet. Er stellte es sich wie einen Herzstillstand vor. Wie einen elektrischen Stuhl. Wie einen Fleischwolf. Wie lebenden Sand. Nichts von alledem ist geschehen. Nur die elektronische Uhr sprang schließlich von 19:58 auf 19:59. Und dann stand sie lange, lange, lange Zeit still, bis die Uhr schließlich ihre Form veränderte, wie Wasser, das seinen Aggregatzustand verändert und zu Eis wird. 20:00. Er beschloss, nicht zuzusehen. Er lag auf dem Boden, zwischen dem Schuhkarton seiner Mutter und der Keksdose. Dann änderte er seine Meinung. Er schaltete seinen Router ein. Der Fernseher brauchte eine Weile, um die Kanäle einzustellen. Im selben Moment schaltete sich der Computer ein und stellte eine Verbindung zum Internet her. Durch die monströse Stille der Wohnung ertönte ein endloses, ununterbrochenes PIIIIIING, das das monotone Geräusch des Regens übertönte, der schon die ganze Woche an die Fenster geklopft hatte. Er hielt sich die Ohren zu, warf sich auf den Boden und kroch über die Wollteppiche zum Schrank mit dem Hauptschalter. Im nächsten Moment gingen alle Lichter und elektronischen Geräte in der Wohnung, alle Bildschirme und Anzeigen, aus. Es war, als ob er in völlige Dunkelheit versunken wäre. Nur das fahle Licht der Straßenlaternen und die Reflexion der großen Werbeleinwand, auf der hin und wieder die riesige, mechanische Figur einer winkenden Katze zu sehen war, ein Werbespot für einen japanischen Film, drangen matt durch die Fenster an der Nordseite der Wohnung. Er spürte, wie er ohne Halt sank und sich immer weiter vom schwindenden Licht der Reklame in der Ferne entfernte, wie sich Kreise zwischen ihm und der Welt zu bilden begannen, Wellen in der Luft, die alles um ihn herum trübten, bis er nichts mehr sehen konnte.

21.

Drei Tage und drei Nächte lang sammelte er die Kraft, sich der Sendung im Nationalen Fernsehen zu stellen. Dass sie für ihn verheerend war, war ihm klar. Während dieser ganzen Zeit hatte er weder sein Telefon noch den Strom eingeschaltet. In der Küche bildete sich vor dem Kühlschrank eine Pfütze. Ansonsten war die Wohnung eine Geisterwohnung. Dann, am Dienstagabend, rang er sich doch dazu durch. In der Dunkelheit schaltete er sein Mobiltelefon ein. Das Display leuchtete auf, und das Telefon ratterte mit Hunderten von Benachrichtigungen und Nachrichten, die von überall her kamen. Er überprüfte seinen Status in den sozialen Netzwerken und stellte fest, dass mehr als eine Viertelmillion Menschen sich in den letzten drei Tagen von ihm entfreundet hatten. Er las sich einige der Zehntausenden von Kommentaren durch und erschauderte bei der Erkenntnis, dass er als Perverser, Schurke, Idiot, Zerstörer des Planeten, neoliberaler Abschaum und Kapitalistenschwein gebrandmarkt wurde, der eingesperrt, deportiert und bei lebendigem Leib vernichtet werden sollte.

22.

In den folgenden Tagen schaute er sich die Sendung immer wieder an. Er kannte inzwischen jede vernichtende Frage der Journalistin und seine unbeholfenen Antwortversuche auswendig, jedes Bild, jede Einspielung, jedes Diagramm, die Aussage der Marketingfirma und der öffentlichen Sprecherin des multinationalen Konzerns. Am Ende der Sendung gab die Chefredakteurin des nationalen Fernsehens selbst eine gesonderte Erklärung ab und sprach über den schamlosen Druck, dem Journalisten ausgesetzt sind, über das allgemeine Phänomen feindlicher Einstellungen gegenüber Frauen in verantwortlichen Positionen und über die systembedingten Ungerechtigkeiten, die in der Gesellschaft viel zu viel Raum dafür lassen, dass Missbraucher und andere Degenerierte ungestraft blieben, wenn nicht sogar gesellschaftlich belohnt würden. »Ich dachte, wir wären Freunde. Vor vielen Jahren haben wir sogar zusammen gearbeitet. Es stellte sich jedoch heraus, dass ich, wie viele andere Journalistenkollegen, das Ziel eines schmutzigen Erpressungsversuchs war. Es reichte nicht aus, dass ich als Kind jahrelang körperlich misshandelt wurde und mich davon kaum erholt habe. Der Missbrauch im Familienkreis reicht nicht aus, sondern legitimiert den nächsten Missbrauch, wenn er ihn nicht sogar motiviert. Es ist ein systemisches Problem in unserer Gesellschaft. Für viele Frauen. Wir dürfen nicht länger über diese Dinge schweigen. Es ist unsere Aufgabe, hinter die dunklen Kulissen zu sehen, die Wahrheit zu sagen und sie so oft zu wiederholen, dass sie ein für alle Mal zur neuen gesellschaftlichen Norm wird.«

23.

Eine Woche später war er nicht mehr wiederzuerkennen. Von dem Tag an, an dem die Sendung ausgestrahlt wurde, wusch er sich nicht mehr, wechselte seine Kleidung nicht und aß nicht mehr. Er drückte seine stoppelbärtiges Gesicht an den Computerbildschirm, auf dem zum hundertsten Mal oder mehr die Wiederholung der Sendung lief. Dann, plötzlich, als ob ihm etwas aufgefallen wäre, hielt er das Bild an. Ihre Wange spreizte sich, ihr Mund war noch halb offen von den Worten, die sie gerade gesprochen hatte: »Wir dürfen nicht länger über diese Dinge schweigen.« Zuerst strich er mit den Fingerspitzen über den großen Bildschirm, und im nächsten Moment schlug er mit der linken Hand mit aller Kraft darauf ein. Doch anstatt dass der Bildschirm beim Aufprall zerbarst und zersplitterte, stürzte seine Faust in ihr Bild, das sofort blutverschmiert war. Er tauchte seine andere Hand tief in den Bildschirm und kroch dann ganz hinein. Blind tastete er in der undurchdringlichen, verpixelten Röte um ihn herum, orientierungslos gefangen im dichten, flüssigen Inneren dieses unbekannten Organismus, bis er sie roch. Daran bestand kein Zweifel, sie war es. Er ertastete ihren unbeweglichen Arm, ihre Schulter, packte ihren Hals fest mit beiden Händen. Er würgte sie unnachgiebig und beharrlich, mit all der Kraft, die er noch hatte. Bald ging ihm die Luft aus, sein Körper wurde hilflos und schlaff, doch sein Hass verlieh seinen

Händen weiterhin die Kraft von unzerbrechlichen Zangen. In der immer dünnflüssigeren Röte würgte er einen Körper, der aufgehört hatte sich zu wehren, bis zu dem Moment, als er knapp unter der Oberfläche des blutigen Wassers schwebte und in dem riesigen Badezimmerspiegel oder auf dem fast völlig verblassten Foto den Hals, den Körper und das Gesicht von jemandem erkannte, der nicht sie war. Er hatte jemanden erwürgt, der genauso aussah wie er, der wahrscheinlich er war, aber selbst diese Erkenntnis konnte den festeren Griff seiner Hände nicht brechen.

Orpheus

1.

Nationalmuseum, der große Saal der Evolution. Eine locker sitzende dunkelgrüne Uniform, ungebügeltes Hemd, eine lästige Dienstmütze, die er nur wiederwillig trägt, weil die Vorschriften es verlangen. Der Stuhl hinter der großen Eingangstür im Erdgeschoss, sein Platz im Universum. Graues Nachmittagslicht hüllt die Skelette von Mammuts, Höhlenbären, Fischen und anderen ausgestellten Tieren ein. Eine staubige Müdigkeit macht die Zeit schwer und unbeweglich. Wenige Besucher, ein paar Kinder, die gelegentlich in der Halle herumlaufen, die nicht funktionierenden Knöpfe der interaktiven Bildschirme ausprobieren und kreischen. Erschrockene Blicke von Erwachsenen. Die meisten Besucher bleiben nur kurz vor dem mächtigen Brachiosaurus am anderen Ende des Evolutionssaals stehen, die 12 Meter langen Halswirbel des Sauriers mit dem winzigen Schädel an der Spitze reichen bis zur Decke. Nur wenige schenken den Vitrinen und den Exponaten von Elchen, Wildbären, Walen ihre Aufmerksamkeit. Nach fünf Jahren und drei Monaten Wachdienst kann er die Profile und Interessen der Besucher bereits daran erkennen, wie sie gehen. Es gibt keine Überraschungen. Nur ein Schmerz in der Wirbelsäule, der immer nach ein oder zwei Stunden Stillstehen auftritt. Und das einzige Mittel gegen den Schmerz sind langsame, abgezählte Schritte im Kreis seines unsichtbaren Käfigs auf dem Flur. Aber heute mag er trotz aller Schmerzen nicht aufstehen. Die Zeiger der großen Wanduhr über dem Eingang stehen auf 17:09. Eine Stimme nähert sich aus dem nächsten Saal, die Gruppe von Mitgliedern des Museumsvereins ist pünktlich wie jeden Donnerstag. Als sie den Saal betreten, erhalten all die Wissenschaft über Vergangenes, all die Monotonie des endlosen Wartens und die stummen Zeitzeugen, die hier Tag für Tag bewacht werden – vor wem nur? –, ein wenig mehr Sinn. Nach Monaten und Jahren des Beisammenseins wird er selbst fast ungewollt und doch gleichzeitig unausweichlich zu einem müden, unbeweglichen und stummen Zeugen. Wenn all diese Exponate, all diese toten Bestien sprechen könnten. Wenn sie mit ihrem ausgestorbenen Knurren, Heulen, Krächzen und Kreischen zu sprechen begännen. Was würden sie ihm über die Schmerzen in seinem Rücken, das brennende Gefühl in seinen Fußsohlen, über das Bauchfett, das bei dieser Art Arbeit ständig anwächst, über seine trockene Haut und die geschwollenen Finger sagen? Was würden sie über den Sinn all dieses Bewachens der Vergangenheit und Starre, über die Sinnlosigkeit und den Verlust jeglichen Lebenswillens sagen, der ihn immer hartnäckiger ergreift, seit er sein Museum bewacht, als würde er sich selbst bewachen, sich selbst gefangen halten? Aber sich bewachen für wen? Und wofür?

2.

Das letzte Mal sprach der Professor über »Vögel, Aves«, eine Woche zuvor hatte er über genetische Unterschiede zwischen Homo erectus und Neandertaler doziert. Die Gruppe befand sich am anderen Ende des Saals, und wegen des Echos und der ziemlich lauten Kindergruppe hätte er dem Vortrag nicht ungestört folgen können, selbst wenn er es gewollt hätte. Diesmal kommt die Gruppe von Mitgliedern des Museumsvereins näher und bleibt vor den Vitrinen Nummer 22 und 23 stehen.

»Schuppenkriechtiere, Squamata«, wiederholt der Professor in Schulmanier und fährt fort, die evolutionäre Entwicklung von Eidechsen und Schlangen zu beschreiben, die anatomischen Merkmale und Lebensbedingungen, die es erforderlich machten, dass im Gegensatz zu Säugetieren und anderen Arten, die es sich leisten können, ihre Jungen monatelang oder sogar jahrelang aufzuziehen, junge Reptilien und Schlangen vollständig angepasst schlüpfen, um ganz allein auf sich gestellt zu überleben. Er sitzt mit seinem massigen Körper auf dem Stuhl, durch das Skelett eines Mammuts aus dem Pleistozän vor den Blicken der Gruppe geschützt. Heute Abend hat er keine Lust, dem Professor zuzuhören, auch wenn es in seinen Ausführungen nicht an ungewöhnlichen, manchmal sogar bizarren Informationen mangelt. Nehmen wir an, das Schlangenweibchen frisst ihr Männchen nach der Befruchtung. Oder dass einige Schlangen die Samenflüssigkeit des Männchens über Jahre hinweg aufbewahren können, was bedeutet, dass sie ganz allein den Zeitpunkt der Befruchtung bestimmen. »Na so was«, denkt er, stöpselt sein Bluetooth-Headset in die Ohren, John Lee Hooker spielt, er schließt die Augen, löst sich von seinem brennenden achten und neunten Kreuzbeinwirbel, schwebt von sich weg, erhebt sich über die Schädel der Exponate und Besucher in der Halle und gleitet dann halb schlafend und gleichgültig wie die Zeit selbst, die wie die Unendlichkeit nur sehr, sehr langsam vergeht.

3.

Er hält seinen Job für den einfachsten und sinnlosesten Beruf der Welt. Wo sonst wird ein Mann dafür bezahlt, Zeit zu vergeuden, die Stunden zu zählen, gelegentlich streng in Richtung der verwöhnten Kinder und etwas freundlicher in

Richtung ihrer Eltern zu schauen? Er versteht nicht, wie er von einer Arbeit erschöpft sein kann, die doch gar keine Arbeit ist? Warum erscheinen die Sonntagabende wie eine Erlösung, weil darauf ein arbeitsfreier Montag folgt? Endlich ist es sieben Uhr und sie schließen. Ein letzter Sicherheitscheck, und das Alarmsystem wird eingeschaltet. Wie üblich will er mit seinen Kollegen in eine nahe gelegene Kneipe gehen, eine Cola trinken und ihren Gesprächen lauschen. Beim Weggehen wird er von einer Stimme verzaubert und völlig hilflos an eine der Marmorsäulen vor dem Museum gedrängt, wo er sich anlehnt, nur wenige Schritte von der Straßenmusikerin entfernt. Um sie herum eine Ansammlung alter Menschen, junger Paare, Kinder und Hunde, sogar einiger Babys auf dem Arm, die alle reglos der seltsamen Stimme und dem langsamen Zupfen der Gitarrensaiten folgen, dem Zauber der Musik, der alles zum Stillstand bringt, so dass sogar die Tauben vor den Füßen der Musikerin landen und sich nicht mehr bewegen. Ihr Gesang überwältigt ihn, berührt ihn brutal und tief, öffnet ihn wie eine Wunde. Was in ihn eindringt, fühlt sich an wie das Auftauchen einer verlorenen oder nie wahrgenommenen Präsenz. Der Gesang weckt etwas scheinbar Totes in ihm, etwas, das er vielleicht zuvor erahnt hat, aber jetzt, inmitten des sanften Zupfens der Saiten und begleitet von einer zerbrechlichen Stimme, die aus einer anderen Zeit und einem anderen Ort zu ihm kommt, ist es vollends lebendig geworden. Tränen fließen über seine Wangen. Was die Straßenmusikerin mit ihrem Lied erweckt hat, gibt ihm in der Niederlage das Leben jenseits aller Erstarrung zurück, bildet in der Formlosigkeit der Zeit ein klares Hier, ein sinnvolles Jetzt. Noch kurz zuvor hätte er nicht geahnt, dass dieser Abend, diese Stimme, diese Begegnung zu einem zentralen Baustein seines Schicksals werden würde.

4.

Am nächsten Morgen steht er in aller Frühe vor dem Museum und wartet stundenlang, bis die Musikerin endlich eintrifft. Er versteht noch immer nicht die Tränen, die ihm aus den Augen kommen, sobald das Mädchen zu singen beginnt. Es sind Tränen der Verbundenheit, Tränen des Glücks und des sich Öffnens. Er braucht sie wie eine Droge, er braucht diese Stimme, diese Therapie oder was auch immer die Präsenz der Musikerin für ihn ist. Er nimmt ihren Gesang mit seinem Handy auf und spielt ihn ständig über seine Kopfhörer bei der Arbeit, zu Hause, im Bus, beim Essen und beim Einkaufen ab. Bald ist er süchtig nach diesem Gesang, der sich in seinem Kopf wie ein Wurm windet und wiederholt. Als er sie eine Woche später vor dem Museum wiedersieht, beginnt sein Herz zu klopfen. Wieder steht er hinter der Säule. Wieder hört er zu, ohne sich zu bewegen, wieder weint er. Er geht nicht zur Arbeit. Er hört stundenlang zu, regt sich nicht. Das Museum wird geschlossen. Er sieht, wie seine Kollegen, die Museumswächter, nach Hause oder ins Gasthaus gehen. Als die letzten Zuhörer Münzen in den offenen Gitarrenkoffer werfen, nimmt er endlich den Mut zusammen und geht zu ihr hinüber. Nach ein paar überschwänglichen Komplimenten lädt er sie auf einen Drink ein. Sie sieht ihn an, aber nicht so mild, wie ihr Lied mild war, sie sieht ihn scharf an wie eine Schlange. Er stammelt ein paar Worte und will schon gehen, als auf der anderen Seite des Museumsplatzes eine Polizeistreife auftaucht. Er hilft ihr eilig beim Aufräumen, schnappt sich ihren Koffer, sie hält ihre Gitarre, ihre andere Hand umklammert seine, und schon laufen sie auf die andere Straßenseite. Fünfzehn Minuten später sitzen sie über ihre Burger gebeugt. Sie erzählt ihm, dass sie sich vor der

Polizei versteckt, die hin und wieder Straßenmusiker ohne Genehmigung festnimmt. Er erzählt ihr von seinem großen, unerfüllten Kindheitswunsch, Gitarre spielen zu lernen. Sie erzählt ihm von der Musikhochschule, die es nicht mehr gibt, vom Leben in einer Stadt, die in Trümmern liegt. Er erzählt ihr vom Aufwachsen in einem überwiegend weißen Viertel. Sie erzählt ihm vom Krieg und dem Verlust von allem. Er erzählt ihr von Flucht, von zerrütteten Familienbanden, sie von Flüchtlingslagern, er von Abendschulen und Rassendiskriminierung, sie vom Leben auf der Straße, er vom Leben auf der Straße, sie von Freiheit, er von Befreiung, sie vom Tier im Menschen, er von einem Museum voller toter Tiere. Sie kauen beide zufrieden auf ihren Burgern herum und geben sich gegenseitig Bestätigung. Sie spricht über ein Haus am Stadtrand, er über sein Haustier und über seinen Stolz, den schön restaurierten VW Käfer, sie über Verlust, er über Sicherheit, sie über seine liebenswerte Unbeholfenheit, er über das, was ihre Musik und ihre Anwesenheit in ihm auslösen, sie über Mut, er über Tränen, sie über Echos, er über den schwarzen Spiegel, sie über das verlorene Gestern, er über das Morgen, das nie kommt.

5.

War sie nur ein schattenhaftes Trugbild? War das lautlose Gleiten seines dunklen und ihres hellen, verschwitzten Körpers in der Dunkelheit, das Umarmen und Verschlingen von Fingern, Händen, Gliedern, Schlangenkörpern, das Schlängeln, das Eindringen, das unendlich Gewagte, das unendlich Vertraute, ihr gemeinsames Schnauben, ihr Schrei in die Dunkelheit der Nacht, war das alles nur Phantasie? Der Geruch ihrer Scham in seinem Bett, die Spur von Lippenstift auf dem

Glas mit dem Rest von Wein, das Plektron, das sie auf dem Küchentisch hinterlassen hat. Waren sie jemals real? Ist sie es? Wird sie es noch sein?

6.

Am nächsten und am übernächsten Tag und am Tag danach verlässt er während der Arbeitszeit und trotz strikten Verbots, seine Ecke an der Tür des Großen Saals der Evolution und läuft unter den erstaunten Blicken zweier Kollegen die Treppe hinunter, um nachzusehen, ob sie da ist. Aber sie ist es nicht. Nicht an diesem Tag, nicht am nächsten und nicht am übernächsten danach. Er fängt an, in der Stadt nach ihr zu suchen, in der Hoffnung, irgendwo ihre Stimme zu hören, ihre dünne, schlangenartige Silhouette auf einem der Plätze oder in den Einkaufsstraßen der Stadt zu erblicken. So vergehen seine Vormittage und Abende. Nachmittags arbeitet er. Das Museum wird schließlich zur Zwangsarbeit, zur Isolationshaft, schlimmer als ein Gefängnis. Zu allem Überfluss wird er an den Wochenenden zwischen die Vitrinen der gelegentlichen Ausstellung antiker Keramiken verbannt, weg von den großen Fenstern, die ihm wenigstens einen Blick auf den Museumsplatz ermöglichten. Niemand ist an der Ausstellung interessiert. Seine Kollegen beneiden ihn, da seine neue Position ein Höchstmaß an Müßiggang mit sich bringt, er selbst aber empfindet die Versetzung als grausame, spöttische Strafe. Hilflos sitzt er in dem düsteren Kellerraum, wird von gelegentlichen Wutanfällen heimgesucht, in denen er am liebsten die Amphoren, Teller, Krater, Kelche und was sonst noch an griechischen Gefäßen um ihn herum ausgestellt ist, umwerfen. Er verbringt Stunden allein und hört sich die Aufnahme ihrer Stimme an. Er kennt jede Modulation, jedes

Geräusch vorbeifahrender Autos auf der Aufnahme auswendig. Ihre Stimme beruhigt ihn und bringt ihn zu sich selbst zurück, auch wenn der Gesang nicht mehr die gleiche starke Wirkung hat wie beim ersten Hören. Mit dem Gesang kehren auch die Bilder ihrer kleinen Brüste, ihrer Scham und ihres Gesäßes zurück, die Erinnerungen an ihren Geruch, ihre Schreie leben wieder auf, überwältigen ihn, quälen ihn und machen ihn verrückt. Als er die Augen öffnet, sieht er ein älteres Ehepaar, eine Dame und einen Herrn, vor einer großen attischen Amphore aus schwarzer Terrakotta mit roten Malereien stehen. Er stoppt die Aufnahme. »Schau«, sagt der Mann zu der Frau mit der üppigen Halskette, die weiter in ihr Handy tippt. »Sieh dir die Frauen auf der Vase an, wie sie den armen Kerl getötet haben.« Die Frau hält einen Moment inne, schaut schnell auf die Vase, zuckt mit den Schultern, seufzt tief und geht tippend in den nächsten Raum. Der Mann steht eine Weile vor der Vase und trottet dann pflichtbewusst hinter seiner Frau her. Für ihn, der ein Gefangener seines Arbeitsplatzes bleibt, sind diese zwei Sätze, diese kurze Szene, das Ereignis des Tages. Erschöpft erhebt er sich aus seiner Ecke und nähert sich der Glasvitrine. Er schaut auf den halbnackten Mann auf der Vase, der mit der Harfe in der Hand am Boden liegt und vergeblich versucht, die Todesstöße der mächtigen Kriegerinnen abzuwehren. Er liest: Der Tod des Orpheus, Athen, Klassische Zeit, um 450 v. Chr. Ihn überkommt eine Beklemmung, fast eine körperliche Übelkeit, die ihn für den Rest des Tages verfolgt.

7.

Zufällig begegnet er einem Bekannten von der Polizei. Er erzählt ihm von der Straßenmusikerin und dem Haus, das sie erwähnt hat. Der Bekannte versucht, ihn davon abzubringen, eine Dummheit zu begehen. Auf sein fieberhaftes Drängen hin und durch den in eine Zeitung eingelegten Umschlag, den er ihm zusteckt, lässt er sich schließlich doch erweichen. Der Bekannte gibt ihm die Adressen von Häusern, die auf die Beschreibung passen könnten. Er meldet dem Museum, dass er wieder erkrankt ist, und fährt mit seinem VW Käfer zur ersten der Adressen. Die Türen und Fenster sind mit Brettern vernagelt. Das zweite und dritte Haus in den schlimmsten Vierteln der Stadt sehen ähnlich aus: beide stehen leer, überall liegt Müll, Glaswaren, Nadeln, streunende Hunde und verdächtige Nachbarn, die herumlungern. Am nächsten Abend stößt er auf ein mit Brettern vernageltes und mit Graffiti beschmiertes Wohnhaus. An der Tür wird er von einem Trio angesprochen. »Was suchst du hier, Nigga? N' Mädchen mit 'ner Gitarre? Bist du'n Bulle oder was?« »Eine Freundin«, murmelt er erschrocken. Zu ihnen stoßen zwei weitere, von denen einer offenbar der Chef ist. »Hast du Cash?« Er nickt. Der Chef spuckt ihm vor die Füße und bedeutet einem der anderen, seinen Mantel zu öffnen und ihm die Metallstange zu zeigen. Das Duo packt ihn und drückt ihn grob gegen die Wand. »Was willst du, du fetter Nigga? Weißt du nicht, wessen Territorium das hier ist?«, zischt der Chef durch die Zähne, zieht ein Messer und drückt es ihm an den Hals. In diesem Moment ertönt ihr Gesang gedämpft von irgendwo aus dem oberen Stockwerk des Hauses. »Das ist sie! Das ist sie!«, ruft er. Sie lachen über ihn. »Ich muss, versteht ihr, ich muss zu ihr.« Der Chef spuckt erneut und macht ein Zeichen, ihn gehen zu lassen. »Okay, Nigga, jede Musik kostet was. Was hast du zu bieten?« Er holt Münzen und Scheine aus seiner Tasche, nimmt seine Plastikarmbanduhr ab. Einer von den Typen schnappt sich das Plektrum. Er will es nicht hergeben. Der Junge schlägt ihm in den Magen, so dass er zusammenbricht. »Du hast Glück, dass sie so gut spielt, deine Freundin, wir alle mögen sie, sonst wär das hier anders ausgegangen.« Er zieht seine Jeansjacke aus und drückt sie dem Typen in die Hand. »Armer weicher Nigga«, spötteln sie und lassen ihn schließlich rein. Im Haus gibt es keinen Strom. Die meisten der Wohnungen haben keine Türen. Der Gestank ist überwältigend. Hier und da erhellt der Schein einer Kerze Obdachlose, die auf Matratzen sitzen, Frauen und Kinder, die auf einem Gasbrenner kochen. Betrunkene oder Drogensüchtige, alte Männer, junge Mädchen mit Babys, Schwarze, Araber und Asiaten. Er folgt ihrer Stimme, sie kommt von oben. Ein kaputter Handlauf im Treppenhaus, Löcher in der Treppe, er leuchtet den Weg mit seinem Handy aus. Schließlich erblickt er sie in einem großen Raum. Erhellt von Dutzenden von Kerzen und umgeben von düsteren Schatten, die ihr regungslos zuhören. Ihr Gesang hat wieder einmal den ganzen Raum verzaubert. Keiner der Schatten zuckt, keines der grob geschminkten Mädchen und keiner der verdächtigen Typen, keine der gebeugten, tätowierten alten Frauen und vermummten alten Männer zucken, alle sind hypnotisiert von ihrer Stimme und dem Zupfen der Saiten. Auch er schwebt, die Augen geschlossen, irgendwo weit weg. Als er die Augen öffnet, sieht sie ihm tief in die Augen. Ein Blick, der sein Herz rasen und seinen Penis anschwellen lässt. Ein Blick wie der Biss eines Gottes.

8.

Sie umkreist seine Brust, seinen Bauch, mit den Nippeln ihrer blassen Brüste, küsst seinen Penis. Das ist mein Tier, sagt sie, und lässt sich auf ihm nieder, wild und leidenschaftlich, ihre schlanken Hüften kreisen. Sie stöhnt, kratzt, fordert und gibt.

Herrisch verströmt sie ihren süßen Duft, hüllt ihn damit ein wie mit einer zweiten Haut, trauert, liebt, streichelt, weint, spielt, tobt, ist Schöpferin und Zerstörerin, Eis und Feuer zugleich. Am nächsten Morgen streichelt er wieder die Landkarte der hellblauen Adern unter ihrer Haut, streichelt und beruhigt sie. Er schaltet das Radio ein. Im nächsten Moment ist sie noch tierischer als in der Nacht zuvor. Als sie fertig sind, zieht sie sich schnell an. Er fragt sie, warum sie nicht bleibt. »Du hast schon eine Mitbewohnerin«, sagt sie und klopft mit der Fingerspitze leicht auf das Glas des Terrariums. »Wo hat sie sich nur versteckt?«, fragt sie ihn und schaut auf den kleinen Felsen und das Dickicht aus Plastikblättern. »Das stimmt ja überhaupt nicht«, sagt sie, »sie ist in dich reingeschlüpft und jetzt kommt sie zwischen deinen Beinen wieder raus«, sagt sie und greift ihm in den Schritt. Sie wälzen sich auf dem Boden und reißen sich gegenseitig die Kleider vom Leib. Er stößt hart und grob zu, so dass sie »mehr, mehr« stöhnt. Er kommt immer mehr aus sich heraus, eine rasende Bestie ist in ihm, die sie in seiner Lust in Stücke reißt, ihr die Knochen brechen, sie erwürgen, ihr alles antun würde, was er sich zuvor nie vorzustellen gewagt hätte, geschweige denn gewünscht, zu solch einem Verlangen fähig zu sein. Er spürt, wie die Schlange in ihm mehr und mehr erwacht, als er mit ihrem erhitzten Schlangenkopf in sie eindringt, wie er sich häutet, ein anderer Mensch wird, ein Mensch neben der Schlangen-Haut, in der er einst war.

9.

Er wartet wieder, schickt ihr Nachrichten, ruft sie an, ohne eine Antwort zu erhalten. Der Tag vergeht, ein zweiter, ein dritter, eine Woche. Er fährt zum Haus, sucht vergebens nach ihr. Ein

Kopfschütteln. Niemand kennt sie, niemand hat je von einer Straßenmusikerin gehört. Vielleicht ist sie weitergezogen, in die nächste Stadt? Früher oder später verschwinden sie alle. Es wird ja bald Winter. Was dann? In der Zwischenzeit wird sein Auto besprüht, der Rückspiegel abgebrochen, eine lange schwarze schlangenartige Sprayspur zieht sich von der vorderen bis zur hinteren Stoßstange. Die Spuren des Täters sind ins Blech gedrückt. Er flucht. Ihr Geruch steht immer noch überall in seiner Wohnung. Eine weitere Woche des Wartens. Eine endlose, unerträgliche, höllische Woche. Zwei. Dann der Anruf seines Bekannten von der Polizei. Der Bekannte sagt, dass das Haus durchsucht worden sei. Sie hätten eine Menge Drogen und sogar einige Waffen beschlagnahmt. Dass sie im Handy einer der Illegalen seine Nummer gefunden hätten. Vieles, vieles von ihm. Fotos, Nachrichten, unbeantwortete Anrufe. Die Geschichte von jemandem, der nicht akzeptiert, aber offenbar auch nicht völlig unerwünscht ist. Seine Geschichte.

10.

Der Weg zu ihr ist der Weg in die Unterwelt. Zunächst die Registrierung, eine kurzes Protokoll ihrer Beziehung, die Unterzeichnung von Erklärungen und das Scannen von Dokumenten. Verheiratet? In einer verwandtschaftlichen Beziehung? Er muss alle seine persönlichen Gegenstände, Telefon, Schlüssel, Gürtel und Schnürsenkel auf ein Plastiktablett legen. Wie bei einer Autopsie wird alles akribisch inventarisiert und in eine Plastiktüte mit dem Namen der Person gelegt, die nicht mehr da ist. Für den Fall der Fälle. Zumindest empfindet er es so und erklärt sich daraus seine Angst, als er tiefer, tiefer, hinunter zu ihr geht. Durch neun Türen. Die erste ist die Eingangstür zum Gefängnis. Die zweite ist die Tür zum Empfangsraum. Hinter der dritten steht ein Körperscanner, und eine sorgfältige Untersuchung findet statt (er hätte später schwören können, dass der Wachmann, der ihn abgetastet hat, einen Hundekopf hatte). Die vierte führt in den Verwaltungstrakt und die fünfte noch tiefer. Hinter der sechsten befinden sich eine Treppe und ein langer Korridor. Hinter einer siebten Tür mit Gittern verbirgt sich ein wahres Labyrinth. Keine Fenster, nur das schmierige, milchige Grün der Wände und vergitterte Halogenleuchten. Links und rechts Türen mit Codeschloss. Überall Kameras. Die achte führt in einen schwer bewachten Trakt. Das Rauschen von Wasser, das durch Abflussrohre läuft. Hinter der neunten Tür betreten sie den Raum für beaufsichtigte Besuche. Sie ist nur noch ein Schatten ihrer selbst. »Wie geht es dir?«, fragt er sie. »Wo ist meine Gitarre?«, fragt sie ihn. »Hast du einen Anwalt?«, fragt er sie. »Hier gibt es keine Musik, es gibt gar nichts, verstehst du?«, sagt sie ihm. »Ich hole dich raus«, sagt er ihr. »Ich will mein Instrument, meine Gitarre will ich«, sagt sie und sieht ihn an wie ein Schatten, der durch einen anderen Schatten schaut. »Vertrau mir«, sagt er zu ihr. Auf dem Rückweg nach draußen schaut er sich bei jeder Tür um. Bei der ersten sieht er sie noch, wie ihr wieder die Handschellen angelegt werden und sie weggebracht wird. Bei der zweiten hört er nur noch das Echo ihres Atems und das Zuschnappen eines Türschlosses. Bei der dritten fängt er flüchtige Spuren von ihr in der Luft auf, so wie er früher auf der Treppe vor dem Museum das Vibrieren ihrer Stimme auffing, selbst als sie schon lange fort war. Nur ist er hier weniger erfolgreich. Ist es überhaupt möglich? Wenn nicht, erkennt er sie für einen Moment wenigstens im Schatten seines uniformierten Begleiters. Hinter der vierten Tür erkennt er sie in den feuchten Flecken an der

Decke. Hinter der fünften in seinen eigenen Gedanken. Als er sich nach der sechsten Tür umschaut, ist da sein keuchender Atem. Hinter der siebten ist sie im Bild des Scans seines Körpers auf dem Monitor, in der Plastiktüte mit seinem Namen darauf, und zurück, durch die achte und neunte Tür, zurück ans Tageslicht, in die scharfe Januarluft, in den Verkehrslärm der nahen Straße und den Geruch der feuchten, blattlosen Baumkronen. Zurück, lebendig und zurückgebracht inmitten all dessen, was ohne sie tot wäre, mit ihr in all dem, was ist und all dem, was ihn umgibt und sie definiert, sie, den fehlenden Teil von allem.

11.

Ihr Anwalt hält ihren Fall für ebenso verloren wie den Krieg in dem Land, aus dem sie vor Jahren geflohen ist. Seit dem dortigen Waffenstillstand fehlen ihr alle formalen Voraussetzungen für den Flüchtlingsstatus, und sie wird dorthin zurückgeschickt, wo sie hergekommen ist. Der Bekannte von ihm bei der Polizei sagt das Gleiche. Am besten vergisst du sie und machst weiter. Er hat schon viele ähnliche Fälle erlebt, überall, mit ganz unterschiedlichem Hintergrund, aber das Ende ist dasselbe: ein paar Monate Haft, dann ein bis auf den letzten Platz gefülltes Flugzeug, die Hälfte der Passagiere Flüchtlinge, die andere Hälfte Sicherheitspersonal. »Das Flugzeug kommt immer halb leer zurück«, sagt der Bekannte. »Aber sie ist keine Kriminelle«, protestiert er. »Sie versucht nur zu leben, sie spielt, singt, versucht über die Runden zu kommen, ist das ein Verbrechen?« »Das sagen alle«, antwortet der Bekannte von der Polizei trocken. »Du wirst nicht glauben, was sie bei der Razzia in diesem Haus gefunden haben. Was weißt du überhaupt über sie? Kannst du denn behaupten, sie zu kennen?« Er bleibt stumm. Sie sind still. »Gibt es wirklich keinen anderen Weg?« Der Bekannte von der Polizei schüttelt den Kopf und fügt mit leiser, vertraulicher Stimme hinzu. »Keinen legalen Weg.« Sie sehen sich an.

12.

Er wartet vor dem Gefängnis auf sie und hilft ihr, die Plastiktüte mit der Kleidung zu tragen. Zu Hause führt er sie direkt ins Schlafzimmer, wo eine neue schwarze Gitarre auf dem Bett auf sie wartet. Bei der kleinsten Berührung zuckt ihr Körper vor Anspannung. Er versucht, sie zu verstehen, ihr Zeit zu geben. Er zieht ins Wohnzimmer aufs Sofa. In den nächsten Tagen ist sie kaum zu sehen. Sie sehen sich gelegentlich abends, wenn sie sich über verschiedene Briefe des Gerichts, Rechtsgutachten der NRO zum Schutz illegaler Einwanderer, Briefe von Sozialdiensten, der Staatsanwaltschaft und des Anwalts beugen. Die Wochen vergehen. Die meiste Zeit sitzt sie in einem Nachthemd vor dem Fernseher, abwesend, die Gitarre noch in Zellophan eingewickelt neben sich. Schweigen. Sie beschwert sich immer mehr. »Hier ist es schlimmer als im Gefängnis. Im Gefängnis war ich zumindest eine Gefangene, ein Abschaum. Aber hier bin ich weniger als das, ein Niemand.« Das verletzt ihn. Dann, mit der Zeit, gewöhnt er sich daran, wird härter. Er zieht sich lieber in die Speisekammer oder in die Küche zurück und tut so, als blättere er in seinen Autozeitschriften, während er über die Kredite und das geliehene Geld nachdenkt. Er wird nervös wegen seiner Schulden. Und wegen der ständigen Berichte im Fernsehen über die Flüchtlingsströme. Normalerweise streiten sie sich, wenn sie solche Nachrichten hören. Er versucht, eine halbherzige Entschuldigung für ein System zu finden, das die Einwanderung beschränkt. Sie sieht nur die systematische Ausbeutung der Armen, er sieht ein fragiles soziales Gleichgewicht, sie sieht Staatsfaschismus. Türenknallen. Schreien. Nur manchmal öffnet sich nachts die Schlafzimmertür, die Musik aus dem Jazz-Radio dringt zu ihm durch, ein Schatten schleicht sich unter der Bettdecke an ihn heran, rollt sich auf seinem Bauch zusammen. »Ich liebe dich. Ich werde dich immer lieben«, sagt er ihr. Wieder und wieder. Sie sagt nichts, fasst sein Glied an, manchmal sanft, manchmal so grob, dass er schluchzt. Brad Mehldau spielt eines seiner endlosen Klaviersoli. Das warme, süße Knäuel auf seinem Bauch verknotet sich. »Fick mich«, flüstert sie, »fick mich, hörst du?« Als er kurz darauf kommt, verlässt er seinen Körper, schwebt unter die Decke des düsteren Wohnzimmers, sieht von oben zu, wie der Schatten mit seinen Händen, seinen Lippen die Schlange aus der Scham ihres Schattens zieht. Es gibt keine Befriedigung, keinen wollüstigen Frieden, nur ein immer größeres Bedürfnis, eine wachsende Leere in ihm, als die Schlange aus dem Körper unter ihm herauszischt, als die Musik verklingt und die Stimme des Sprechers die Mitternachtsnachrichten verliest, als er in die Haut seines Körpers herabstürzt, als er sich selbst sagen hört, dass er sie liebt, dass er sie immer lieben wird.

13.

Er ist wieder auf der Suche nach ihr. Als er sie schließlich singend vor einem Einkaufszentrum findet, beginnen sie sich fast auf der Straße zu prügeln. »Verstehst du nicht, wenn sie dich noch einmal erwischen, wirst du mit dem ersten Flugzeug zurückgeschickt«, schreit er und reißt ihr vor den Augen der Passanten die Gitarre aus der Hand. Er reißt ihre Saiten aus. »Was hast du nur aus mir gemacht?«, schreit sie und weint.

»Was hast du mir angetan?« Danach sprechen sie kaum noch miteinander. Sie bleibt im Schlafzimmer eingesperrt oder vor dem Fernseher. Er arbeitet oder macht das Einzige, was ihn noch glücklich macht: Er hört stundenlang Musik vor seinem Terrarium, verschlingt Sandwiches und trinkt Unmengen Coca-Cola, beobachtet das Erwachen des Schlangenauges, die langsame Bewegung des schwarzen Zickzackmusters auf dem Rücken der Otter, während er Hühnerfleischstücke, Insekten und gelegentlich eine lebende Maus zwischen die Wände des Reptilienreichs hinunter lässt. Ein Spiel, bei dem die Maus keine Chance hat. »Nein, es gibt keine Lösung«, denkt er sich, während das Reptil den sich noch bewegenden Körper der Maus verschlingt, bis das Ende des schlenkernden Schwanzes zwischen seinen Kiefern verschwindet. Dann nimmt er den Schlüssel, fährt mit dem Käfer ziellos durch verschlafene Straßen und Vororte, bis er auf einer der Umgehungsstraßen auf die Schatten von Mädchen stößt, er nimmt eines von ihnen mit ins Auto, verschwindet für eine halbe oder eine ganze Stunde in unbekannte Richtung.

14.

Sein Verbindungsmann bei der Polizei teilt ihm mit, dass ein Polizeibeamter ausfindig gemacht wurde, der gegen Bestechungsgeld Verfahrensfehler begangen hat, die dazu geführt haben, dass Asylbewerber nach jahrelangen Rechtsstreitigkeiten im Land bleiben konnten. Er wird mit Sicherheit ins Gefängnis kommen, die Frage ist nur, wen er alles mit hineinziehen wird. Er will mehr Geld, um seinen Fall zu vertuschen. »Aber woher soll das kommen?«, fragt er den Bekannten von der Polizei. Er steckt bis zum Hals in Schulden. Er hat sein Auto verkauft, sogar seine Krankenversicherung gekündigt, die Bank gibt ihm keinen Kredit mehr. »Dann ist es am besten, wenn deine Freundin sofort aus dem Land verschwindet«, sagt der Bekannte. »Und für dich gilt das auch. Früher oder später werden sie dich aufspüren, auch wenn der Beamte dich nicht auffliegen lässt.« Als der Bekannte geht, bleibt er auf der kalten, feuchten Bank sitzen. Er versucht, sich an das Bild von ihr zu erinnern, an das Gefühl von innerem Glück und Erfüllung, das ihn überkam, wenn sie sang. Er spielt sich ihre Aufnahme vor. So gerne möchte er wieder aus seinem Körper herausschweben, raus aus seinem Leben, aber es ist, als gäbe es keine Erinnerung, kein Gefühl mehr. Nur eine große Erschöpfung und die Unmöglichkeit zu entkommen. Er knallt das Telefon auf den Boden. Wie ist es möglich, dass ihr Gesang vor nicht allzu langer Zeit noch Wunder wirkte, aber jetzt nur noch ein banales Herumgeplärre auf der Straße ist?

15.

Es ist das dritte Mal innerhalb eines halben Jahres, dass er seine Uniform im Museum wechselt, so sehr hat er zugenommen. Nur die Dienstmütze bleibt die gleiche. Er sitzt stundenlang in der Ecke und spielt Spiele auf seinem Handy mit dem zerbrochenen Bildschirm. Er wird von seinen Vorgesetzten immer wieder darauf hingewiesen, dass sein Verhalten inakzeptabel ist, und erhält sogar eine Abmahnung, bevor er entlassen wird, was ihn nur noch mehr verärgert. Die Tage werden immer selbstzerstörerischer. Manchmal scheint es ihm, als würden sich die Skelette der Exponate im Großen Saal der Evolution heimlich bewegen. Wenn er von Tetris, Kugelstoßen oder Schiffeversenken aufblickt, wird alles sofort wieder still. Seine Gedanken sind ein Sieb, sie sind porös, durchlöchert, es wimmelt von Informationen, die ihn zunehmend gleichgültig lassen. Nur sein unstillbarer Appetit kann ihn für ein paar Augenblicke völlig beanspruchen. Nach jeder seiner vielen Mahlzeiten muss er an seinen Spind gehen und die ganze verdammte Welt mit einem Schluck Wodka wegspülen. Ein Rummeln kommt aus dem Ausstellungsraum nebenan. Es kommt immer näher und näher. Ist heute wirklich schon wieder Donnerstag? Diesmal spricht zu den Mitgliedern des Museumsvereins neben dem grauen Professor auch eine ihm Unbekannte. Der Professor führt sie am Arm. Sie ist blind, aber wortgewandt und lächelt. »Vor welcher Vitrine stehen wir jetzt?«, fragt die blinde Frau. Der Professor antwortet. Die Dame beginnt sofort zu referieren, als hätte sie alle Exponate, das ganze Museum, im Kopf. Irgendwo in der Ferne hört er sie über konditionierte Reflexe bei Schlangen sprechen. »Einige Schlangen, wie Kobras, Klapperschlangen und andere, können noch stundenlang nach ihrem Tod zubeißen. Und selbst wenn wir ihnen den Kopf abschlagen, bedeutet das nicht, dass ihre Nerven aufhören zu funktionieren. Postmortale Reaktionen werden durch eine Ladung in den Nervenzellen verursacht, die sich erst Stunden nach dem Tod entlädt. Chinesische Köche müssen sehr vorsichtig sein, wenn sie Kobrakopfsuppe zubereiten«, sagt die blinde alte Frau und erntet damit Gelächter und den kurzen Applaus ihrer Zuhörer.

16.

Zu Hause wartet auf ihn eine Vorladung der Polizei. Er holt sich ein Bier und ein übrig gebliebenes Pizzastück aus dem Kühlschrank und legt sich vor den Fernseher. Die Schlafzimmertür ist offen. Vom Sofa aus sieht er, wie sie aufrecht auf dem Bett sitzt und ihn in der Dunkelheit anstarrt. Er öffnet ein weiteres Bier. »Ich gehe«, sagt sie ihm. »Du bist eine Null, es gibt keine Zukunft für uns«, sagt sie ihm. Im Fernsehen: Tiere, dann Jäger, dann wieder Tiere. Er steht langsam auf und holt ein drittes Bier. »Sieh nur, was aus dir geworden ist«, sagt sie zu ihm aus dem düsteren Schlafzimmer. »Sieh mal, was aus uns geworden ist«, sagt ihre Stimme zu ihm. Er trinkt langsam sein Bier. Es ist angenehm kalt und erfrischend. Heute Abend ist es ihm egal. »Hörst du mich? Ich werde nie deine Hure sein«, schreit sie im Dunkeln aus dem Schlafzimmer. Dann ist es, als ob ihn etwas gestochen hätte. Er stürzt ins Schlafzimmer, packt sie an den Haaren. Sie beißt ihn in den Arm. Er schlägt sie so hart, dass sie vom Bett fällt. Es ist nicht das erste Mal, dass sie sich prügeln. »Ich mach dich alle«, zischt er und stürzt sich auf sie, aber irgendwie entkommt sie ihm. Er rappelt sich auf. »Ich bringe dich um«, schreit er. Im nächsten Moment schlägt sie ihm ihre Gitarre über den Kopf, so dass er bewusstlos wird. Als er wieder zu sich kommt, spürt er eine klebrige Substanz, die einen Teil seines Gesichts und seines Halses bedeckt. Alles dreht sich. Schließlich sieht er ihr Gesicht und sieht, wie sie sich über ihn beugt und weint. Auch er weint. Sie umarmen sich. Er spürt, wie sich ihr zitternder Körper an seinen presst. Die Silhouetten, das Drehen des Raums, ihre Finger, die sich in der Dunkelheit wiederfinden. Sie steigt auf ihn, nimmt ihn in sich auf. Er nimmt sie, roh. Der Klang der Tiere im Fernsehen, das Brüllen der Löwen, das Blasen der Elefanten und das Brausen der Nilpferde. Dann Schüsse und das Rumpeln von Geländewagen, das vom Fernseher aus durch eine kleine, verwahrloste Wohnung mitten in die schmutzige Nacht hallt.

17.

Auf dem Polizeirevier wird er zu seiner Beziehung mit einem Polizeibeamten befragt, der der Annahme von Bestechungsgeldern und der vorsätzlichen Unterlassung von Amtshandlungen beschuldigt wird, sowie zu seiner Beziehung zu einer illegalen Person. Er leugnet alles. Er hat noch nie von dem Beamten gehört. Auch die Illegale ist vor Wochen an einen unbekannten Ort umgezogen. Einer der Polizisten tippt einen Bericht, der andere, der energischere, stellt Fragen, erst höflich, dann immer drohender. Er warnt ihn vor den rechtlichen Folgen von Falschaussagen und der Behinderung der Arbeit von Beamten. Dennoch leugnet er. Er leugnet alles, aber weniger entschlossen. Er spürt Hitze in sich aufwallen. Dann verstummt er, ganz verschwitzt. Er bittet um etwas Wasser. Furchtlos bohrt er mit leerem Blick einen Tunnel durch Momente der Angst, kriecht hinein, dort, in den Eingeweiden der Zeit, ist es sicherer. Er trinkt ein zweites Glas Wasser. Er riecht seinen eigenen Schweiß. Er hört die Fragen immer weniger deutlich. Er spricht immer seltener. Er ist so tief in der Unterwelt seiner Gedanken, dass ihn nichts mehr erreichen kann. Dieser Zustand setzt sich auch fort, nachdem er aus dem Polizeirevier kommt und ziellos durch die Stadt irrt, bis er um zwölf Uhr zur Arbeit gehen muss. Dort wird er beim Museumsdirektor vorgeladen. Bei einer Routinekontrolle seiner Garderobe wurde in seinem Fach eine Wodkaflasche gefunden. Zunächst verteidigt er sich durch Schweigen. Erst als er seine Uniform, sein Abzeichen und seine Ausrüstung zurückgibt, beginnt er, etwas Unverständliches vor sich hin zu stammeln. Die beiden Kollegen, die ihm die Sachen abnehmen, versuchen ihn zu trösten. Der Weg nach Hause ist eng und erdrückend. Er weiß nicht mehr, woher er kommt und wo er getrunken hat. Durch das Schlafzimmerfenster sieht sie, wie er über die Müllsäcke fällt und auf dem Bürgersteig liegen bleibt. Sie lässt ihn liegen. Für eine Stunde, zwei. Dann zerrt sie ihn ins Schlafzimmer. Sie setzt sich neben ihn auf das Bett und starrt auf die Gitarre. Das Instrument ist schwarz und zerbrochen und lehnt an der Eingangstür. Sie starrt auf die Tür, wohin führt sie? Sie starrt auf die Wand, auf das Gefängnis rund um die Tür. Sie starrt auf den Fernseher, auf die Bilder ohne Ton, auf die immer neuen Berichte über Krisenherde, auf alte Western, tote Ureinwohner, Waschmittelwerbung, Cartoons und Musikvideos ohne Musik. Sie starrt auf sich selbst, gefangen mittendrin, immer wieder auf sich selbst, auf alles, was sie sieht, was sie nicht sehen will, auf alles, was sie schon lange nicht mehr sehen kann, ein Schatten inmitten von Schatten.

18.

Er wacht auf mit dem Gewicht der Welt auf ihm. Er zwingt sich hoch auf die Beine und versucht, die Drehung des Raums zu stoppen. Auf dem Fernsehbildschirm, Bilder ohne Ton, sie schlafend auf dem Sofa. Er setzt sich ihr gegenüber in den Sessel. Er starrt auf die Wand, auf die Tür in der Wand, auf das Terrarium hinter der Tür, dann wieder auf sie und zurück auf das Terrarium. Er scheint mehr und mehr mit seiner Haut zu hören, mit seiner Zunge zu riechen, mit den Bewegungen seines Oberkörpers zu denken. Er sollte etwas sagen, aber es gibt keine Worte in seinem Mund. Vielleicht ist es besser so. Er sollte denken, aber es gibt auch keine Gedanken mehr. Oder doch. Ein Gedanke, eine Frage, geht ihm nicht aus dem Kopf, sie drängt sich ihm auf und hält ihn im Griff inmitten des Drehens der Welt um ihn herum. Bei dieser Frage kommt er sich dumm vor, aber die Frage ist das Einzige, was bleibt. Warum nur? Warum nur?

19.

Am nächsten Tag steht die Polizei vor der Tür. Glücklicherweise ist sie zu diesem Zeitpunkt nicht in der Wohnung. Die beiden Polizisten sehen sich die Verwüstung an, die Essensreste auf dem Boden, die leeren Flaschen. »Spielen Sie?«, fragt ihn einer der Polizisten und zeigt auf die kaputte Gitarre. »Ich habe zu Ende gespielt«, murmelt er unwirsch. »Wenn Sie Ihre Freundin irgendwo verstecken, kennen wir einen Ort, an dem Sie genug Zeit haben, Ihre musikalischen Fähigkeiten aufzufrischen«, sagt der andere Polizist. Als sie gehen, ruft er seinen Anwalt an. Er erfährt, dass gegen sie ein Haftbefehl läuft und gegen ihn ein Strafverfahren eingeleitet wurde. Der Anwalt schlägt ihm vor, mit der Polizei zu kooperieren. Vielleicht kann er im Gegenzug für ein geringeres Strafmaß als Zeuge im Prozess auftreten, vielleicht könne er sogar eine Bewährungsstrafe für ihn erwirken. »Ich kann am Telefon nicht darüber sprechen«, murmelt er in den Hörer. »Gut, ich verstehe«, sagt der Anwalt. »Ich schlage vor, Sie bezahlen zuerst die letzten drei ausstehenden Rechnungen und dann werde ich sofort in Aktion treten, es eilt und jeder Tag könnte für Sie entscheidend sein.« »Und für sie?« murmelt er undeutlich. »Es tut mir leid, für sie ist längst alles verloren«, sagt die Stimme des Anwalts auf der anderen Seite. »Aber das wissen Sie ja. Man wusste von Anfang an, dass es so enden würde, es war nur eine Frage der Zeit.«

20.

Er beschließt, dass sie zusammen fliehen. Sie sagt, sie sei seit Jahren auf der Flucht und habe genug davon. Das ist zu viel! Er sagt, weglaufen sei die einzige Lösung. Sie, dass sie kein wildes Tier ist, das man jagt. Er, dass sie wie ein wildes Tier gejagt wird. Er öffnet eine Flasche Wodka. Sie trinken. Schon bald streiten sie sich und schreien sich gegenseitig an. Sie schreit, dass er ein Schwein sei. Er schreit, dass sie eine Hure ist. Schließlich zerreißt etwas in ihm endgültig und er fängt an, unaufhaltsam zu weinen. Sie sieht ihn verächtlich an. »Sing für mich, sing nur noch einmal, nur noch einmal«, fleht er sie an. »Du bist betrunken, du musst schlafen«, sagt sie ihm und schließt sich im Schlafzimmer ein. Er trinkt die Flasche aus. Er spürt die Wut mit jedem Schluck wachsen. Die Adern in seinen Handgelenken und Händen pochen immer stärker. Schon trägt er eine ungeheure Kraft in sich, eine Entschlossenheit, die Welt in ihre Schranken zu weisen. Er fängt an zu zertrümmern, wirft Bilder auf den Boden, stößt Stühle um und pfeffert schließlich den Fernseher an die Wand, so dass er gegen das Terrarium prallt, es umwirft, alles fliegt umher, bis er erschöpft auf das Sofa fällt und einschläft. Er wird von ihrer Stimme geweckt. Wie viele Stunden sind vergangen? Zerstörung überall um ihn. Draußen ist es bereits Nacht. Die Schlafzimmertür ist verschlossen. Er beginnt, gegen die Schlafzimmertür zu hämmern. Er wirft sich wild dagegen. Das Schloss gibt nach. Schon ist er auf ihr. Er hält ihre Hände fest, zerreißt ihr Nachthemd, während sie schreit und zappelt. Er knöpft seine Hose auf und versucht, sie zu penetrieren. Schließlich gelingt es ihr, ihn von sich zu stoßen, er wälzt sich auf dem Boden und flucht. Schluchzend sucht sie nach ihren Kleidern und wirft sie in eine Tasche. »Du wirst mich nie wiedersehen, hörst du!« Als sie ins Wohnzimmer kommt, steht er wieder hinter ihr. Sie raufen inmitten von Müll und Glaswaren. Er hört sie schreien: »Schlange, Schlange!« Im nächsten Moment sieht er, wie sie mit ihrer Gitarre auf die sich windende Schlange einschlägt, bis sie nur noch den Hals des

Instruments in ihren Händen hält. »Oh nein, oh nein«, schreit er, beugt sich zu dem Tier hinunter und hebt es vorsichtig auf. »Was hast du getan? Was hast du getan, du Mörderin, schau!«, schreit er und wedelt mit der Schlange vor ihrem Gesicht. Die tote Schlange regt sich unerwartet und beißt sie in den Hals. Sie schauen sich an, er mit der toten Schlange im Arm, sie mit dem toten Instrument in der Hand. Er mit einem in der Zeit verlorenen Blick. Sie mit einem Blick jenseits aller Vergänglichkeit. Der Hals der Gitarre fällt ihr aus den Händen. Dann stürzt sie durch den Eingang und rennt in die Nacht. Er schreit ihr hinterher: »Bleib hier, du darfst dich nicht bewegen, das treibt das Gift an!« Sie ist nirgends zu finden. Nirgends niemand. Er läuft durch schwach beleuchtete Straßen, durch Gassen und verschlafene Wohnsiedlungen, vorbei an toten Bürofenstern und unbewohnten Vierteln, vorbei an einsamen Einkaufszentren, durch leere Einfahrten und an verlassenen Umgehungsstraßen entlang. Er läuft auf düsteren Nebenstraßen, durch die gähnende Finsternis des Parks, er selbst, Dunkelheit inmitten von Dunkelheit, auf der Suche, ob er sie nicht irgendwo erblicken wird. Er rennt, wissend, dass es immer weniger Hoffnung gibt, immer mehr Gewissheit, dass es keine Zeit mehr gibt, dass es nur noch Nacht und Gift gibt, teilweise oder vollständige Lähmung, vielleicht Herzversagen oder Ersticken, das Ende kommt, das Echo seiner eigenen Schritte, dann Scheinwerferlicht, das Heben seiner Hand und ein Taxi, das langsam anhält.

21.

Vor dem Haus ist keine Menschenseele zu sehen. Spuren von Polizeisiegeln, Klebebändern, die Eingangstür liegt zerbrochen auf dem Boden. Er lauscht. Das Knarren der düsteren

Treppe. Zwei kräftige Hände packen ihn. Sie zerren ihn zur Seite, in eine der Wohnungen. »Was hast du hier zu suchen?« Sie erkennen ihn wieder. »Der Nigga ist ein Bulle. Ein Bulle in Zivil.« Er versucht sie zu überzeugen, dass er nur dieselbe Musikerin wie beim letzten Mal sucht. »Als ob du nicht wüsstest, dass deine Bullen sie das letzte Mal nach deinem Besuch mitgenommen haben. Sie und einige von uns und jede Menge von unserer Ware. Jetzt ist es an der Zeit, dass du für die Ware bezahlst. Komm schon, mach das Ding an«, sagt ihr Anführer, »wir zeigen dir ein bisschen Polizeimusik.« Einer von ihnen schaltet einen tragbaren Lautsprecher ein und dreht ihn laut auf. Heavy Metal hallt durch das leere Gebäude. »Dein Geschrei soll die Bewohner des Hauses nicht aufwecken, du Polypenschwein«, ruft ihm einer von ihnen ins Ohr. »Das ist ein Irrtum, ich bin doch nicht«, kann er noch sagen, bevor Schläge und Tritte auf ihn niederprasseln. Ist es nur Einbildung, dass er meint, ihre engelsgleiche Stimme irgendwo zwischen dem Klirren der E-Gitarren und dem Knochenknirschen zu hören? Er liegt auf dem Boden. Rund um ihn werden die Konturen der Ränder klarer. Es tagt. Scharfe Sonnenstrahlen dringen durch die zerbrochenen Fensterläden und wecken das Haus und die Stadt und die Welt. Er spürt, wie ihm Finger für Finger gebrochen wird. Dann die Knochen seiner Hände und Füße. Der Schmerz ist lange Zeit unerträglich, dann nicht mehr. Er löst sich, schwebt unter die Decke und beobachtet die Schatten der Jungen, wie sie sich um seinen reglosen Körper drehen. Sie bleiben stehen. Sein Körper hebt noch einmal den Kopf, aber er sieht nicht, wie er sich selbst ansieht, sein Körper sieht den angespannten Blick seines zukünftigen Mörders, der die Eisenstange zum letzten Schlag hebt. Draußen ist es ein schöner, frischer, neuer Tag. Vogelgezwitscher über den zerfallenden Vorstädten, die sich beharrlich mit Leben füllen. Das Echo der E-Gitarrenriffe in der Leere schmutziger Hauswände. Ein paar junge Männer stehen um eine Blutlache herum und sehen zu, wie junge Otter aus dem gebrochenen Schädel kriechen und in den Spalten ihres neuen Zuhauses verschwinden.

Medusa

1.

Du bist die Liebe meines Lebens, die Musik zwischen den Abgründen, die Stille, die allem zugrunde liegt und die Wahrheit jedes Klanges, jedes Gedankens, jeder Fantasie ausmacht. Ohne dich hätte ich nie erfahren, was es bedeutet, wirklich frei zu sein. Bald wird es Nacht. Bald wirst du mich wieder besuchen kommen. Diese Sonate hat kein Ende. Dein Haar ist die Nacht. Deine Augen sind die Nacht. Dein Mund ist Nacht. Du streichelst mich und verlangst nach mir. Du urteilst und misst und bestimmst, was Freude und was Schmerz ist. In deiner Gegenwart wird alles stumm, erstarrt alles, die Zeit wird gläsern, transparent und doch so fest, dass sie zerbrochen werden kann. Wir brechen sie immer wieder. Immer wieder steigen wir aus dem Panzer dieser Welt, aus ihren Klängen und Wörtern. Du bist endlich das, was du immer in dir trugst, das du aber in deinem gequälten Körper versteckt hast. Dein zerbrechlicher, jungenhafter Körper. Jetzt bist du frei, und du strahlst diese Freiheit aus. Deshalb, deinetwegen, bin auch ich endlich vollkommen frei. Durch dich weiß ich, dass meine grenzenlosen Weiten in der Stille liegen. Mein Schicksal liegt in der Stille. Mein Schicksal in Stille. Meine Stärke ist die süße Leere, die du für mich, für immer, geöffnet hast. Dies ist der Moment, um dir noch einmal zu danken, ein letztes Versprechen zu erfüllen und meine Schuld zu begleichen. Wiederholungen sind die Erneuerung des Lebens. Deshalb will ich es wiederholen und immer wieder aussprechen, worum du mich gebeten hast. Beide sind wir in Tränen aufgelöst. Beide im Mondlicht. Wir haben uns umarmt. Du warst Mann und Frau. Jetzt bist du nur noch du selbst, aber eins. Lass es mich wiederholen: Möge dies niemals dem Vergessen anheimfallen, möge der grausame Krater der Zeit es niemals verschlingen, möge der Schrecken der körperlichen Schönheit es niemals verschleiern, möge die Gewalt der vermeintlichen Harmonien es niemals verdunkeln, was du bist, was du immer sein wirst: Liebe.

2.

Ich weiß, es passiert gerade in diesem Augenblick, es passiert immer wieder, so lange wie der Mond auf- und untergeht wird es immer so weitergehen, auch wenn bereits fünfzehn Jahre seitdem vergangen sind. Der Sommergarten des Restaurants, ein Tisch mit weißem Tischtuch, eingedeckt mit Tellern, Besteck und Gläsern. Habe ich dich wirklich zuerst in der Spiegelung eines Trinkglases gesehen, ohne aufzuschauen, plötzlich das frische Rascheln der Baumkrone über mir, ein Ratespiel, im Grunde genommen ein Spiel mit vorhersehbarem Ausgang, wer – oder besser noch, was – könnte die Stimme über mir sein? Meine Liebe, ich habe dich zuerst mit meinem Ohr und mit meinem Herzen gesehen. Dann schaute ich hoch und alles in mir erstarrte. Alle anderen am Tisch wurden ebenfalls sprachlos durch deine Anwesenheit. Du warst ein Dschungel inmitten unseres Graus, ein Monsun inmitten des Sonnenbrands, aber gleichzeitig auch ein Adagio sostenuto, zerbrechlich wie tragisch nach innen gekehrte Triolen, als stammtest du nicht von diesem Planeten, wie tiefe Bassakkorde, deine Stimme, nein, keine Stimme, die Umarmung eines Mantels aus Zärtlichkeit und einer unbestimmbaren Verführungskraft. In einem Augenblick warst du da, als seist du schon immer da gewesen, und jetzt, wo ich diesen Augenblick wieder wie eine Glasscherbe in die Hand nehme, bist und bleibst du die Liebe. Noch bevor sich in mir ein Gefühl ausbilden konnte, dass du gar nicht gekommen wärst, dass du schon immer anwesend gewesen bist, aber bis zu diesem Moment unmerklich, liebte ich dich als vollkommen logische Disharmonie, als ein dem Paradox gleiches Zeichen der Vollkommenheit, die jenseits aller Gesetze und jenseits aller Götter liegt. Wie seltsam, wenn ich die Glasscherben in meinen Händen betrachte, die ich vorsichtig aus dem zerbrochenen Fenster genommen und in meine Zelle geschmuggelt habe, wenn ich die Reflexion der letzten Strahlen des Tages in diesen Scherben betrachte, dann warst du schon in diesem ersten Moment, als ich dich sah und du mich ansahst, ohne Körper, ohne Gesicht, ohne Augen. Du warst eine Sonnenfinsternis, lange Locken anthrazitgrünen Haars, die Ränder eines Körpers, der die Sonne über dem Tisch verdunkelte und zur dunklen Sonne über mir anwuchs, eine Sonnenfinsternis, eine Haarkorona, ein neues Reich. Alles, was Nacht für Nacht in mir und über mir immer deutlicher leuchtete, war dieser offene Schleier, auch jetzt. Jemand kannte dich, jemand sagte etwas. Es war, als wäre das Ganze, der komplette Garten des Restaurants, mit Wasser geflutet worden und wir bewegten uns nicht mehr, sondern schwebten nur noch langsam im Wasser des dunklen Lichts und der Liebe herum. Jemand fragte dich, was du unter dem Arm trägst. Du legtest eine Zeitung auf den Tisch, auf der Titelseite ein Foto von zwei Himmelskörpern, dem schwarzen Mond und der blaugrünen Erde, und darüber eine fette Schlagzeile: Wissenschaftler bestätigen: der Mond und die Erde stehen kurz vor dem Zusammenstoß. Haben Sie keine Angst? Dies waren deine ersten Worte, die das Fluidum der Unterwassergeräusche zwischen den langsam schwebenden Schichten von Realität und Zeit durchdrangen. Dann servierte der Kellner das Essen. Du warst entsetzt über den Anblick des Tintenfischsalats. Damals habe ich nicht verstanden, warum. Damals habe ich nichts verstanden. Ich genoss einfach nur deine Anwesenheit, deine herrische Souveränität, das schiere Wissen, das du warst, und ich wünschte mir immer mehr, dass dieser Moment nie vergehen würde und dass du mich nie wieder verlassen würdest, egal was kommen mag. Und mein Wunsch ging in Erfüllung.

3.

Am schwersten war es für mich zu akzeptieren, dass ich dir für immer untertan sein würde. Aber gleichzeitig hat sich mit dir alles in mir verändert. Es war, als hätte der Fluss der Ereignisse ein fehlendes Fundament erhalten, ein Negativ, auf dem das zuvor Unmögliche plötzlich alltäglich wurde. Meine Zeit begann zu fließen, als ob sie, zuvor noch durch eine unsichtbare Hand angehalten, auf dich gewartet hätte. In derselben Woche, in der ich dich kennenlernte, wurden alle Peinlichkeiten mit den Professoren des Konservatoriums ausgeräumt. Pawlow selbst wählte mich als seinen Schüler, was für alle an der Akademie eine große Überraschung war. Er war eine lebende Legende, er hatte viele der allergrößten Pianisten hervorgebracht, die wir hatten, und ich war zu alt, um ein Wunderkind zu sein, zu alt, um nach Meinung vieler jemals wirklich herausragend zu sein. Pawlow hatte nie mehr als zwei oder drei Schüler auf einmal, und obendrein war ich mittellos, ohne unterstützendes Umfeld und ohne soziale Kontakte, sogar ohne richtige Fingertechnik. Aber offensichtlich sah er etwas in mir, was die anderen nicht sahen, etwas, das nur ihm und dir aufgefallen ist. Ihm bei Tag und dir bei Nacht. Plötzlich wurde ich angestrahlt mit Aufmerksamkeit, mit Liebe, fühlte mich voller Herausforderungen, voller Energie und voller Freude. Fühlte mich auserwählt. Ich hätte mir nie vorstellen können, dass Liebe eine solche Macht besitzt. Bis du kamst, hatte ich keine Ahnung, was Liebe war, ich hatte keine Ahnung, dass man in der Liebe fliegt, dass sich der Raum verwandelt, dass die Zeit auseinanderfällt, dass Löcher entstehen und Geheimgänge, dass es in der Liebe Momente gibt, in denen die Zeit völlig verschwindet wie ein Spinnennetz, das weggeblasen wird. Ich habe unglaubliche Fortschritte gemacht. Da war dein dichtes, grün gefärbtes Haar, der Sumpf, in dem ich ertrank, der Ozean, mit dem ich das Musikzimmer überflutete, wenn ich die Klaviertasten berührte. Ich übte 12 oder 14 Stunden am Tag, weil ich wusste, dass du irgendwo da draußen bist, dass es keinen Raum zwischen uns gibt, dass der Klang meines Klaviers direkt in dich eindringt und dich glücklich macht, dass er von allem, was du bist, abprallt und unhörbar zurückkehrt und mich höher und tiefer in das Geheimnis hebt. Zum ersten und einzigen Mal in meinem Leben war ich jenseits aller Fragen, fühlte mich umgeben von der Festigkeit des grünen Abgrunds, und jeder Fall, jeder Ton war nur ein Schritt ins Unendliche.

4.

Deine Kollegen – die Fotografen, Stylisten, Visagisten, Modedesigner: Sie blieben mir immer fremd, nur eine Parallelwelt, parallel zu unserer. Sie hatten nicht die geringste Ahnung von klassischer Musik. Das war für mich kein Problem. Daran war ich gewöhnt, ich mochte es sogar, von anderen Menschen als Musikern umgeben zu sein. Ich habe es wieder und wieder versucht. Immer wieder kamen sie mir gleich vor, so leer, oberflächlich, theatralisch. Sie haben mich ermüdet. Ich war nur und ausschließlich an dir interessiert. Wenn wir an Sommersonntagen mit deiner Vespa aus der Stadt hinausfuhren und ich im Gras an einem Bach oder auf einem bewaldeten Hügel lag, wenn ich deinen schlanken Körper streichelte, die Süße deiner zierlichen Schultern, oder mich in der Spur der blassblauen Adern unter der Weichheit deiner Haut verlor, als du mich in dich aufnahmst, mich von allen Seiten gleichzeitig umarmtest, so dass ich völlig verschwand, dass ich ewig war im Klang deines Duftes, fragte ich mich nicht, woher du kamst, wer du warst. All dies war klar, und eine solche Frage wäre ein Verrat gewesen, der mir nie in den Sinn gekommen wäre. Wir haben über so viele andere Dinge gesprochen. Wir haben viel gelacht. Ich erinnere mich an wilde Diskussionen über die Kleinigkeiten des täglichen Lebens, über ein Foto auf Facebook, über ein Horoskop, über Maria Callas und über einen neuen Film. Noch mehr als an die Gespräche erinnere ich mich an die wilden Küsse, an die kalte Zärtlichkeit deiner Haut. Wenn ich jetzt darüber nachdenke und in die Abenddämmerung hinausschaue, wo die ersten Sterne noch nicht aufgegangen sind, kann ich mich nicht erinnern, dass du mir jemals etwas über dich erzählt hast. Über Monate hatten wir scheinbar alles miteinander geteilt, ohne dass ich einen deiner Verwandten, einen vertrauten Freund oder irgendjemanden getroffen hätte, der auch nur ein wenig Licht in das Geheimnis hätte bringen können, wer du warst, das Geheimnis der Person, die mich mit ihrer Lebendigkeit so unendlich durchdrang. Die Zeit verging. Nach einem Jahr wunderschöner und zugleich gigantischer Arbeit mit Professor Pawlow betrat ich endlich die Bühne. Mein erstes Solokonzert. Ich erinnere mich, dass ich mich vor der Aufführung ungeduldig im Publikum umsah, in der Hoffnung, einen Blick von dir zu erhaschen. Du warst nirgends zu sehen. Nach dem Konzert wurde ich von meinen Kollegen und Professoren zum Abendessen eingeladen. In ihrer Begleitung verließ ich die Philharmonie. Plötzlich packte mich deine Hand und zog mich heraus. Im Halbdunkel einer Seitengasse küssten wir uns leidenschaftlich. Mein Telefon vibrierte unaufhörlich, ich wurde in einem nahe gelegenen Restaurant erwartet. Du nahmst mir das Gerät aus der Hand und ließet es über deinen Bauch in dein Unterhöschen gleiten, zogst mich unter einen der Steinbögen und flüstertest mir ins Ohr: »Lass uns hier ficken.« Es war der verrückteste Abend, und beim Sex war ich immer noch trunken von dem Applaus, den ich gerade erhalten hatte, von den Komplimenten und Glückwünschen meiner Kollegen, die mich nicht ohne Hochnäsigkeit »einen jungen Stern am Musikhimmel« nannten. Später, beim Abendessen, zu dem ich erst kam, als die anderen schon ihr Dessert serviert bekamen, konnten sie meine Interpretation der Mazurkas von Chopin nicht genug loben. Ich ertrank in ihrem Lob, meine Gedanken aber waren nur bei dir, durchtränkt vom Duft deiner Scham, deines Mundes, deiner Haare. Ich war nur dein, und du warst eins mit der Musik, die mich umgab, die immer mehr zu jeder meiner Körperzellen wurde, zu meinem Atem, zu meinen Gedanken, im Wachen und im Traum.

5.

Pawlow war mit meinen raschen Fortschritten sehr zufrieden. Gleichzeitig bekam ich nach meinen ersten Auftritten immer mehr den Neid der anderen Studenten zu spüren, die sich anfangs kollegial und sogar freundschaftlich verhalten hatten. Man begann mich still zu schikanieren. Trotz des guten Rufs des Konservatoriums war das Klima erdrückend, befremdlich und kleinkariert; die Leute taten alles, um mir Steine in den Weg zu legen. Wenn ich unter der Schikane einer Professorin für Musikgeschichte litt, die mich einen Taugenichts nannte, oder die ständigen Tests meiner theoretischen Kenntnisse des Kontrapunkts (die anderen wurden nie außerhalb der Prüfungszeit getestet) mich in die Depression trieben, haben die mit dir verbrachten Stunden alles Böse ausgelöscht. Mit dir zusammen konnte ich fliegen. Selbst als ich aus dem stumpf klingenden Klavier eine tote, kopflose Maus herauszog, die mir meine Mitstudierenden dort hinein gelegt hatten, und die zwischenmenschliche Kälte und die Vielzahl falscher Gerüchte, die in der Akademie über mich zu kursieren begannen, mich zu brechen drohten, warst du es, deine Umarmung, deine Hände, die mit einer leichten, wundersamen Bewegung all meine Sorgen vertrieben, und all das Böse um mich herum verlor augenblicklich seine zerstörerische Kraft. Ich wollte nur zwei Dinge: Konzertpianist werden und mit dir zusammen sein. Bald fing ich an, mit dir übers Zusammenziehen zu sprechen. Du hast mir immer mit einem Lächeln und einer Zärtlichkeit geantwortet, die mich völlig entwaffnete und sprachlos machte. »Geduld, meine Liebe, ein bisschen mehr Geduld, eines Tages ganz sicher.« Bevor ich überhaupt anfangen konnte, tiefer nach Gründen zu suchen, wurde ich von deinem Mund, deinen kleinen Brüsten und deinen schlanken Hüften eingenommen. Ich habe versucht es zu begreifen. Auch dir eröffnete sich eine Karriere. Du unterzeichnetest einen Vertrag mit einer der angesagtesten Modeagenturen. Ich errötete, als wir die Stapel von Fotos von den Laufstegen und den verschiedenen Fotoshootings von ich weiß nicht wie vielen Modekollektionen durchstöberten, und ich versuchte, dem nicht zu viel Aufmerksamkeit zu schenken. Dann sah ich im Kiosk dein Foto auf der Titelseite einer Zeitschrift und war sprachlos. Du warst auf dem Foto fast nicht wiederzuerkennen, dein zartes Gesicht war das einer schreienden Gorgone, die am Computer zu einem bedrohlichen, zerstörerischen Monster umgestaltet worden war. Ich kaufte alle Exemplare des Magazins am Kiosk und verbrachte Stunden damit, mir dieses Foto anzusehen. Es war absolut unglaublich, aber abgesehen von der physischen Ähnlichkeit konnte ich dich so, wie ich dich kannte, nirgends finden, und zum ersten Mal machte es mir Angst. Es war klar, dass sich jeder von uns sein eigenes kleines Reich aufgebaut hatte und dass es, abgesehen von uns zweien, zwischen unseren Lebenswelten keine Berührungspunkte gab. Doch was ich zuvor als Freiheit und Ausdruck gegenseitiger Hingabe erlebt hatte, ließ mich plötzlich frösteln. Ich wusste praktisch nichts über deine Welt, in der du viel mehr Zeit verbrachtest als mit mir. War es der erste Keim der Eifersucht, ein kaum merklicher Riss in meiner Seele, den ich nicht wieder hatte heilen lassen können? Ehe ich mich versah, hatte sich aus dem winzigen Riss eine Kluft zwischen mir, der ich Veränderung wollte, und dir, der du mit dem zufrieden warst, was wir waren, gebildet. Erst jetzt, da alle Scherben vor mir versammelt sind, weiß ich, dass die Vollkommenheit nur außerhalb der Zeit existiert, in der Zeit muss man sie notwendigerweise zerbrechen, damit man später durch die Scherben diese Vollkommenheit in all ihrer Schönheit und Freiheit sehen kann, in der Zeit und jenseits von ihr.

6.

Allen Widrigkeiten zum Trotz erhielt ich an der Akademie Bestnoten und gewann den nationalen Klavierwettbewerb. Als Belohnung bekam ich die Möglichkeit, die preisgekrönte

Aufführung von Rachmaninows Klavierkonzert Nr. 2 fürs Radio aufzunehmen, begleitet vom Symphonieorchester des nationalen Rundfunks. Erneut befand ich mich im Höhenflug. Nichts, aber auch gar nichts konnte mich aufhalten. Am allerwenigsten das zunehmende Gefühl der Einsamkeit. Ich habe niemals jemandem etwas Schlechtes gewünscht oder getan. Ich war eher schüchtern, fast harmlos, was den Neid meiner Mitmenschen nur noch mehr anheizte. Meine totale Hingabe an das Klavier und meine soziale Hilflosigkeit machten mich in den Augen meiner Mitschüler schließlich zu einem seltsamen Fremden. Immer öfter wurde mir vorgeworfen, ein unnahbarer Emporkömmling zu sein. Was auch immer ich tat, es machte die Situation nur noch schlimmer. Mit wachsendem stummen Zynismus und der Arroganz, die eine Abwehrreaktion und kein Willensakt der Machtlosen ist, sah ich zu, wie um mich herum eine unsichtbare Mauer entstand, die niemand durchbrechen konnte. Heute weiß ich, dass die Umwelt jedes Anzeichen des Außergewöhnlichen verachtete und mich für meine Erfolge, meine hervorragende Technik, meine bemerkenswerte Fähigkeit, die schwierigsten Klavierstücke in kurzer Zeit virtuos zu meistern und mit einer eigenständigen Interpretation vorzutragen, die selbst unendlich erfahrenere Konkurrenten weit hinter sich ließ, grausam bestrafte. All das war das Verdienst von Pawlow, der mein Potenzial erkannt und mir den Weg gezeigt hat, es auch zu verwirklichen. Er stand kurz vor der Pensionierung und sah in mir wahrscheinlich die Fortsetzung der Tradition, die er als einer der besten Konzertpianisten Europas mitbegründet hatte. Pawlow hatte relativ jung aufgehört zu konzertieren und war ein hervorragender Lehrer geworden, er hatte zahlreiche der Besten ausgebildet, und es war ein einzigartiges Glück, dass er kurz vor dem Ende seiner Lehrtätigkeit auch mich formen wollte. Eines Tages brachte er mir zwei Papiere zum Unterschreiben. Es war eine Bewerbung für den Internationalen Beethoven-Klavier-Grand-Prix in Wien, einen der renommiertesten Wettbewerbe der Welt für junge Pianisten, der nur alle vier Jahre stattfand. Ich musste schlucken. Es war nicht nur der Konzertflügel von Bösendorfer, der an den Gewinner ging, ein Instrument, das ich mir nie hätte leisten können. Es war die Zukunft. Wenn ich gewönne oder wenigstens in die Endrunde kommen würde, hätte das bedeutet, dass ich eine Zukunft mit dem vor mir haben würde, was ich am liebsten auf der Welt machte – Konzerte geben. Ich habe mir eigentlich nie etwas anderes gewünscht. Aufzutreten und mit dir, der Liebe meines Lebens, zusammen zu sein. Wie seltsam, denke ich jetzt, fünfzehn Jahre später, während ich in die Kühle der Nacht hinausschaue, wie seltsam es klingt, wenn ein Mann, der seinen eigenen Weg gegangen ist, den Satz »meines Lebens« sagt. Es ist, als wären es zwei getrennte Dinge, für mich, der ich bin, und für das Leben, das zu uns gehört, wie die Musik zu uns gehört, d.h. solange das Ohr die Akkorde hören kann. Ich nehme an, dass alles in uralten Gesetzen festgeschrieben ist, es ist nichts Tragisches an dieser Trennung von uns und dem Leben. Das Leben ist und das Leben ist nicht mehr, doch ich, du, meine Liebe, sind für immer, und in diesem Moment weiß ich, das alles in allem, von dem was ich bin, was für die anderen unsichtbar ist, nun immer mehr durch den Glanz des Mondes erhellt wird, der langsam und kraftvoll über dem Blechdach von Block C aufgeht und die Liebe in mir erleuchtet.

7.

Ich hätte mich äußern sollen, aussprechen, was ich fühle. Doch ich habe geschwiegen. Ich hätte dir meine Eifersucht und meinen Zweifel an den Menschen, die dich umgaben, gestehen sollen, meinen Zweifel an ihren Ideen und Gedanken, die du mir nie besonders erklärt hast, die aber doch zwischen uns eingesickert waren. Wenn du über die Arbeit sprachst, hörte ich Worte, die nicht deine waren, fremde Überzeugungen, die mich ohne Text zurückließen, Pläne, die weder realistisch noch machbar schienen. Du warst besessen. Du warst bereit, alles für deine Arbeit zu opfern, dich notfalls dafür selbst zu zerstören. Du zeigtest mir immer seltener die Fotos von den Foto-Shootings, und wenn, dann warst du darauf immer öfter fast nackt zu sehen. An ihnen konnte ich erkennen, mit was für Leuten du dich umgabst, ihre Strategie der schnellen Ausbeutung von Models, aber nicht deine angebliche berufliche Kalkulation. Gleichzeitig habe ich mir immer wieder Vorwürfe gemacht wegen meines Moralismus, meiner Eifersucht, meiner Unzufriedenheit. Dann kam dieses Wochenende. Du wolltest mich zu einem Wohltätigkeitskonzert in Venedig begleiten. Von Anfang an hatte ich eine dunkle Vorahnung. Dann wurde in letzter Minute dein Shooting verschoben und du musstest bleiben. Ich fuhr, überlegte es mir am Bahnhof aber anders. Ich sagte dem Organisator, dass ich krank geworden sei, und statt zu dem Benefizkonzert in der Fondazione di Venezia zu gehen, fuhr ich in die Vorstadt, wo irgendwo in einem alten Industriekomplex das Studio lag. Ich werde nie vergessen, wie mein Herz klopfte, als ich in den dunklen, verlassenen Gängen nach dir suchte. Der Komplex war riesig, das zerbröckelnde Skelett eines ehemaligen Industriegiganten, der größtenteils verlassen war. Am Eingang wurde ich in die falsche Richtung gewiesen. Ich war die ganze Zeit über wütend auf mich selbst, schämte mich meiner Gefühle, für das Misstrauen, das mich zerriss, und für mein stalkerhaftes Benehmen. Ich hatte es mir anders überlegt und wollte gerade nach Hause gehen, als ich einige junge Models entdeckte, die vor Kälte zitternd und stark geschminkt im schlammigen Innenhof rauchten. Sie zeigten mir den Weg. Ich stieß eine schwere Metalltür auf und ging den dunklen Korridor in Richtung der Stimmen und des Knarrens hinunter. Ich kam in einen großen Raum, der nur in der Mitte hell erleuchtet war. Ein Sofa vor einer Leinwand, zwischen Studioschirmen, Tierfelle auf dem Boden darum herum. Ich sah dich, nur mit Alufolie bedeckt, wie du dein Haar, deine Schultern und Brüste, deine Schenkel zurechtrücktest. Der Fotograf stand hinter seinem Stativ und gab dir Anweisungen, das rasche Schnappen der Kamera, ein paar Minuten, dann verschwand er im Nebenraum. Zwei Maskenbildnerinnen waren dabei, dir das Haar zu frisieren und mehr Puder aufzutragen. Ein anderer Fotograf kam, nahm die Kamera vom Stativ und näherte sich meiner Liebe, fing an, schmutzige Worte zu dir zu sagen, und du nahmst alles auf, als wärst du nicht du selbst, das Auge der Kamera öffnete und schloss sich, rastlose Nahaufnahmen. Er tauschte das Objektiv aus, aber das Auge blieb dasselbe, du knietest auf allen vieren, wie ein Tier, immer noch bedeckt mit Alufolie, die er manchmal ein wenig zurechtrückte. Keiner der Maskenbildner und Beleuchter schien mich kommen zu sehen oder mir Aufmerksamkeit zu schenken. Ich stand nahe genug in der Dunkelheit, um die glasigen, kaum noch erkennbaren Augen meiner Liebe deutlich zu sehen. Einer der Assistenten brachte ein Tablett. »Komm, mach das, Baby«, hörte ich den Fotografen, der eine Nahaufnahme des blassen, glasigen Gesichts meiner Liebsten machte, während du dich über das Tablett beugtest und eine Linie zogst. Währenddessen führte der Fotograf das schwarze Kameragehäuse, das ein Auge war, mit einer Hand, der Finger der anderen Hand tauchte in das Kokain auf dem Tablett und schob es dir in den Mund. »Mach es, mach es für mich«, rief der Fotograf, er reichte die Kamera bereits einem dritten Fotografen oder Assistenten, er murmelte ihm etwas zu, beide lachten auf, und der Fotograf verschwand. Der dritte Fotograf befahl meiner Liebe nun, den Aluminiumumhang abzulegen, streichelte die Kamera, die in seinen Händen kein mechanisches Gerät mehr war, sondern ein Auge, ein schwarzes, rundes, bewegliches Wesen mit einem Schwanz, das er auf den Boden legte und das zu dir hinüber kroch und über dich hinweg. Alles in mir flackerte, glühte, zerfiel. »Neja«, wollte ich rufen, nach vorne treten, die Szene vor mir zerschlagen, aber alles in mir war wie versteinert. Ich konnte weder sprechen noch mich bewegen oder denken. »Neja, meine Liebe«, ich sah, dass du völlig weggetreten warst, aber es waren nicht nur die Drogen, es war ein Genuss und eine Ekstase, die ich bei dir nie gekannt hatte, die mich völlig überwältigte. Nach ein paar Minuten kroch das Auge von deinem nackten Körper und kehrte in die Hände des Fotografen zurück. Das Shooting war vorbei, die Kostümassistentin kam und wickelte dich in einen Bademantel. Sie begannen, das Set umzustellen. In dem Moment, als das Licht anging, sah ich, wie die Kostümassistentin dich in den nächsten Raum führte. Die Lichter gingen an, und du warst immer weniger die Liebe meines Lebens. Mein Leben wurde mir genommen, gestohlen in diesem blendend klaren Moment. Ich weiß nicht, wohin ich in dieser Nacht überall irrte oder wie ich zurück in die Stadt gekommen bin. Ich erinnere mich nur daran, dass es eine sternenlose Nacht war, kein Mond war zu sehen, die Vororte schienen feindlich,

Geräusche hackten von überall her auf mich ein. Ich war aufgebracht, verwirrt und völlig verloren. Ich war ein Wrack, das unter Schatten herumirrte. Es muss schon sehr spät gewesen sein, als ich mich am Eingang des Konservatoriums wiederfand. Irgendetwas in mir, ein Überlebensinstinkt, hatte mich dorthin gezogen. In meiner Tasche ertastete ich meinen Ausweis, mit dem wir Studierende 24 Stunden am Tag Zugang zu den Unterrichtsräumen hatten. Ich horchte. Alles war tot. Ich trat ein und ging direkt in den dritten Stock, wo sich in den Studienräumen für die Klavierstudenten die Yamahas befanden. Ich legte meine Finger auf die kalten Klaviertasten. Vor mir schwebten die Szenen der Kamera, nicht einmal die Gesichter der Fotografen oder das Nejas, es war die Kamera, das Geräusch der Kamera, das Öffnen und Schließen des Verschlusses, die mir völlig unbekannten, betäubten Augen meiner Geliebten, der lebende Apparat, der wie ein schwarzes, schwelendes Auge, alles tötete, zerlegte, zertrümmerte. Ich saß regungslos da, unfähig, auch nur einen meiner Finger zu bewegen. Es waren meine Finger, meine Hände, meine Arme. Sie führten in mich hinein, aber es gab keine Verbindung mehr zwischen mir und ihnen. Ich stand auf und starrte aus dem Fenster auf den nächtlichen Schein der Straßenlaternen, auf die leeren Gassen. Plötzlich schlug meine Faust gegen das Glas, und es schwang nach. Ich war kurz davor zu springen. Doch dann, mitten in der dunkelsten Nacht, erklangen unerwartet die ersten Akkorde von Beethovens Sonate Nr. 14, quasi una fantasia, aus dem angrenzenden Klavierzimmer. Wie höhnisch, dachte ich, die Mondscheinsonate in der völligen Dunkelheit meiner Seele, und ich erschauderte zugleich über meinen eigenen Zynismus, der mir angesichts der sanften nächtlichen Klänge des Adagio sostenuto so seicht und hilflos erschien. Die Sonate war das letzte Stück des Programms, das ich mit Pawlow für den Grand Prix in Wien einstudiert hatte, ein Werk, das ich noch nicht ganz beherrschte und das mich nun zu sich rief. In einem einzigen Augenblick schüttelte ich meinen ganzen Zynismus ab. Es war Musik, die mich rief, Musik, die mich wieder zum Leben erwecken wollte. Ich setzte mich an das Klavier und lauschte der Melodie aus dem angrenzenden Zimmer. Jemand spielte den ersten Satz sehr sanft, mit ein paar kleinen Ausrutschern. In der Mitte des Satzes hörte die Musik auf. Ich schloss meine Augen. Ich spürte, wie die widerhallenden Töne durch meinen Körper wanderten, und erlaubte meinen Händen kurz, sich mit der Melodie zu verbinden und aus eigenem Antrieb zu antworten. Ich machte dort weiter, wo der unbekannte Pianist im Nebenraum geendet hatte. Nach ein paar Takten hörte ich auf. Stille. Dann machte das Klavier im Nebenraum weiter und spielte den ersten Satz zu Ende. Wieder herrschte Stille. Es war wie ein Spiel mit der Musik, mit dem Klang, mit dem Unbekannten, das mir die Fähigkeit zurückgab, meine Hände zu spüren, meine Finger zu bewegen. Ich bin nicht aus dem Fenster gesprungen. Ich habe den Satz nicht beendet. Ich trat hinaus und klopfte. Keine Antwort. Vorsichtig öffnete ich die Tür, aber im angrenzenden Arbeitszimmer war niemand zu sehen. Hatte ich mich geirrt, kam das Geräusch von woanders her? Ich sah in den anderen Klavierräumen nach. Es war niemand da. Habe ich mir das alles nur eingebildet? Ich ging zurück ans Klavier, begann den zweiten Satz der Mondscheinsonate zu spielen, das Allegretto, und dann den letzten Satz, dynamisch und technisch sehr anspruchsvoll, und noch mal von Anfang an, und immer wieder. Ich improvisierte, spielte Variationen, meine Finger spielten mehr und mehr wie von selbst, meine Handgelenke brannten von den schnellen Passagen des dritten Satzes, presto agitato, prestissimo agitato. Mehr und mehr zerfielen die Spinnweben der Bilder jenes Abends, nur die noch verschwindenden Bilder meiner Liebe schwebten vor mir, die Geräusche des rauschenden Öffnens und Schließens des Verschlusses der Kamera, mehr und mehr war ich nur noch Finger, Klang, Spott, Spiel. Ich wurde berauscht, wurde eins mit der Musik, verschwand in der Musik wie im Wasser, wie jemand, der im Spiegelbild des Mondes auf der Oberfläche einer undurchdringlichen Nacht ertrinkt. Aber in dieser Nacht war kein Mond. Auch am nächsten Morgen war er nicht da, als Pawlow mich vorfand, immer noch spielend, wie in Trance, völlig unempfänglich für seine Worte und die Kraft des Morgenlichts, das durch das zerbrochene Fenster in den Raum floss.

8.

Ich habe eine ganze Woche gebraucht, um die Kraft zu finden, Neja anzurufen. Alles, was ich als Antwort auf meine Fragen bekam, war ein Lachen, das mich irritierte und entwaffnete, ebenso wie meine eigene Unfähigkeit, sie weiterhin Liebe zu nennen. Neja bekam einen Namen und wurde ein Mensch aus Fleisch und Fehlern, aber vor allem ein Rätsel, denn ich konnte die Neja, die ich im Studio sah, nicht mit meiner eigenen Neja in Verbindung bringen. Es war, als hätte ich die dunkle und die helle Seite des Mondes gleichzeitig gesehen, ohne dass ich sie zu einem einzigen Weltraumkörper zusammensetzen konnte. Es dauerte Wochen, ja sogar Monate, bis die Bilder dieser Nacht in meinem Kopf soweit verblasst waren, dass sie vorübergehend von anderen überdeckt wurden. Ich liebte sie immer noch, aber gleichzeitig bekam ich Angst vor der Fremden neben mir, das rätselhafte und sexuell erregende Geheimnis verwandelte sich in Unzugänglichkeit oder sogar in den

Verdacht, was alles sonst sie vor mir verbergen mochte. Ich hatte Angst vor meiner eigenen Blindheit und Schwäche. Was ein unsichtbarer Riss gewesen war, hatte sich zu einem schier unüberbrückbaren Abgrund ausgeweitet, aber die wachsende Distanz zwischen uns schien nur mir Probleme zu bereiten. Neja lächelte weiter erwartungsvoll und aufreizend, und ich war ihr gegenüber zunehmend verklemmt und unterwürfig. Gleichzeitig rückte mein entscheidender Auftritt beim Wiener Grand Prix unaufhaltsam näher. Mein Programm bestand aus den Diabelli-Variationen, der Sonate Nr. 29 und schließlich der Mondscheinsonate. Unter Pawlows strengem Blick hatte ich 8, 10, manchmal sogar 12 Stunden am Tag geübt. In jeder freien Minute dachte ich über Beethoven nach, über seine Taubheit, seine naive Bewunderung für Napoleon, seinen Charakter, der mir verbohrt und tragisch schien, weil er die Dimensionen, die er sich als Genie in seiner Kunst eröffnet hatte, in keiner Weise als Person erleben konnte. Ich weiß nicht, was Neja in diesen Monaten alles passierte. Ich wollte sie nicht verlieren, aber ich konnte mich nicht mit dem, was ich über sie wusste, abfinden, ich konnte sie nicht mehr als eine vollständige Person begreifen und akzeptieren. War das unreif? Ich, ein Schwächling, der Angst hatte, das zu verlieren, was ihm am meisten auf der Welt bedeutet? Ich hatte das Gefühl, dass eine Konfrontation mit der ganzen Wahrheit über Neja das empfindliche innere Gleichgewicht, das ich für mein Klavier so dringend brauchte, zerstören könnte. Der Verlust meiner Liebe zwang mich, mich ausschließlich meiner Arbeit zu widmen. Neja lehrte mich, mit der Lüge zu leben, mit der Dunkelheit, mit dem Tod, das Unannehmbare zu akzeptieren, damit die Illusion der Liebe weiterbestehen konnte.

9.

Nach dreieinhalb Monaten war der Moment der Vorauswahl gekommen. Ein Live-Webcast. Pawlow gab mir ein paar letzte Ratschläge und umarmte mich zum ersten Mal in meinem Leben. Er zeigte nie irgendwelche Emotionen, aber dieser Wettbewerb, wahrscheinlich der letzte in seiner reichen Karriere als Pianist und Lehrer, schien eine besondere Bedeutung für ihn zu haben. Ich hatte das Gefühl, Teil seines musikalischen Testaments zu sein, was den Auftritt nicht leichter machte, im Gegenteil. In dem leeren Konzertsaal unserer Akademie saß ich am Yamaha und wartete. Um genau 10:50 Uhr begann die Live-Übertragung. Ich wechselte ein paar Worte mit der Jury auf dem Bildschirm. Der Techniker hatte genaue Anweisungen für die Positionierung der Kamera, die es den Preisrichtern ermöglichen sollte, die Tastatur und mein Profil zu sehen. Gleichzeitig musste auf jeden Fall eine gesonderte Tonaufnahme des Konzerts angefertigt werden. In weniger als einer Stunde war die Übertragung beendet. Der Raum noch immer von den Schwingungen der Schlussakkorde erfüllt. Meine Handflächen zitterten. Ich saß noch eine Weile am Klavier, den Kopf gesenkt. Ich wagte nicht aufzuschauen. Ich wusste, dass ich in den dynamischen Teilen mein Bestes gegeben hatte, aber besonders in den XXI und den rhythmisch anspruchsvollen XV Variationen, die ich eigentlich heiter hätte spielen sollen, kam wie von allein eine gewisse Tragik auf, die mich selbst überraschte. Das Stück drehte sich in sich selbst, wie ein umgestülpter Handschuh, und verlangte eine Interpretation, die für den Wettbewerb sicherlich zu eigenständig war und mich leicht meinen Startplatz im Finale hätte kosten können. Hatte ich nach all der Arbeit, die ich investiert hatte, das Ziel verfehlt? Pawlow gab mit nichts zu erkennen, ob er mit meiner Leistung zufrieden war oder nicht. Ich konnte den Ausdruck auf seinem Gesicht nicht entziffern. Ich packte meine Sachen und ging nach Hause. Ich zog die Vorhänge zu, fiel auf mein Bett und weinte. Alles in mir zitterte von der Musik, vor Erschöpfung und vor der zerschmetternden Kraft der Niederlage. Als Pawlow mich zwei Tage später anrief, um mir zu gratulieren, dass ich zu den 12 Finalisten gehöre, war ich mir sicher, dass das ein schlechter Scherz war.

10.

Pawlow und ich kamen zwei Tage vor Beginn der Endrunde in Wien an. Ich war zum ersten Mal in der Stadt und fand mich nicht gut zurecht. Pawlow kümmerte sich um alles und buchte Zimmer im Gästehaus Alt Wien, nur wenige hundert Meter vom Musikverein entfernt, wo der Wettbewerb stattfand. Er mietete auch einen Proberaum in einer der Musikschulen in der Taborstraße. Die Schule lag in einem abgelegenen Teil des 2. Bezirks, zu dem wir mit der Straßenbahn Nr. 2 fahren mussten. Der Grund, warum Pawlow gerade diesen Raum gebucht hatte, war, dass es dort einen Konzert Bösendorfer Imperial gab, denselben, wie den, der im Musikverein stand und auf dem alle 12 Finalisten des Wettbewerbs konzertieren würden. Der voluminöse Bass, der rudimentärere Klang im Vergleich zu unseren Yamahas oder dem Steinway D-274, den ich gelegentlich spielte, und die härteren Tasten hatten mich sofort begeistert. Der Bösendorfer zeigte einen gespalteneren Klang, und bestimmte Passagen, vor allem die hohen Pianissimos, mussten mit unterschiedlichen Akzenten gespielt werden. Pawlow und ich verbrachten zwei intensive Tage miteinander. Der Professor war wie der Vater, den ich nie wirklich gehabt hatte. Er wich mir nicht von der Seite, obwohl es offensichtlich war, dass das alles bis an den Rand seiner schwindenden Kräfte ging. Er hatte drei Bypässe und die Ärzte hatten ihm schon vor langer Zeit jede körperliche Anstrengung untersagt. Als wir am Vorabend des Wettbewerbs unsere Proben beendet hatten, spazierten wir zu Fuß zurück zur Pension. Der Weg führte durch einen Park. Pawlow, der die ganze Zeit schwer atmete, hob seinen Gehstock und zeigte auf ein Bronzedenkmal, das auf einem dunklen Marmorsockel stand, stark von Grünspan angegriffen. Ich ging um den Sockel herum und wurde von Beethovens grimmigem, wenn nicht gar wütendem Blick erschreckt. Er sah mich an wie eine Medusa, und seine grün-bronzenen Haare standen wie Schlangen um sein Gesicht herum ab und unterstrichen seine Verbitterung. War er wirklich so gewesen? Und was machte der düstere Prometheus, den ich zuerst auf der Rückseite des Denkmals sah? Musste Kunst wirklich so unsagbar tragisch sein? Ich schaute Pawlow an, der mich milde ansah und meinte, dass ein Besuch beim Meister selbst nicht schaden könne, um Glück zu haben. »Selbst wenn«, so Pawlow weiter, »all diese Vergötterung von Genies degoutant ist, all diese Beschwörung der toten Seelen und der Wunsch, sich in die Person des Schöpfers zu versetzen, larifari, ein Placebo für die unstete Psyche der Interpreten. Deine Psyche«, sagte Pawlow schließlich und blickte mir tief in die Augen, als wollte er mich hypnotisieren, »ist, ganz im Gegenteil, zentriert, sie kommt aus dem intimen Empfinden des Repertoires. Es kommt dir nicht in den Sinn, so zu spielen wie alle anderen, du kannst nur so spielen, wie du dich fühlst und wie nur du spielen kannst, verstehst du?« Ich nickte und fühlte mich gefangen zwischen zwei Exekutionskommandos, zwischen Pawlow auf der einen und Beethoven auf der anderen Seite. »Niemand sonst kann die Diabelli-Variationen, das Hammerklavier und die Mondscheinsonate dieses Herren hier so spielen wie du, verstehst du? Denn dies ist nicht mehr die Mondscheinsonate dieses Herrn auf dem Podest hier«, sagte Pawlow und klopfte mit seinem Gehstock auf Beethovens Schuh, »sondern eben nur und ausschließlich deine.« Ich nickte schwach. In diesem Moment spürte ich, wie das Nokia in meiner Tasche vibrierte. Es war eine weitere der vielen SMS, die mir Neja in jenen Tagen geschickt hatte. Botschaften, die ich oft nicht entziffern konnte oder die keinen Sinn ergaben. »Grün ist die Farbe der Taubheit.« »Mein Körper braucht deine Stille.« Oder: »Es wird Vollmond. Ich weiß nicht, wo mein Kopf ist und ob überhaupt.« Ich habe mich gefragt, in welchen Zuständen sie mir diese Nachrichten geschrieben hatte, von wo und mit wem. Aber wenn ich versuchte, sie anzurufen, kam keine Antwort. Pawlow blieb meine Sorge natürlich nicht verborgen, aber zum Glück sagte er nichts.

11.

Ich schaue mir meine Hände genau an, den Daumen meiner rechten Hand, die gekrümmten Finger, die tief eingeschnittenen Lebenslinien. Trotz aller Offensichtlichkeit hat man immer wieder das Gefühl, dass das alles nicht mir gehört, dass nichts an meinem Körper meins ist. Kann es sein, dass dieselben Finger mit 15, vielleicht sogar 18 Anschlägen pro Sekunde die komplexesten Klavierpassagen gespielt haben, Abfolgen von Tönen, die das menschliche Ohr kaum noch voneinander unterscheiden kann, sondern nur als zusammenhängenden Fluss wahrnimmt, als Melodie unserer armen Seelen? Ich erinnere mich kaum an die drei Tage des Wettbewerbs. War ich zu aufgeregt? Bin ich zu hoch geflogen? Ich war als letzter der vier Solisten des zweiten Wettbewerbstages an der Reihe. Der Brahms-Saal des Musikvereins glänzte in goldenem Stuck, sein imperialer Charakter flößte mir Furcht ein, und noch mehr der viel größere Goldene Saal, in dem die drei Finalisten in zwei Wochen auftreten sollten. Das Publikum füllte den Brahms-Saal nur zur Hälfte. Ich erinnere mich an die muffige Luft, an den Geruch von Schweiß und Aufregung, der in der Luft lag. Am ersten Tag hatten Pawlow und ich zugehört. Ich kann mich an keinen der Auftretenden mehr erinnern, meine Gedanken waren ständig bei Neja, obwohl ich immer weniger wusste, wo das war. Dann kam mein großer Tag. Ich erinnere mich an den unendlich langen Weg vom Bühnenrand zum Klavier. Ich verbeugte mich und setzte mich an den Bösendorfer. Es ist das gegenteilige Gefühl, wenn ich jetzt im fahlen Nachtlicht meine Hände betrachte und weiß, dass sie mir fremd sind. Damals war ich mir selbst ein Fremder. Ich war fremd und unruhig, aber meine Hände völlig konzentriert und ruhig. Ich war mir selbst so fremd, dass ich in dem Moment, in dem ich die Tasten zum ersten Mal berührte, verschwand, ich schmolz weg wie Schnee. Was übrig blieb, wanderte vollständig in meine Handgelenke und durch sie in die 27 Knochen meiner linken Hand und die 27 Knochen meiner rechten Hand, in die 101 Muskeln meiner linken Hand und meines Unterarms und die 101 Muskeln meiner rechten Hand und meines Unterarms. Ich, mein Leben und meine Probleme existierten nicht. Einatmen. Es gab nur meine Hände und Finger. Es gab nur die Mechanik der Musik, Pianoforte, Allegro, die Mechanik eines völlig befreiten Gefühls. All das hatte Pawlow mir beigebracht. Der Anfang war aggressiv, es war wie ein Einschnitt in die Luft, eine Geburt, eine Art Gründungsakt, alles andere entstand als Echo dieses ersten Taktes in meinem weiten, völlig entleerten Inneren. Es war der beste Beethoven, den ich je gespielt hatte. Ich hörte zu spielen auf. Ich ragte über das Instrument hinaus, schwebte aus mir heraus und sah einfach zu. Die Hände, das Klavier, alles spielte von selbst. Da war mein Körper, über das schönste aller Instrumente gebeugt, der seine Aufgabe geradlinig erfüllte, während ich im Raum schwebte, eins mit dem Raum war, mit dem Klang, mit den Gefühlen. Als ich nach fast einer Stunde den letzten, den dritten Satz der Mondscheinsonate beendete, den Rand des unheimlichen, mondbeschienenen Waldes erreichte und mich in den Abgrund stürzte, der sich dort auftat, hallte mein Sturz durch den Brahms-Saal, hallte zwischen den türkisgrünen Wandpaneelen, zwischen den blutenden Säulen und der goldenen Decke des Saales. In der Halle herrschte Totenstille. Ich wagte es nicht, meine Augen zu öffnen. Plötzlich ertönte ein Beifallssturm. Einige der Zuhörer erhoben sich sogar von ihren Plätzen und spendeten stehende Ovationen. Ich weiß nicht mehr, ob ich mich lange verbeugt habe, noch weniger, wie ich von der Bühne gekommen bin. Pawlow strahlte. Aber bevor ich zu ihm gehen konnte, wurde ich hinter der Bühne von einigen Leuten umringt, die ein Autogramm von mir wollten. Ein älterer Fotograf nahm mich unter den Arm und versuchte mich wegzuziehen, um ein Foto zu machen. Ich erstarrte und wusste nicht, was ich tun sollte. Er zielte mit der Kamera auf mich, ich sah wieder das blutrünstige Auge, der Faden der Musik, der sich hinter mir noch von der Bühne her zog, riss augenblicklich ab, ich bedeckte mein Gesicht, als ein Blitzlichtgewitter losbrach, und ich rannte auf Pawlow zu, der die Szene mit nicht geringem Erstaunen von der Seite beobachtet hatte. Ich fragte ihn, ob wir sofort gehen könnten. Er nickte. Auf dem Weg zur Pension machte mir Pawlow erst ein Kompliment und kritisierte mich dann ziemlich heftig. Er war der Meinung, dass mich die Musik an manchen Stellen zu sehr mitgerissen hat, dass ich mich in der Hammerklavier-Interpretation zu weit von der Partitur entfernt habe und dass mich das einen Platz unter den ersten drei kosten könnte. Ansonsten war es eine beeindruckende, überzeugende Leistung. »Ich bin stolz auf dich«, sagte er, fast verlegen, weil er sonst mit Lob sehr sparsam war. Dann liefen wir lange Zeit schweigend durch Wien. Den nächsten Tag, den letzten Tag des Hauptwettbewerbs, verbrachten wir wieder im Brahms-Saal, als Zuhörer. Die japanische Pianistin Mieko Kainose und das deutsche Klavierwunderkind Karl Berbaum zogen mich völlig in ihren Bann. Beide spielten unglaublich, ich war beeindruckt und deprimiert zugleich, denn ihr Spiel bestätigte nur Pawlows Meinung, dass es extrem schwierig sein würde, sich für das große Finale zu qualifizieren. Ihre Namen waren die Namen der ersten beiden Finalisten, die vom Vorsitzenden der Jury zwei Stunden nach der letzten Aufführung bekannt gegeben wurden. Es herrschte eine Stille, die man hätte schneiden können. Wer würde der dritte von uns sein, der in zwei Wochen in Begleitung des Symphonieorchesters im Goldenen Saal des Musikvereins auftreten würde? Wir übrigen Teilnehmer zitterten. Die Spannung war unerträglich. Jahre der Aufopferung, Jahre der Arbeit, unsere Zukunft und unser Schicksal hingen am Namen des letzten Finalisten. Beim Gewinn dieses Grand Prix ging es nicht nur um Geld, nicht nur um den Bösendorfer Imperial und den Ruhm. Es winkte die offene Tür, die internationale Karriere, Aufnahmen, ein Lebensstil und das bestmögliche Umfeld. Die Stille wurde unerträglich lang. Die Vorsitzende der Jury, die als einzige die gespannte Erwartung zu genießen schien, räusperte sich. Dann sagte sie meinen Namen.

12.

Zwischen dem traumatischen Erlebnis von Nejas Fotoshooting und meiner triumphalen Platzierung unter den drei Finalisten des Internationalen Beethoven Grand Prix verging ein halbes Jahr. In dieser Zeit veränderte sich zwischen Neja und mir scheinbar nicht viel. Aber in Wirklichkeit war alles anders. Ich wurde zunehmend von Eifersucht und Misstrauen zerfressen, während ich gleichzeitig an meiner Unfähigkeit verzweifelte, den Dingen auf den Grund zu gehen. Hatte ich einen Verdacht und etwa Angst davor, was ich dort unten vorfinden könnte? Oder war Nejas unbändiger Charakter kurzum zu dominant? Wenn ich bei Neja war, hatte ich immer das Gefühl, neben einem unbekannten, mit Eis bedeckten Berg zu stehen, einem Berg, der alles unter seiner weißen, glitzernden Kruste verbergen konnte. Plötzlich wurde ich mir meiner Gefühle und meiner verbohrten, übertriebenen Rücksichtnahme immer bewusster und schämte mich dafür. Der Gedanke daran, was dem Drogenkonsum folgen könnte, lähmte mich. Ich konnte mich paradoxerweise nur dann entspannen, wenn ich mit Neja zusammen war. Ihre Anwesenheit war meine Droge. Aber wir verbrachten immer weniger Zeit miteinander, da ich mich voll und ganz meiner Arbeit widmete und Neja, seit sie die Agentur gewechselt hatte, immer mehr Angebote für Modeschauen, Werbespots, Fotoshootings und Ähnliches bekam. Da das große Finale des Beethoven-Grand-Prix erst zwei Wochen nach dem Ausscheidungswettbewerb stattfand, gingen Pawlow und ich sofort nach der Bekanntgabe der Finalisten zum Bahnhof und nahmen noch am selben Abend den Nachtzug nach Hause. Ich erinnere mich, dass ich im Zug einschlief und träumte, dass ich auf einem Klavier aus Eis spielte, das unter meinen Händen zerbrach und schließlich in Tausend Stücke zerfiel, von denen jedes einzelne erklang und zum Mond hinaufstieg. Am nächsten Nachmittag, als ich mit Neja zusammentraf, endete, ohne dass ich es ahnte, der erste Satz eines anderen Stückes, des Stückes meines Lebens. Das süße, lyrische Adagio sostenuto war beendet und ein kurzer, dynamischer zweiter Satz begann sich zu entfalten, den ich erst jetzt, fünfzehn Jahre später, als ein vollständiges Ganzes sehe. Als ich die Tür von Nejas Wohnung aufschloss, konnte ich die Person am anderen Ende des Zimmers kaum erkennen. Das üppige grüne Haar, das eine Art Markenzeichen von Neja war, war zum ersten Mal zu Zöpfen geflochten, die sich wie kleine Schlangen um ihr Gesicht wanden. Aber es war nicht die Frisur, die bei mir eine Reaktion hervorrief, es waren ihre Augen, die in mir blankes Entsetzen auslösten. Ich wollte sie zum Essen einladen, um meinen Erfolg zu feiern, doch vor mir stand der Schatten einer Person, die ich kannte, zitternd und wortkarg. Ich versuchte, sie zu umarmen, aber sie wich zurück und saß am anderen Ende des Sofas, ein Gletscher, hunderttausend Kilometer entfernt. Ich erzählte ihr von Wien, von dem Wettbewerb und den Tagen mit Pawlow. Ihr Blick wanderte immer wieder zur Wanduhr. Sie wollte nichts über sich selbst und darüber sagen, wie sie diese Tage verbracht hatte. Ich hatte das Gefühl, dass ich störte, und ging kurz darauf. Ich fragte mich, ob ihr Zustand wohl durch die Einnahme von Drogen oder den Vollmond zu erklären wäre, der sie schon zuvor oft verschlossen, ja sogar ungastlich gegenüber allen um sie herum gemacht hatte, aber ich befürchtete etwas viel Schlimmeres. Ich rief ein paar Leute an, die ich kannte, wir trafen uns in der Stadt und feierten meinen Erfolg. Obwohl ich damals Abstinenzler war, trank ich an diesem Abend viel Wein, und nach dem Essen ging es in einer Whisky-Bar weiter. Wir trennten uns gegen zwei Uhr morgens. Ich bin dann nach Hause gegangen. Als ich die Eingangstür zum Wohnblock aufschloss, bemerkte ich einen menschlichen Schatten auf einer Bank in der Nähe. Ich trat näher heran. Es war Neja. Bei der Berührung meiner Hand schrie sie auf, und im Mondlicht konnte ich ihr vor Angst verzerrtes Gesicht sehen. »Neja«, sagte ich. Unter Tränen konnte sie kaum sprechen: »Bring mich nach Hause, bring mich einfach nach Hause.« »Was ist passiert, Neja?« Ich erhielt keine Antwort. Ihre Vespa lag im Gras neben der Bank. »Frag nicht, bring mich einfach nach Hause«, sagte sie wieder. Erst als wir unter das Licht einer Straßenlaterne traten, sah ich die blaugrünen Blutergüsse in ihrem Gesicht und auf dem Hals. »Wer hat dir das angetan?«, rief ich, »sag mir, wer?« Neja nickte, weinte, aber ich konnte kein weiteres Wort aus ihr herausbekommen. Obwohl ich ziemlich betrunken war, fuhr ich sie mit ihrer Vespa irgendwie zu ihrer Wohnung und half ihr die Treppe hinauf. Sie ließ mich nicht mit ins Bad gehen. Während sie duschte, machte ich Tee. Es gab auch eine angebrochene Flasche Cognac, den ich in ihren Tee schüttete. Ich hörte das Wasser eine lange Zeit laufen. Dann kam sie endlich aus dem Bad. Sie sah fürchterlich aus. »Neja, wer hat dir das angetan?« Ich drohte ihr, dass ich sofort die Polizei rufen würde. Neja nickte nur. »Geh, geh einfach«, flehte sie mich unter Tränen an. Ich ließ nicht nach, rief: »Sag mir, ist das beim Shooting passiert? War das jemand, den du kennst? War es einer oder waren es mehrere?« Sie weinte. »Drei, es waren drei«, sagte sie schließlich. »Drei, aber sie hatten nur einen Mund«, sagte sie. »Der Mund war die ganze Zeit auf mir, und sie wechselten sich ab, und wer auch immer auf mir war, hatte denselben Mund«, sagte sie und begann am ganzen Körper zu zittern. In einer der Schubladen fand ich Schlaftabletten. Ich hörte sie schluchzend sagen: »Es war nicht das erste Mal, dass sie es versucht haben, aber so weit sind sie noch nie gegangen … Dieser Mund – noch immer ist er überall auf meinem Körper.« Sie begann sich zu kratzen, bis sie blutete, und rieb sich an Brust und Armen. Ich habe versucht, sie zu halten, um sie zu beruhigen. Es war nicht mehr meine Liebe, es war nicht einmal Neja, es war ein geschändeter Körper, der sich selbst fremd war. Meine Liebe war in diesem Körper verschwunden, unendlich fern für meine Berührung. Vor mir saß ein bloßer Fick, wahrscheinlich noch unter dem Einfluss von Sedativen, vergewaltigt von ihren eigenen Kollegen. Oder war es ein Spiel, das sie regelmäßig spielten, das aber dieses Mal außer Kontrolle geraten war? »Neja, sag mal, waren es die drei Fotografen aus der Agentur?«, fragte ich. Sie verbarg ihr Gesicht wieder in ihren geprellten Händen und nickte. Ich war voller Wut. Ich hörte sie hinter mir auf dem Flur rufen. »Geh nicht, geh nirgendwo hin.« Ich versuchte, in der Mitte der leeren Straße zu fahren, entlang der weißen Linie, die sich ab und zu teilte. Es war kurz vor Tagesanbruch, als ich an der Industriehalle ankam, in der sich das Studio befand. Ich schlug eine Weile an die Haustür, aber angesichts der Uhrzeit war es verständlich, dass niemand da war. Wenn jemand da gewesen wäre, hätte ich ihn getötet. Ich setzte mich mit dem Rücken gegen die Metalltür, trank Cognac aus der Flasche, die ich aus Nejas Wohnung mitgenommen hatte, und weinte. Langsam begannen die Vögel zu singen, und die erste Morgenröte setzte ein. Der Tag war angebrochen. Es war, als ob alles in mir gestorben wäre. Ich hatte mich in eine rasende Bestie verwandelt, die die Welt vor mir in Stücke reißen wollte. Ich knallte die leere Flasche gegen die Tür, was die Alarmanlage auslöste. Ich stolperte zur Vespa, fest entschlossen, später zurückzukehren und der Reihe nach all die Bastarde zu töten, die Neja diese Schweinerei angetan hatten. Ich erinnere mich an den bröckelnden Mond am Horizont, an die Kälte, die mich beim Fahren umarmte, an die Mittelstreifen auf dem Asphalt, die tanzten, sich teilten und sich wieder zu den roten Adern des großen weißen Auges zusammensetzten, das mich verfolgte, das direkt vor mir, direkt über mir schwebte, das Auge im Objektiv, das mich anstarrte, während ich durch die leere Stadt fuhr, und das sich dann plötzlich schloss, ich hörte das Geräusch der Kamera, dann Blitzlicht und Stille. Das Nächste, woran ich mich erinnere, war das dünne elektronische Geräusch, das den kurzen, aber schicksalhaften zweiten Satz der Sonate meines Lebens beendete, das gleichmäßige Piepen, der Klang meines Herzschlags, ein dumpfer Schmerz und die Unfähigkeit, mich zu bewegen. Ich hatte Glück im Unglück gehabt. Angesichts der Geschwindigkeit, mit der ich unterwegs war, des Alkohols und der Tatsache, dass ich keinen Helm trug, hätte mich der Sturz leicht umbringen können. Ich kam mit einer gebrochenen Schädelbasis, vier gebrochenen Rippen und einem zerschmetterten rechten Handgelenk davon. Ich kam in einem fremden Bett in einem fremden Zimmer in einem fremden Krankenhaus in einem fremden Körper in einem fremden Leben in einer fremden Komposition wieder zu Bewusstsein, zu Noten, die ich nicht kannte. Die Geräusche der Apparaturen in meinem Kopf hallten nach und schmolzen wie das Wachs dessen, was ich bis vor kurzem noch gewesen war. Mein Leben, so wie ich es kannte, war unwiderruflich vorbei. Dies wurde mir eine Woche später bestätigt, als nach einer zweiten Operation an meinem Handgelenk klar wurde, dass mein rechter Daumen für immer unbeweglich bleiben würde, dass es zum ersten Mal in der Geschichte nur zwei Finalisten im Finale des Grand Prix von Beethoven geben würde und dass der dritte nie wieder ein Konzert geben würde, nein, der dritte Finalist des Beethoven Grand

Prix würde wahrscheinlich nie wieder Klaviertasten berühren.

13.

Durch das vergitterte Fenster sehe ich beleuchtete Mauern, oben auf ihnen Stacheldraht, dahinter wird jeden Moment der Mond aufgehen. In der Ferne höre ich Hundegebell. Die Schreie aus Block C haben schon vor einiger Zeit aufgehört. Die Wachen drehen träge ihre Runden im Hof, ab und zu taucht ein Schatten auf dem Wachturm auf. Gerade kann ich, so wie ich hier und jetzt bin, keine Verbindung zu dem Mann herstellen, der ich war, zu dem Mann, der auf dem besten Weg war, ich zu werden. Ich war im großen Finale des Internationalen Beethoven Grand Prix gewesen, verliebt, eins mit der Musik. Und dann ... Eineinhalb Monate im Krankenhaus – wer war ich da? Als was habe ich mich damals verstanden? Habe ich überhaupt etwas verstanden? Es ist so lang her, ganze sieben Jahre. Die erste Operation am Handgelenk war nicht erfolgreich gewesen. Sie mussten sie wiederholen. Glücklicherweise war nichts Schlimmeres mit meinem Kopf. Oder hatte auch vorher nicht alles mit mir gestimmt, und die gebrochene Schädelbasis war nur die physische Metapher für meinen mentalen Zustand gewesen? Eineinhalb Monate lang besuchte mich im Krankenhaus kein einziger Mensch. Meine Eltern waren bereits tot, meine Kollegen am Konservatorium atmeten erleichtert auf angesichts meines Unglücks, da die Konkurrenz um die wenigen mickrigen Stellen, die es in diesem Land als Konzertpianist gab, immer dünner wurden. Auch Professor Pawlow hatte sich nicht bei mir gemeldet. Er schickte mir nur einen kurzen Brief, in dem er mir formell gute Besserung wünschte und »unser« außerordentliches

Unglück zutiefst bedauerte. Im gleichen Atemzug kündigte er seinen endgültigen Ruhestand und seinen Umzug in einen Ort am Meer an. Auch wenn es auf den ersten Blick nicht so aussieht, war der Brief im Grunde ein bitterer, gekränkter Abschiedsbrief. Über Pawlows winziger Handschrift hing der nie ausgesprochene Vorwurf meines selbstzerstörerischen Leichtsinns. Ich habe ihn nie wieder gesehen. Von allen war es natürlich Neja, die mich am meisten verletzt hatte. Sie reagierte nur ein einziges Mal auf Dutzende, wenn nicht Hunderte meiner Anrufe und Nachrichten, nämlich nach meiner zweiten Handgelenksoperation, als ich schon 18 Tage lang im Krankenhaus gelegen hatte. Ich habe die SMS so oft gelesen, dass ich sie immer noch auswendig kann. »Ich hoffe, du wirst wieder gesund. Es wird für uns beide das Beste sein, wenn wir uns nicht sehen. Ich habe deine Sachen in deine Wohnung gebracht und den Schlüssel in den Briefkasten geworfen. Es wird eine Zeit geben, in der wir uns wiedersehen. Jetzt kann ich nicht. Es ist alles zu viel für mich. Versteh das.« Der Text war schmerzhafter als alle Operationen, schlimmer als das Gefühl der totalen Einsamkeit, sogar noch brutaler als der Verlust meiner Fähigkeit, Konzertpianist zu sein, was ich mehr als alles andere wollte. Mein Körper heilte langsam aber stetig, wobei mein rechtes Handgelenk nur zu 70 Prozent beweglich blieb und mein rechter Daumen ein ständiger unbeweglicher Begleiter der anderen vier Finger meiner rechten Hand. Während ich mich körperlich erholte, verfiel ich innerlich. Die Akademie hatte ein Auge zugedrückt und ausnahmsweise das Filmmaterial von meinem Grand Prix-Auftritt als Abschlussarbeit akzeptiert. Ich hatte also zumindest einen formalen Universitätsabschluss und einen Titel, und doch keine Zukunft. Ich war ein verkrüppelter Musiker, ein Musik-Invalide. Schlimmer noch – die ganze Musik in mir war gestorben. Es gab keine Verbindung mehr zwischen meinem Körper und meiner Seele. Und keine Liebe. Nachdem ich aus dem Krankenhaus entlassen wurde, arbeitete ich eine Zeit lang als Kellner, als Pizzabote, als Fensterputzer, als Gärtner. Drei Monate lang war ich bei der Stadtverwaltung in der Müllabfuhr tätig. Die ganze Zeit über konnte ich nicht aufhören, an Neja zu denken. Jede Spur von ihr war verschwunden. In ihrer ehemaligen Wohnung gab es nun einen neuen Mieter. Die Agentur, für die sie arbeitete, war inzwischen in Konkurs gegangen, das Studio war verkauft worden und eine Druckerei eingezogen. Ich habe auch die Fotografen nie gefunden, die ich verdächtigt hatte, Neja vergewaltigt zu haben. Ich habe mir auch nicht wirklich die Mühe gemacht, nach ihnen zu suchen. Ich wollte immer stärker nur weg hier, woanders hin, raus aus dem Dreck, in den ich geraten war, um mir ein neues, ein anderes Leben aufzubauen. So vergingen zwei Jahre, in denen ich mich mehr oder weniger in mich selbst verkroch, dunkel und starr wurde. Ich hatte Geldprobleme, die Kosten für die Operationen und die Behandlung waren beträchtlich gewesen und ich hatte niemanden, der mir half. Dann traf ich zufällig einen alten Bekannten aus der Akademie, dessen Freund Direktor einer Musikgrundschule war und dringend einen Ersatz für einen Klavierlehrer suchte. Zwei Tage später hatte ich bereits angefangen. Zu meiner Überraschung stellte ich nach einigen Wochen fest, dass mir die Arbeit mit Acht- bis Zehnjährigen sehr viel Freude bereitete. Neja und ich hatten nie über Kinder gesprochen; sie waren nicht Teil unserer Welt, weder für sie noch für mich. Aber jetzt war ich aus der Notwendigkeit heraus, Geld zu verdienen, durch die Hintertür in die Welt der Musik zurückgekehrt, in eine völlig naive, primitive Welt. Ich hörte den Kindern zu, wie sie einfache Stücke und Tonleitern spielten, lehrte sie die richtige

Handhaltung und das richtige Sitzen am Instrument. Die Kinder spielten statt meiner Klavier. Ihre Freude reichte aus, um mich zu erhalten, und als sechs Monate später die Stelle eines Klavierlehrers ausgeschrieben wurde, bewarb ich mich.

14.

Die Jahre vergingen. Die Generationen meiner Schüler wechselten immer schneller, diesen Eindruck hatte ich zumindest. An der Musikschule lernte ich Marta kennen, die Bratsche unterrichtete. Nachdem ich drei Jahre lang mit keiner Frau eine Beziehung führen konnte, hatte ich mit Marta zum ersten Mal das Gefühl, dass ich noch zu Nähe fähig bin. Sie war das Gegenteil von Neja, eher zurückhaltend und still. Sie verstand die Musik und den musikalischen Geist. Nach ein paar Monaten zogen wir zusammen. Für eine kurze Zeit war meine Welt wieder moderato cantabile. Ich hatte sogar mit meinen Musikschulkollegen eine Oldie-Band gegründet, und die Songs waren so einfach, dass ich sie mit neun Fingern auf den Keyboards spielen konnte. Wir hatten ein paar Auftritte bei Feiern und Geburtstagen. Musikalisch war es mehr eine Party als alles andere, wir lachten viel und hatten eine Menge Spaß. Ich hatte das Gefühl, dass die schmerzhafte Erinnerung an Neja verblasste wie das Mondlicht, das sich in einen neuen Mond verwandelt, was mich langsam aber sicher von der inneren Erstarrung befreite, zuerst in meiner Seele, dann in meinem Charakter und schließlich in meinem Körper. Marta und ich besuchten oft Abonnementkonzerte in der Philharmonie. Ich spürte wieder die Kraft von Liszt, Rachmaninow und Schubert, die ich einst so sehr bewundert hatte. Das Gefühl, dass mich die Musik immer noch völlig in Beschlag nehmen könnte, war aber auch erschreckend. Eines Tages –

Marta fühlte sich nicht wohl und blieb zu Hause – ging ich allein zu einem Konzert, das einer meiner Lehrerkollegen von der Musikschule gab. Ich war einer der Letzten, die den kleinen Schulsaal betraten, und mir blieb nichts anderes übrig, als mich auf den einzigen freien Platz in der ersten Reihe zu setzen. Das Konzert begann mit einer eher uninspirierten, mühsamen Darbietung von Chopins Polonaisen. Mein Kollege versuchte, seine Fähigkeiten zu übertreffen, verfehlte am Ende sogar den Rhythmus und machte einen ziemlich gequälten Eindruck. Ich bedauerte schon, nicht zu Hause geblieben zu sein, als er die besondere Überraschung des Abends ankündigte: seine sechsjährige Tochter. Ein kleines Mädchen mit langen roten Haaren und einem rosa Rock betrat die Bühne und verbeugte sich. Ihr Vater zog den Klavierstuhl heran und legte ihr liebevoll die Noten hin. Ich sah ihre winzigen Finger fast unhörbar über die Tastatur krabbeln, die Anfangsakkorde von Beethovens Mondscheinsonate durchbohrten mich förmlich. Ich spürte, wie ein körperlicher Schmerz meine Brust durchdrang und mir das Bild meiner einzigen großen Liebe, der Liebe meines Lebens, vor Augen führte. Noch bevor der erste Satz beendet war, war ich völlig verschwitzt und hilflos, die Tränen liefen mir über die Wangen, und ich spürte, wie sich der Abgrund um mich herum auftat. Das Mädchen spielte auch den zweiten, technisch anspruchsvolleren Satz, bei dessen Klang ein Kampf mit mir selbst in mir tobte. Ich spürte eine unerträgliche Spannung, alles in mir zitterte, was auch der älteren Dame auf dem Nebensitz nicht verborgen blieb, die immer weiter von mir abrückte. Ich schloss meine Augen. Der Nachhall der Musik verflüssigte alles um mich herum zu einem brennenden Raum, der in mich hineinzischte und mich durchbohrte und quälte. Ich versuchte, tief durchzuatmen und mich so weit wie möglich den Flammen, den Nadeln, den

Skalpellen, den Glasscherben, den Szenen, in denen Finger gequetscht, Nägel herausgezogen und Knochen gebrochen wurden, und den Geräuschen, unter denen sie mir antaten, was immer ihnen einfiel, hinzugeben. Es war eine Art magisches Ritual, bei dem ich nur eine Marionette war, ausgeliefert an Kräfte, die ich nicht kontrollieren konnte. Als endlich die letzten Takte des zweiten Satzes verklangen, tauchte vor mir wieder das Auge auf mit dem Auslösegeräusch, wenn es zwinkerte, die Szene des nicht durchgezogenen Mittelstreifens auf dem Asphalt, ein Blitz und nochmal Blitz. Ich konnte es nicht mehr ertragen. Meine Lehrerkollegen drehten sich nach mir um, das Mädchen hörte sogar auf zu spielen, als ich weinend und schweißgebadet aus der Schule stürzte und die fast zehn Kilometer zu meiner Wohnung lief. Als mich Marta sah, war sie fassungslos. Ohne ein Wort zu sagen, ging ich ins Bad. Aus dem Spiegel schaute mich jemand an, der aussah wie ich, aber stark gealtert war, mit tiefen Falten, die sein Gesicht zerschnitten, mit Haaren, die vor zwei Stunden noch kastanienbraun gewesen, jetzt aber völlig ergraut waren.

15.

Ich habe meine Wohnung danach wochenlang nicht verlassen. Dann konnte ich mich nicht noch länger krankschreiben lassen, obwohl es für alle besser gewesen wäre, wenn ich das getan hätte. Ich lag in einer tiefen Depression. Niemand, nicht einmal Marta, konnte mehr in meiner Nähe sein. Ich schloss mich in meinem Arbeitszimmer ein und zog die Jalousien herunter. Ich aß nur nachts und blieb wach. Marta versuchte eine Weile lang geduldig, sich mir zu nähern, aber es war vergeblich. Sie widerte mich an. Alle widerten mich an. Und ich sie, das konnte ich spüren. Ich widerte alle an.

Später versuchte ich, wieder in die Schule zurückzugehen, aber es klappte nicht. Als ich meine letzten Schüler verlor, weil ich im Unterricht immer häufiger ausrastete und herumschrie, kündigte ich. Ich wäre sowieso gefeuert worden. Ich konnte den Gedanken nicht länger ertragen, mich weiterhin mit jemandem zu treffen, am wenigsten mit Marta, die inzwischen fortgezogen war und sich heimlich mit dem Vater des Mädchens eingelassen hatte, dessen Verhalten meinen Zustand ausgelöst hatte. Aber das hat mich nicht im geringsten belastet. Ich glitt immer tiefer in die Dunkelheit ab, in ein lautloses Pianissimo der Einsamkeit, weit entfernt von der Welt um mich herum. Ich begann zu trinken. In den nächsten anderthalb Jahren ging ich durch die Hölle des Alkohols. Wenn ich mir jetzt meine rauen, geschwollenen Finger ansehe, zittern sie nur ein wenig und sind fast völlig still, ohne einen einzigen Tropfen Alkohol. Damals brauchte ich jedoch meine Dosis, gleich morgens, um die Finger wenigstens ein wenig zu beruhigen, um das Herumirren der selbstzerstörerischen Gedanken zu stillen. Es gab keine Hoffnung mehr für mich. Wohin ich auch blickte, ich war umgeben von einer stummen, glasigen, undurchdringlichen Dunkelheit. Bald war ich verschuldet und verkaufte alles, was ich besaß, angefangen mit meinem Pianino. Bald hatte ich nichts mehr zu verkaufen. Schließlich warf mich mein Vermieter auf die Straße. Ich habe mich durchgeschlagen. Leute, denen ich Geld schuldete, suchten nach mir. Sie spürten mich auf einer Parkbank auf und verprügelten mich. Ich hatte keinen Platz mehr, um mich zu verstecken. Es wurde immer schlimmer. Sie hätten mich umgebracht, so viel schuldete ich ihnen, aber ihr Chef änderte seine Meinung. »Bist du nicht Musiker oder so?«, sagte er zu mir. »Bin ich nicht«, antwortete ich. »Aber ich weiß, dass du Klavier spielst«, sagte er. »Ich spiele alles Mögliche, nur keine

Musik«, sagte ich. »Ich höre keine Musik mehr«, sagte ich. Gut, dass der Typ Sinn für Humor hatte. Ich wurde zusammengeschlagen, meine Rippen waren angebrochen und mein Kopf war geprellt, aber meine Arme blieben unversehrt, wie vom Chef angeordnet. »Deine Hände sind das Einzige, was du noch hast«, sagte der Chef. »Wir lassen sie dir, weil du mit ihnen alle deine Schulden brav abarbeiten wirst«, sagte der Chef. So begann ich meine dritte musikalische Karriere, den dritten Satz meines Lebens, disperato, als Entertainer der untersten Sorte. In der Ecke des Nachtclubs vom Chef stellten sie mir ein zweireihiges elektrisches Keyboard zur Verfügung. Ich bekam ein Kellerzimmer und zwei Mahlzeiten am Tag. Wenn ich trank, wurde ich verprügelt, wenn ich widersprach, wurde ich verprügelt. Wenn ich versuchte zu fliehen, erwischten sie mich und schlugen mich noch härter. Ich spielte jede Nacht zwischen 20 Uhr und 4 Uhr morgens. Ich spielte besoffenen Geschäftsleuten und Nutten zum elektronischen Beat die schäbigsten Schlagerlieder und murmelte gelegentlich die Texte der Schlager dazu wie Wine on the Lips; Why, Oh Why, Did You Do That; You're my Angel und ähnlichen Unsinn ins Mikrofon. Aber im Nachhinein betrachtet, hat mich diese Sklaverei gerettet. Ich trank wieder weniger, zahlte meine Schulden innerhalb eines Jahres ab, und da ich nichts anderes auf der Welt hatte als mein Sklavendasein, zog ich in ein Zimmer in der Nähe des Clubs und spielte für Hungerlohn weiter im Club.

16.

Die Mondscheinsonate hat drei Sätze: Vollmond, Halbmond, Neumond. Der Halbmond steht zwischen beiden Extremen. Der erste Satz ist ein Raum aus Klang, ein reines Gefühl, in den ein Mensch demütig und äußerst verletzlich als Melodie eintritt. Pianissimo. Der zweite Satz, der halb volle, halb leere Mond, ist die Zeit eines scheinbaren Glücks. Es ist ein Satz der Täuschung, einfache dynamische Passagen, die sich leicht ins Gedächtnis einprägen, technisch unprätentiöse Musik, eine Atmosphäre, die fast allegretto ist, aber gewiss unbeschwert, trügerisch. Mein Leben mit Marta, nichts Spektakuläres, nichts Fatales, einfach ein durchschnittliches Leben wie viele andere. Es folgt der letzte Satz: ein Sprung ohne Fallschirm ins Presto agitato, eine Spelunke mit Kriminellen, in der alle Musik gute Musik ist, solange sie die durch Alkohol und Drogen hervorgerufenen Zustände unterstützt, unterlegt und unmerklich wie ein Teppich, oder besser wie eine Fußmatte, trägt. Ein Fall ohne Ende. Ein stumpfer, wehrloser, resignierter und gealterter Fall. Irgendwo da, in der schummrigen Dunkelheit des Nachtclubs, fielen mir zuerst deine weißen Lackschuhe, dein Tweed-Anzug und deine Krawatte auf. Du saßt immer allein am gleichen Tisch. Sogar die Prostituierten ließen dich in Ruhe. Schon aus der Ferne war irgendwie klar, dass du nicht für einen schnellen Fick hierhergekommen, dass du keine potenzielle Beute warst. Ich war nie im Geringsten an Männern interessiert, aber du, nachdem du den dritten oder vierten Donnerstag in Folge kamst und mir mit einer Aufmerksamkeit zugehört hast, die mein Spielen nicht verdient hatte, wurdest irgendwie interessant für mich. Boney M., Madonna, The Police und die lokalen Schlager sind wirklich kein konzerttaugliches Material. Was du dir wohl angesichts dieses Primitivismus auf meinem Synthesizer gedacht haben musst? Dann … Es war eine dieser Nächte. Nur eine Handvoll Gäste, ein Haufen betrunkener englischer Touristen, ein paar Drogendealer und du, elegant und wie immer allein an deinem Tisch. Ich war seit sechs Monaten völlig clean, aber eines unserer Mädchen feierte, ich weiß nicht, was. Ich hielt inne, um auf ihr Glück anzustoßen. Und noch ein zweites Mal. Ich weiß nicht, wie das Glas, das bis zum Rand mit Cognac gefüllt war, auf meiner Tastatur gelandet war. Es war mir strengstens untersagt, während der Arbeit zu trinken, aber an diesem Abend war mein Chef nicht in der Bar, und alles schien unerwartet in ein unbekanntes, gefährliches Terrain abzugleiten. Ich schluckte die weiche, samtige Flüssigkeit. Du schautest mich an, unbeweglich, du schienst mich zu durchschauen wie jeden Donnerstag. Wenn dir Musik so viel bedeutet ..., dachte ich. Einmal Sündigen ist keine Sünde, sagte ich mir. Aber langsam und mit Gefühl. Ich fing mit dem harten Repertoire an und lockerte es immer mehr auf, ich hatte zwischen zwei Abba-Stücke »Für Elise« versteckt, dann ein bisschen Jazz-Repertoire. Ich sah auf. Es war, als ob ich dich zum ersten Mal ansah. Es war klar, dass du nur wegen mir ins Lokal gekommen warst. Wenn ich mich recht erinnere, wollte ich dich ursprünglich zusammenschlagen. Dann habe ich es mir anders überlegt und eine Abmachung mit den Sicherheitsleuten getroffen, dass sie dich verprügeln, wenn du gehst, aber dann hob ich die Abmachung gleich wieder auf. Ich hatte den Eindruck, dass du, im Halbdunkel in etwa 8 bis 10 Metern Entfernung sitzend, in meine Gedanken eindrangst, meinen Willen manipuliertest und sogar bestimmtest, was und wie ich spielen soll. Trotz allem unternahm ich nichts. Ich spielte nur weiter. Und ich trank. Wie göttlich das war. Der Cognac war kein Cognac, er war das Elixier der Götter, das mich von innen her streichelte, mich wärmte und mich in den Menschen zurückverwandelte, der ich schon lange nicht mehr war. Der Alkohol war wieder mein Führer durch die dunkle Nacht. Ich schaute auf den Scheinwerfer an der Decke und stellte mir vor, ich sähe dich an, den Vollmond, Neja, die

Liebe meines Lebens. Es war das Licht unter den gewölbten Ziegelwänden des Kellers, das in tiefen Akkorden erklang und mich unaufhaltsam bewegte – wohin? Wohin? Ich weiß nicht, was oder wie das passierte. Nur, dass ich plötzlich wieder dieselben Tasten unter mir spürte, die ich zuletzt auf dem Bösendorfer Imperial in Wien gespürt hatte und von denen ich sicher war, dass sie für immer verschwunden waren. Etwas strömte durch mich hindurch. Ich schaltete die Bossa-Nova-Rhythmusfunktion auf der Tastatur aus, wechselte zum Flügelprogramm und begann das Adagio sostenuto des ersten Satzes der Mondscheinsonate. Ich wusste, dass du mich beobachtetest und dass du wusstest, dass ich nur für dich spielte. Du kamst mir bekannt vor, auch wenn du wahrscheinlich viel jünger warst als ich. Ich war nie ein Freund von Schwulen, aber du hast etwas in mir ausgelöst, das unerwartet war, etwas, das mir bis dahin völlig unbekannt gewesen war. Du hast die Musik in mir wieder zum Leben erweckt. »Wie ist das möglich? Wie ist das möglich?«, fragte ich mich, während der erste Satz beim Publikum eher unbemerkt blieb. Die Unterhaltung war die gleiche wie zuvor, die Mädchen machten ihre Arbeit wie zuvor, saßen neben den Betrunkenen und bestellten falschen Champagner, ein uralter Trick, der immer zieht. Beim zweiten Satz spürte ich die ersten Blicke einer Gruppe von Touristen auf mir, jemand rief ein paar Mal etwas, aber ich überhörte alles. Ich war tief in die Musik eingetaucht, in das sanfte Mäandern des zweiten Satzes, sicher zu Hause, bis zur Verzweiflung trivial, in meiner Küche mit Marta. Am Ende des zweiten Satzes öffnete sich die Tür, und dahinter war es dunkel. Ich warf mich in die Dunkelheit und stürzte hinein in den Klang, in den Rhythmus, in das in mich eingebaute Kapillarsystem, aber ich war wie versteinert, verkümmert und erstarrt. Der dritte Satz, disperato. Am Anfang blieb mein

Blick noch an dem Chef hängen, der unerwartet aufgetaucht war und mich zusammen mit den feiernden Mädchen hinter der Theke beobachtete. Dann explodierte etwas in mir. Presto agitato. Im nächsten Moment sah ich nichts mehr. Alles wurde zu meiner Innenwelt, und der Klang war nur noch ein fernes Echo meiner Gefangenschaft, meiner Schwäche, meines völligen Verlorenseins. Ich kämpfte wie ein gefangenes Tier und versuchte, das Unbewegliche zu bewegen, aber ich konnte es nicht. Mit meinen Fingern auf der Tastatur zerfetzte ich das Fleisch, operierte die Seele und zerriss die Flügel. Ich erinnere mich, dass ich dich für einen Moment lang lächeln sah. Es war das erste Mal, dass ich dich lächeln sah, das erste Mal, dass dein Gesicht überhaupt eine Emotion zeigte, als der dritte Satz zu einem Hämmern auf den Plastiktasten der Tastatur wurde, einem Hämmern auf den Tasten und dem Display. Jemand packte mich an den Schultern, aber man konnte mich nicht aufhalten. Es war eine wundersame, unwiederholbare, fatale Zerstörung. Ich schaute nicht einmal in deine Richtung und ich sah doch, dass du hinter dem Bartisch aufgestanden warst und deine Hände erhoben hattest. Dann wurde ich zu Boden gestoßen, vor die Tür des Nachtclubs geschleppt und verprügelt. Ich weiß nicht, wie lange ich auf dem Bürgersteig lag, bis ich wieder zu mir kam. Zu mir? Ja, nach all der Zeit war ich endlich wieder zu mir gekommen!

17.

Am nächsten Abend erhielt ich auf meinem Telefon eine Nachricht von einem unbekannten Absender. »Ich möchte dir für deine Musik danken. Sie ist der Grund dafür, dass ich noch am Leben bin. Es tut mir sehr leid, dass man dich so grob unterbrochen hat. Es war, als hätten sie es mit mir gemacht. Ich hoffe, es geht dir gut.« Ich weiß nicht, warum ich zögerte. Normalerweise hätte ich den unbekannten Absender sofort blockiert, aber dieses Mal … ich hatte nichts mehr zu verlieren, alles ging den Bach runter. Ich tippte: »Wer will das wissen?« Die Antwort folgte sofort: »Das frage ich mich auch.« Ein paar Minuten später folgte ein Foto, auf dem ich das stark gepuderte Gesicht des Mannes aus der Bar erkennen konnte. Etwa eine Woche später folgte eine Reihe von Nachrichten von ihm. Auf die ersten höflichen Fragen wie: »Wie geht es dir? Wirst du wieder irgendwo spielen?«, antwortete ich, dass ich mit der Musik endgültig und für immer fertig sei. Und ich fügte hinzu: »Und mit allem anderen auch.« In der Zwischenzeit stapelten sich Flaschen mit dem billigsten Schnaps in meinem ansonsten völlig kahlen Zimmer und ich begann wieder zu trinken. Als ich in meinem Vollrausch wieder eine Nachricht von dem Jungen erhielt, schrieb ich ihm zurück, dass ich keine Schwuchtel sei, dass ich nicht einmal seinen Namen kenne und dass er aufhören solle. Dann schrieb er mir zurück: »Mein Name ist Dane und ich würde alles tun, um dich wieder Klavier spielen zu hören.« Ich drehte durch und sagte ihm, er solle zur Hölle fahren. Dann erhielt ich eine Nachricht, die mich völlig entwaffnete, aber auch entmutigte: »Erinnerst du dich nicht mehr? Willst du dich nicht erinnern?« »Was, was, du Arschloch?«, schrie ich und wählte die Nummer an, von der ich die Nachrichten zugeschickt bekommen hatte. Keine Antwort. Ich knallte das Telefon gegen die Wand und begann zu trinken, als ginge es um Leben und Tod. Der Alkohol wirkte und verstärkte zunächst meine Wut, aber schon bald war ich völlig weich in den Knien und wankte nur noch hin und her. Jemand zog mir den Boden unter den Füßen weg, und ich stürzte im Zimmer auf den Boden. Ich sah eine riesige glühende Kugel aus der Deckenlampe auf mich herabsteigen, das kalte Licht war der Kopf des Mondes, war das Gesicht von Neja, war der Tod selbst? »Erinnerst du dich nicht? Willst du dich nicht erinnern?«, sagte das kalte, runde Licht zu mir, nahm mich auf, umhüllte mich mit einer klebrigen Substanz, flößte mir Schuldgefühle ein wie einem Kind, das weint und klein ist, bis ich einschlief.

18.

Meistens kann ich mich nur an die Umrisse meiner betrunkenen Handlungen erinnern, noch weniger kann ich den Verlauf meiner Gedanken und Gefühle rekonstruieren, aber dieses Mal war alles klar, ich würde sogar sagen, offensichtlich und unvermeidbar. Als ich am nächsten Tag auf dem Boden aufwachte, war es bereits Nachmittag. Es stank um mich herum, und ich merkte bald, dass ich mich im Schlaf eingeschissen hatte. Ich hatte eine Wunde am Kopf, von dem Sturz. Und überall waren Blutflecken. Ich schleppte mich ins Bad, setzte mich in die schmutzige Badewanne und ließ zu, dass das eiskalte Wasser langsam den ganzen Schmutz von mir abwusch und mich wach machte. Es war nichts mehr im Zimmer, kein Essen, kein Alkohol. Ich wollte eine Pizza und ein paar Biere nach Hause bestellen. Ich suchte nach meinem Telefon und fand es schließlich in der Ecke. Das Display war gebrochen, aber es funktionierte noch. Ich stellte fest, dass ich in der Nacht etwa zwanzig Nachrichten erhalten hatte, allesamt Fotos, von einem Mann namens Dane. Auf den Fotos ich, unverkennbar jünger, und die Liebe meines Lebens. »Neja?«, rief ich. »Woher?« Ich war völlig außer mir. Ich versuchte, die Details der Fotos durch das Gittermuster der Risse im Display halbwegs zu erkennen. Die letzten Fotos zeigten eine Neja, die ich nicht kannte, mit kurzen, schwarz gefärbten

Haaren und in Männerkleidung. Dann ein Foto von einem Gesicht in Verbänden. In diesem Moment begann das Telefon in meinen Händen zu vibrieren. Nach vielen Jahren hörte ich Nejas Stimme wieder: »Wirst du mir helfen? Ich brauche dich, Liebes, ich brauche dich mehr als mein Leben.«

19.

Meine Liebe ist im Nachthimmel. Ich lebe ihretwegen. Ich weiß, dass sie jede Nacht kommen und mich umarmen wird, und mit ihren langen Nachtstrahlen wird sie in mich eintreten und in mir wohnen. Wenn Neumond ist, ist der Mond ein junger Mann. Er sagt, sein Name sei Dane, obwohl ich das manchmal bezweifle. Wenn der Mond voll ist, ist sein Gesicht das Gesicht meiner Neja, die endlich glücklich und befreit ist. Auch ich bin frei. Von außen sieht es so aus, als wäre ich ein Gefangener und werde es die nächsten zwanzig Jahre bleiben. Vielleicht gilt das für meinen kaputten Körper, aber mein Geist ist völlig befreit. Ich habe nichts Zerstörerisches mehr in mir. Ich habe den Sturz durch den 3. Satz der Sonate überlebt und bin zur Besinnung gekommen. Ich bin ein Instrumentalist der Vollkommenheit geworden, mein Instrument ist die Stille, das, was Gedanken und Musik ständig zu verbergen versuchen. Ich habe aufgehört zu reden. Ich brauche nicht mehr zu sprechen. Ich brauche nicht mehr zu spielen. Der Klang hat für mich keine Bedeutung mehr. Jetzt hallt alles nur noch in mir nach, verblasst in mir, verschwindet in mir. Bei den Verhören schauten sie mich zunächst erstaunt an, dann versuchten sie, durch ihr Geschrei zu verbergen, was sie in mir sahen. Das Gleiche später vor Gericht. »Wo ist der Kopf?«, riefen sie wütend, zuerst der Ermittler und später der Staatsanwalt. »Wo haben Sie den Kopf des Opfers versteckt?«

»Des Opfers?« Ich sah ihn so an, dass er mitten im Satz erstarrte und unter den Geschworenen ein Gemurmel ausbrach. Langsam, als ob ich mich unter Wasser befände, sprach ich meine letzten Worte. Ich wusste, dass es von nun an keinen Grund mehr gab, zu sprechen. Auch diese Notizen gäbe es nicht, wenn ich dir nicht am Ende unseres letzten Satzes versprochen hätte, Notizen für diejenigen zu hinterlassen, die nach uns kommen. »Der dritte Satz von Beethovens Mondscheinsonate«, sagte ich langsam und lauschte den Worten, die durch den Gerichtssaal schwebten. »Der dritte Satz von Beethovens Mondscheinsonate ist eine Wiederholung des ersten Satzes. Der erste Satz ist die Liebe, ein Raum aus Liebe und ein kleiner Mensch in diesem Raum. Der dritte Satz ist die Liebe in totaler Agonie, die Triolen gehen in einen hexatonischen Puls über, quasi una fantasia in die Katastrophe, Liebe am Abgrund. Trotz alledem: Am Ende des dritten Satzes ist die Liebe befreit, getrennt von ihrem Körper, den sie so sehr verachtet hat, und wir alle, die sie gehört haben, sind ihr verpflichtet, wir alle sind der vollkommenen Liebe verpflichtet.« Ich hörte, wie meine Worte im Saal ein solches Erstaunen auslösten, dass die Stille zwischen uns fest wurde, erstarrte. Dann wurde die Machete herumgezeigt. Der Staatsanwalt verlas feierlich die gerichtsmedizinischen Berichte, die angeblich bestätigten, dass die Waffe benutzt wurde, um den Kopf des Opfers vom Körper zu trennen. »Des Opfers?« Ich lachte laut. »Ich würde niemandem ein Haar krümmen, schon gar nicht der Liebe meines Lebens. Wie könnten Sie auch verstehen, dass es in dieser Geschichte keine Henker und keine Opfer gibt, nicht geben kann? Dass ich nur das zu Ende spielte, was sorgfältig erdacht und komponiert worden ist, und dass ich durch mein Spiel diejenige befreite, die sich das alles ausgedacht hat. Dass ich nur die bescheidene Bitte einer leidenden

Liebe nach Freiheit erfüllt habe?« Der Richter ordnete ein weiteres psychiatrisches Gutachten über meinen Zustand an. Der Gutachter war ein junger Arzt. Er fragte mich etwas, und ich sah ihn nur an, und dann sprach er wirklich meine letzten Worte, bevor ich in Schweigen versank: »Wie frei ist der Mond, Doktor, wie frei ist die Musik des Mondlichts. Wie hilflos sind wir, wenn uns dieses Mondlicht mit dem Gesicht der Medusa anschaut.«

Ikarus

1.

Er trat aus dem Haus. Er wusste nicht mehr, wie lange er schon jeden Morgen immer das Gleiche tat, die dicken, rissigen Agavenblätter in seinem verfallenen Garten beobachtete, die verfaulten abgefallenen Blüten der Oleandersträuche, die mit der Zeit die Sicht auf das Nachbarhaus verdeckten, das Herumhüpfen der Vögel, die vor ihm flohen und beim Auffliegen mit den Flügeln den Staub vom Boden aufwirbelten. Jahrelang schon war das Haus mit den paar Kakteen inmitten der Steinöde eine Insel für sich. Dort, hinter der Mauer und den Oleandern, war ein ständiger Wandel und Fortschritt im Gang. Beides kümmerte ihn nicht. Zweimal die Woche brachte man ihm Essen und holte den Müll ab. Er lebte wie ein Einsiedler, nur mit etwas mehr Luxus. Die Zeit und er selbst waren seit langem ein formloses Vergehen. In dem Moment aber, als er sich bückte und seine Finger das getrocknete Agavenblatt berührten, zerbrach seine Welt und zerfiel zu Staub. Es war, als hätte er mit dem toten Blatt den Tod getauscht, den das Blatt in sich trug. Getauscht? Mit wem oder womit? Eigentlich war nichts geschehen und doch alles.

2.

Langsam und mit äußerster Vorsicht hob er die Hand. Er konnte seine Augen nicht von den gebogenen Dornen und dem Käfer abwenden, der auf dem Blatt herumkletterte, am Rand seine schweren schwarzen Flügel ausbreitete und in den Himmel summte. Er streckte erneut die Hand aus, um das Blatt auf die eine oder andere Seite zu schieben, es möglicherweise zu entfernen, aber es war ihm nicht möglich. Am ganzen Körper erfasste ihn ein unüberwindlicher Widerstand, der es ihm nicht erlaubte, den abgestorbenen Teil der Pflanze zu berühren. Über sich spürte er das Gewicht der Sonne, die trotz der frühen Stunde unerbittlich dem Tag ein unsichtbares Mal aufdrückte.

3.

Es war, als hätte etwas für ihn entschieden und ihn völlig überflüssig gemacht. Es war nichts, wovon er reden, gegen das er etwas haben konnte oder mit dem er, ansonsten ein Meister der Selbstblendung und der sich selbst genügenden Interpretation, hätte diskutieren können. Es gab keinen Widerspruch. Er stand nicht vor der halboffenen Haustür seines Hauses, sein Schatten zwischen den langen Morgenschatten der Kakteen, er stand vor dem Faktum, dass er die Türklinke nicht mehr berühren, die Tür nicht öffnen, in den frischen, klimatisierten Unterschlupf nicht zurückkehren konnte. Durch den Spalt zwischen dem nicht ganz verschlossenen Türflügel und dem Türpfosten erkannte er am anderen Ende des Flurs einen großen Kühlschrank und verstreute Regale voller alter VHS-Filmkassetten, die er ständig abspielte. All dies gehörte ihm, aber gleichzeitig starrte er bereits auf die intimen Räume eines Fremden, unerreichbar und abstoßend zugleich. Er drehte sich um und schlurfte unsicheren Schritts den schmalen Steinweg hinunter auf die schwere Metalltür in der Steinmauer zu. Unfähig, diese Tür zu berühren, durch die das Essen geliefert und der Müll abgeholt wurde, ging er an der Steinmauer entlang bis zu der Stelle, wo die Mauer endete und hinter dem Oleander-Dickicht der Steinhügel anstieg. Manchmal, wenn er zu faul war, um den Müll im Mülleimer zu entsorgen, warf er die Abfälle direkt in die Senke, hinter der der Steinhügel offen aufragte. Glasscherben glänzten in der sengenden Sonne, daneben rostige Fischkonserven und Reste von Plastiktüten. Sofort ritzten Dornen auf seinen Beinen und Armen ihre Unterschrift ein, seine gelben Flip-Flops gaben auf den knirschenden Steinen bald unter verschwitzten Sohlen auf, er rollte den Hang herab, zerkratzte sich das Gesicht, zerriss sich sein graues T-Shirt und seine Shorts, in denen er meistens auch schlief, im ungepflegten Pool neben dem Haus badete, vor dem Fernseher lag oder, in einer der schattigen Ecken des Gartens sitzend, einfach bloß vor sich hinstarrte. Er rollte über seinen eigenen Müll und erlebte all das als den einzig möglichen und wahrscheinlich deshalb richtigen und gerechtfertigten Ablauf der Dinge.

4.

Das vorhersehbare Gedankenrauschen, das anfangs noch in seinem Kopf herrschte, verflachte in der Hitze zu einem dünnen, hochfrequenten Ton und verwehte, als hätte es nie zu ihm gehört. Bald war es eine Landschaft, und mit ihr bestand fast alles aus blendendem Licht. Es gab keine Himmelsrichtung mehr, und die Zeit war Staub, Staub lag auf allen Seiten. Nur das Massige seines Körpers kippte wie Sand aus dem linken in den rechten Fuß und dann wieder zurück. Er starrte in den Schatten des mächtigen Mobilfunkmastes mit seinen vielen Antennen, das schwache Flackern statischer Spannung knisterte in der Luft, das einsame Kreisen einer Möwe, die mit ihrem Schrei für einen Moment die Stille durchbrach, sie aufwirbelte. Es war nur noch Wüstenmüll da, eine Ansammlung von Überresten, die der Wind über die karge, durstige Oberfläche hin und her wehte, der Müll des Himmels, dann der der Erde und dann wieder der des Himmels, eine immer schnellere Rotation, das immer weiter entfernte Zirpen eines Vogels, ein immer schattigeres und monotoneres Flimmern. Letztlich verlor sich der Himmel. Und es gab kein Land mehr. Nur blendendes Licht schnitt ihm gleichzeitig von allen Seiten entgegen. Bis nichts mehr weh tat. Bis es nichts mehr gab, was ihm hätte weh tun können, niemanden, der ihm weh hätte tun können, keinen Schmerz mehr.

5.

Die Sonne hatte ihn umgebracht. Die Sonne hatte ihn von den Toten auferweckt. Die kalte Halogensonne vervielfachte sich überall, vor allem direkt über seinem Schädel, ein Licht, das ihm lange Klingen in die Augen stach. Er hatte sie wieder. Seine Zunge und seine Schmerzen, der völlig trockene Gaumen in seinem Mund, die Wunden und Verbrennungen am ganzen Körper kehrten langsam zurück. Sein Körper, er hatte ihn wieder. Es roch nach Chlor und Desinfektionsmitteln. Die Geräusche tropften so schmerzhaft in ihn hinein, dass er am liebsten hätte wieder sterben wollen. Wieder und am besten so schnell wie möglich niemand sein. Er hob die Hände, um seine Augen zu schließen, sich die Ohren zuzudecken, aber er wurde von einem stechenden Schmerz aufgehalten, zwei Katheter. Endlich war er in der Lage, die Bewegung von Schatten, den Geruch von abgestandenem Essen, das Flackern elektronischer Geräte zu erkennen. Eine Gruppe weißer Gestalten trat an ihn heran. Man habe ihn in der Wüste gefunden, völlig dehydriert, hörte er sie sagen, sein Zustand stabilisiere sich, hörte er, gut, gut, hörte er in der Ferne, als antworte jemand vom Ende eines langen Schlauchs. Er hörte, obwohl die Worte ihn nicht wirklich erreichten. Nichts konnte ihn erreichen. Alles war da, eine Art Picken in seinem Kopf, aber gleichzeitig schien es weit weg und völlig irrelevant zu sein. Als die weißen Gestalten wieder verschwunden waren, öffnete er langsam die Augen und versuchte, durch den schleimigen Katarakt zu sehen. So lag er eine Weile da, bis er die Schläuche aus seinen Handgelenken gezogen hatte. Schwindelig und fast betäubt sprang er aus dem Bett auf das kalte Linoleum, lehnte sich dann an die Wand und schleppte sich langsam den Flur entlang. Das Krankenhaus war ein riesiger, aufgewühlter Ameisenhaufen. Erst an der Haustür hielten ihn zwei Sicherheitsleute auf. Wo wollen Sie hin? Er schwieg. Die Zwei riefen das Personal, das ihn zurückbrachte, ihn wieder an die Infusion anschloss und ans Bett schnallte. Acht Stunden später hatte er das Glück, durch die Notaufnahme zu entkommen. Er wurde fast von einem Krankenwagen überfahren, der wild abbremste, die hintere Autotür schlug auf, und für einen Moment konnte er den Abgrund in dem einen Auge eines Mannes sehen, dessen andere Gesichtshälfte mit einem blutigen Verband umwickelt war.

6.

Die letzte Tankstelle und die spärlich beleuchteten Parkplätze vor den Malls blieben hinter ihm zurück. In der Ferne wurde das nächtliche Dröhnen langsam lauter. Er schlich am Straßenrand entlang, seine Krankenhauspantoffeln waren längst zu zwei schmutzigen Lappen zerrissen. Kieselsteine und Reste von Macchia durchbohrten seine Sohlen. Es gab keinen Unterschied zwischen den Echos von menschlichen Stimmen und dem Schmerz. Beide traten in ihn ein und verließen ihn auch gleich wieder. Mitten in der Dunkelheit stieß er auf einen Zaun, dahinter hob ein mächtiges Geräusch an, er grub mit den Händen ein Loch in den sandigen Boden und zog sich auf die andere Seite. Bald spürte er heißen Asphalt unter sich, ein wachsendes Grollen, das ein Paar blendender Lichter aus der Ferne vor sich hertrieb. Er richtete sich auf, schloss die Augen und atmete tief ein. Er hörte ein Hupen, das lauter wurde als die Welt, lauter als der pochende Herzschlag in seinen Schläfen, die Fanfare des Endes und der Luftstoß, als der Lastwagen knapp an seiner linken Schulter vorbeifuhr. Er war eingehüllt in den Schmerz des Lichts, das ihm im nächsten Moment wieder entglitt. Zwei große Tränen rannen über seine Wangen, hinterließen ein Harlekinmal und blieben in den staubigen Winkeln seiner Lippen hängen. Er fiel auf die Knie und kroch wie ein verwundetes Tier auf allen vieren zum Rand der Autobahn, noch bevor der nächste Lastwagen vorbeidonnerte. Dann kroch er in die nahen Büsche, umarmte seine Knie und saugte schluchzend an den dünnen Tentakeln der Sterne in der Ferne des Nachthimmels.

7.

Er irrte bergauf, bis sich vor ihm der Blick auf die riesige Halde im Tal öffnete. Der Wind wehte den Müll weit und breit herum, die Atmosphäre war erfüllt von Plastikgeistern, dem metallischen Quietschen von Baggerraupen in der Ferne und dem Schreien von Vögeln, die nach Beute Ausschau hielten. Die größten unter ihnen, die Möwen, flatterten auf, wie die Priester fliegender Plastikgeister. Wegen ihrer weißen königlichen Rümpfe und breiten Flügel standen sie in eklatantem Gegensatz zu der Mülldeponie. Er versank in einem Meer aus heißem Gestank. Scherben und Glas zerschnitten seine umwickelten Fußsohlen. Bald sah er einige in Lumpen gehüllte Kinder und Frauen, die alle mit einer Tüte in der Hand den Müll durchwühlten. Für sie existierte er offensichtlich nicht, genauso wie er, dessen war er sich sicher, für sich selbst längst aufgehört hatte zu existieren. Aber es war immer noch jemand da, der nicht die Kraft hatte oder nicht wusste, wie man das Aufhören denkt, oder besser gesagt, an das eine Etwas, in dem sich immer wieder Abwesenheit ergab, durch die gelegentlich einige Gedanken wegrollten. Es ähnelte am ehesten dem Wind, der manchmal Papier und Plastik aufwirbelte, den Vogelflug abkippte und Staub und Gestank in der Luft aufwirbelte. Es war ein Wind im Wind, das plötzliche Handzeichen einer der Frauen, für die er nicht existierte. Er folgte ihr aus dem Müll hinter dem Nachbarhügel zu einer Gruppe von Müllhütten. Sie goss ihm Wasser mit Ölgeschmack aus einem Plastikkanister ein. Dann kamen die Männer und fragten ihn, was er hier suche, wo er herkomme, was er wolle. Er hörte sie, obwohl sie nicht existierten und obwohl er für sie nicht existierte, zumindest nicht auf eine Art, die in irgendeiner Weise die Reste einer lebendigen Sprache in ihm erwecken konnte. War da noch irgendetwas Lebendiges? Er starrte auf seine Fußlappen, auf den sengenden Himmel hoch oben, auf die Menschen, die ihm in Kopftücher gehüllt bedeutungslose Fragen stellten. Einer von ihnen regte sich auf. Einen Moment später lag sein Körper zusammengerollt im Müll. Sein Körper war nur noch Müll, der sich am Kopf hielt, damit die Tritte des Müllmenschen die Leere in seinem Kopf nicht zerbrechen würden. Er konnte spüren, wie sich sein Körper unter den Tritten von selbst beugte, hrrk, hrrk, hin und wieder knackte etwas in seinem Körper. Er lag da und hielt sich den Kopf und hörte ein leises Stöhnen hinter seinen Zähnen hervordringen, hatte den schleimigen Geschmack von Blut im Mund. Müll unter Müll. Müll, auf alle Seiten getragen. Wieder die Sonne, wieder das Versinken leuchtender Formen. Die Schreie der Möwen. Und später, oder früher oder immer wieder das Gesicht dieser einen von ihnen in der Hütte, die sein Gesicht sanft neigte, ihn mit Wasser wusch und die zerbrochenen Körperteile wieder zusammensetzte, Schmerzstücke zu einem einzigen Schmerz zwischen dem Müll.

8.

Ein Tag, fünf Tage, als gäbe es trotz allem noch Zeit. Als gäbe es mitten in der Nacht, als sie ihm zum vorerst letzten Mal etwas Reis mit Fleisch gebracht hatte, sich in der gegenüberliegenden Ecke der stickigen Hütte setzte, zwischen ihnen beiden nichts außer die Flamme eines Gasbrenners. Dann stellte sie ein Paar dicke, abgetragene Schuhe vor ihn hin, gab ihm eine Hose, einen Schal und ein Hemd. Und einen Eimer Wasser. Sie half ihm beim Aufrichten, Waschen und Umziehen. Während er aß, kniete sie sich hin und zog ihm die Schuhe an. Er stellte den Blechteller ab. Lange starrten sie einander schweigend an, dann machte sie das Licht aus und schob das Wellblech beiseite, das die Hütte abschloss. Er folgte ihrem Wink, hinaus in die Nacht. Sie gingen über die Müllhalde, egal wohin, sie gingen einher. Eine Herde wilder Hunde zerriss im Mondlicht den Kadaver eines Tieres, sie hoben für einen Moment die Köpfe und beobachteten das Ganze. Aus ihr erklang eine Stimme, die er noch nie zuvor gehört hatte, eine Stimme, die nicht von dieser Welt war, eine Stimme, die bewirkte, dass die Hunde ihre Beute fallen ließen und flohen. Sie waren fast angekommen. Sie zeigte ihm den Zaun. Nachtfahrzeuge schnitten in der Ferne durch das Dunkel. Im nächsten Moment war sie weg. Sie verschwand ohne

Abschied, wortlos. Gab es sie überhaupt je? Vielleicht gab es sie in der Art, wie sein toter Arm herabbaumelte. Ein Arm, der nicht mehr zum Körper zurückkehren, kein Teil des Körpers mehr sein wollte. Eine Hand wie er selbst.

9.

Etwas, jemand in ihm ist schon hier gewesen. Rostige Hafenkräne, abgeleckte Steinpflaster, Rost und abblätternde Farbe an heruntergekommenen Gebäuden. Hinter den Gebäuden das Meer, überall dort drüben. Dort. Was ist dort? Er verflucht sich und seinen Schädel, es folgen Gesten eines stummen Monologs, immer und immer wieder, bis es schließlich aufhört in ihm Fragen zu stellen. Das Kreischen von Ratten, die über stählerne Schiffstaue an Deck rennen. Schwimmende Stahlfriedhöfe laden ihre Fracht, um sie auf die andere Seite zu transportieren. Die Container hängen hoch in der Luft und schaukeln wie schwerelos. Nein, es gibt kein Gewicht, nur die hohe Freiheit scheinbar starrer, unbeweglicher Objekte im Schwebeflug. Für einen Augenblick. Dann bewegt sich das angeleuchtete Stahlseil, an dem sie hängen, bewegt sie über das Deck, stellt sie an genau der richtigen Stelle ab. Sarg auf Sarg. Sie werden bald abreisen. Dorthin, da hinüber. Da hinüber auf die andere Seite. Wo er schon einmal gewesen war. Und es war. Was in seinem verdammten Schädel immer weniger deutlich wird. Was immer diese verdammten Gedanken in seinem verdammten Kopf auch sind. Die Sonne blendet seine Augen, dass sie zu weinen anfangen. Nein, das mag er nicht. Er hüllt sein Gesicht in den hängenden Teil des Verbandstuchs, im anderen Teil hängt sein toter linker Arm. Er versucht es. Er wird am Passagierterminal bereits am Eingang abgewiesen. Er versucht es am Seiteneingang, durch den das Hafenpersonal ein- und ausging. Sie verjagen ihn mit Geschrei. Jemand ruft den Sicherheitsdienst. Auf der Flucht. Er versucht unterzutauchen. Zum Glück laufen sie ihm nicht nach. Kurzatmigkeit, Herzschlag. Als würde er eine totgeborene Hand in einem Schal wiegen, während er Ausschau hält, unter einen Dach-Sims gebeugt. Dort. Dorthin hinüber, weg von der Insel aufs Festland. Wo er schon einmal gewesen war, zusammen mit. Wieder verflucht er den Kopf, der ein Schädel ist, und den Schädel, der ein Gedanke ist. Ein paar Busse halten in der Nähe, eine Gruppe Touristen steigt aus. Er schmuggelt sich unter sie. Im allgemeinen Trubel schafft er es bis zum Abfahrtsterminal. Er friert, und etwas erstickt ihn. Keine Luft in der Luft. Sie beginnen mit dem Einsteigen auf die Fähre. Es sind immer weniger Passagiere in der Halle. Zuletzt bleibt nur er übrig. Man fragt ihn etwas. Wen fragen sie? Es friert ihn wegen der Klimaanlage. Er trippelt an Ort und Stelle. Geht im Kreis. Man ruft etwas in seine Richtung. Er wiegt seine Hand. Da ist eine Wand. In der Wand eine Tür. Eintreten. Eine andere Tür. Er sperrt ab. Klopfen. Schreie von der anderen Seite. Von drüben. Wenn er die Augen schließt, ist da das Meer. Jenseits des Meeres Festland. Er lehnt sich an den Toilettenspülkasten und spült versehentlich. Er starrt auf den Wasserstrudel, der ihn hinunterschluckt und in sich hineinzieht, immer wieder und wieder. Die Stimmen von draußen verstummen, das Türschloss knackt, und die Tür knallt auf, als ob auf offener See mit einem plötzlichen Windstoß ein Sturm aufgekommen wäre.

10.

Sie schleppen ihn hinaus, zurück auf die Insel, in die sengende Sonne. Er hat keine Beine mehr. Ein Torso ohne Beine, mit einem Schädel und einem Arm. Seine Füße befinden sich immer noch im Wasserstrudel der Toilettenschüssel, noch immer zieht es ihn in die Tiefen des Meeres. Unterdessen schleppen sie seinen Oberkörper weg, dieses wertlose Objekt. Vor dem Passagierterminal Polizisten. Fragen. Eine Ohrfeige. Das Hupen einer Fähre, die sich mit beachtlicher Geschwindigkeit davonbewegt. Ohne ihn und ohne den, der in ihm ausgelöscht worden war. Kommen, gehen, eine hohle Abwesenheit im Schädel, bis nur der glühende Himmel zu sehen ist. Der Gestank von Rauch. Geschrei. Schreiende Leute. Er sieht eine tote Möwe vom Himmel fallen. Wie aus Pappe bleiben ihre Flügel nach dem Sturz geknickt. Feuer, Sirenen oder einfach nur ein weiterer tobender Himmel in dicken Rauchwolken. Die Bullen lassen ihn gehen, sie verschwinden. Er steht umgeben von Panik. Er ist wieder auf den Beinen. Vor ihm breiten sich die Flügel des toten Vogels auf dem Boden aus. Er streichelt die blutigen Federn. Vergeblich versucht er, die Flügel zurück an den Kadaver zu falten, den Kopf mit seinem mächtigen Schnabel auf die andere Seite zu rollen, ihn so zu positionieren, dass der Vogel noch am Leben ist. Hinter ihm verdunkelt giftiger Rauch das Meer und vertreibt es. Nur weg von hier.

11.

Manchmal gibt es nur eine einzige Sonne. Sie verbrennt von oben, was noch auf Erden übrig ist. Manchmal sind es zwei Sonnen zugleich. Die Sonne am Himmel und die Sonne in seinem Bauch, die heult, fordert. Die Sonne im Bauch ist sein Meister. Er wird immer weniger, die Sonne aber geht auf, lenkt seine Schritte, seine verlangsamten Bewegungen. Er durchsucht die Mülleimer, lebender Müll unter totem Müll. Nur Müll beruhigt die Sonne in seinem Bauch, lässt die Dunkelheit der Nacht in seinen Bauch fallen, in einen leichten, trügerischen Traum. Nachts sucht er die Mülltonnen auf, immer mit der gleichen Frage: Bringt ihn die Übermacht der Naturbedürfnisse, diese Brechung des eigenen Willens, nicht allzu exzessiv unter die Lebenden zurück? Schon die Frage selbst ist eine Rückkehr. Wer fragt? Verdammt. Verdammt. Ist nicht noch eine andere, dritte, verschleierte schwarze Sonne in ihm? Oder noch mehr Sonnen? Manchmal gibt es nur eine einzige Sonne. Sie hängt am Himmel und verbrennt alle Schritte unter dem Felsen, wo er auf einem nackten Stein schläft. Auf demselben Stein hockt er tagsüber oft bewegungslos. Hinter dem Stein scheidet er gelegentlich aus. In der Höhle gibt es Pfützen. Er trinkt aus ihnen. Vor der Höhle steht die Sonne, die ihm immer wieder befiehlt, einzutreten und seinen Hunger mit dem Widerstand gegen die Welt zu verbinden. Die Insel ist eine Sonneninsel. Eine Insel ohne Ausweg. Eine Insel voller unerbittlicher Schatten.

12.

Zwischen den Skeletten der Bäume und Agaven sah er sie wieder. Geduckte, in sich zurückgezogene, geisterhaft abwesende Präsenzen. Sie überquerten die Insel immer in Gruppen. Von ihrem Lager her kommend, waren sie auf dem Weg zur Küste auf der anderen Seite der Insel. Waren sie zurückgekommen? Waren sie die gleichen? Waren sie nur Illusionen in der Höhle seines Schädels, Schatten in der Höhle seines Kopfes, ein Kopf auf einem Stein am Eingang der Höhle? Manchmal wehte der

Wind einzelne Worte ihrer unverständlichen Gespräche herbei. Wurden sie von wilden Tieren aus ihren Kehlen gelockt? Wer waren sie? Er wusste nur, was sie wollten. Das Gleiche. Genau das, was jemand in seinem Schädel einmal gewollt hatte. Sie wollten weg. Auf die andere Seite, hinüber. Und dann? Dann vielleicht zu den Toten. Oder noch besser, nirgendwohin. Aber wenn das Nirgendwohin da auf der anderen Seite lag, warum nicht auch hier? Warum ist das Nirgendwohin auf dem Festland mehr nirgend als das Nirgendwohin auf der Insel? Sein ganzer Körper, die ganze Höhle erzitterte, als er auf dem Stein erzitterte. Einen Moment lang zuckten sogar die Finger seiner toten Hand. Hatte sie eine Erinnerung geweckt? Dieselbe Erinnerung, die ihn fortjagte, hinaus, raus aus sich selbst? Ein Bild, zwei lächelnde Bilder, eine Frau und ein Kind an Deck. Eine ruhige Nacht ohne Sterne. Weg damit! Weg damit! Verdammt! Verdammt! Begann er laut zu schreien, zu heulen, zu heulen wie ein verwundetes Tier in der Wildnis. Die Gruppe blieb zwischen den Skeletten der Bäume stehen, horchte nach der Stimme und stürzte schließlich in eine wilde Flucht.

13.

Die Zeit hatte schon lange aufgehört zu existieren. Nur Totes, Lebendes, Hunger, Bedürfnisse und Sonne. Der Wind, viel Wind, der den scharfen, glühenden Sand über die karge Landschaft trieb. Und das Plastik, das in alle Richtungen flog, die lebendtoten Gespenster des Plastiks, die ihn besuchten, als es in seinen Eingeweiden wieder brüllte und ihn zurück unter die Menschen trieb, heimlich bis zur Hüfte in den Gestank der Mülltonnen tauchte. Nach unten, in den Müll. Eine dämonische Gottheit des Hungers. Er sammelte hastig, wie verhungernde Hunde hastig fressen, kehrte zurück in den Wind, der so eisig, so grausam und so dicht war, dass er ihn nicht mehr einatmen konnte. Wie lange ging das schon? Aber es gab keine Zeit. Nur die Plastikgeister flatterten, verkanteten sich an den Kakteen und Skeletten der Nachtbäume. Er blickte in die Richtung, in die die Geister zeigten. Er erkannte eine weitere Gruppe von Flüchtenden, die zaghaft den Weg errieten. Dann öffnete sich der Himmel. Als hätte man mit einem unsichtbaren Messer die schweren Bäuche der nächtlichen Wolken aufgeschnitten. Es donnerte. Ein Windstoß warf ihn zu Boden, im nächsten Moment bereits wurde der Boden ein Schlammfluss. Er raffte sich auf. Er fiel, kroch im Schlamm herum und trommelte auf die Felsen. Trotzdem spürte er Richtungen im Nirgendwo und im Nirgendwohin. Der Sturm wurde schlimmer. Oben und unten der Schlamm, das Wasser, der Wind, die Kälte. Endlich fand er den Fuß des Hügels mit der Höhle wieder, klammerte sich an einen großen Stein, suchte nach Gleichgewicht. Und der Stein erzitterte. Im Platzregen berührte er den Stein noch einmal und erkannte ein Paar verängstigter Augen, die ihn anstarrten. Etwas berührte ihn. Wenn es ein Mensch gewesen wäre, wäre er weggelaufen. Jetzt aber lag ein lebendiger Stein vor ihm. Mit der Rechten hob er seine eigene tote Hand und winkte dem Stein damit zu. Komm, komm Stein. Aber der Stein blieb stehen. Nur er ging fort. Und mit ihm verschwand der Moment, als er von seinem eigenen Herzen überrascht wurde. Dass er es noch hatte. Diesmal war niemand mehr in ihm. Er selbst war es, der sich inmitten des Sturms erbarmt hatte. Öffnete. Sich erbarmte. Sich wieder verschloss. Floh. Er selber war es, in dem es pochte, schlug, wild klopfte. In der Finsternis der Höhle legte er sich auf einen eisigen Felsen. Es floss in Strömen von ihm ab. Er starrte auf den Ausgang, vor dem Blitze zuckten und das Ende der Welt wütete. Während er in einen kalten Schlaf fiel, erschien er ihm wieder. Der Stein, angelehnt vor dem Eingang. Er folgte ihm bis zu seiner kahlen Zuflucht. Als irgendwo in der Nähe ein Blitz einschlug und den Eingang der Höhle für einen Moment erleuchtete, verwandelte sich der Stein in einen verängstigten Jungen, der in eine graue Pelerine gehüllt und an den Felsen geschmiedet war. Im nächsten Moment war der Stein wieder Stein, ein Stein im seichten und unruhigen Fluss des Schlafes, den der Hunger zusammen mit dem Bild des Jungen in die Dunkelheit fortspülte.

14.

Es gab keinen Stein mehr. Es gab keinen Jungen mehr. Nur den ausgewaschenen Morgenhimmel, der die Albträume verfolgte und die Feuchtigkeit erwärmte, in der er schlief. Die Knochen bewegten sich, richteten sich auf. Er trat aus der Höhle und bedeckte den in die Pelerine gehüllten Schläfer mit seinem langen Morgenschatten. Er stieg den Hügel hinab, von wo sie im Sturm gekommen waren. Vor ihm rollte winziger Kies, dorthin, wo er den Stein zuerst sah, wo er von ihm zum ersten Mal berührt worden war.

15.

Er kehrte mit einer Plastiktüte zurück, die er im Sturm verloren hatte. Der Junge war weg. Er selbst setzte sich vor die Höhle und aß Abfall, putzte halbfaule Bananen und befreite die schwarzen Tomaten von Ameisen und anderen Insekten. Er hörte ihn. Er hörte seine misstrauischen Schritte, zögernd und hungrig. Sie hielten inne, entfernten sich und näherten sich im Laufe der Zeit wieder, während er einige Knochen aufhob. Als er gegessen hatte, räumte er den Rest des Essens auf und ließ es auf dem Felsen blühen. Das waren die seltenen Morgenblumen des Felsens, zwei Hälften einer Birne, ein Hähnchenschenkel, ein halbes Brot. Er ging in die Höhle. Wieder näherten sich die steinernen Schritte. Er sah einen Stein in der Sonne, eingehüllt in eine graue, zerrissene Pelerine, er sah einen Stein, der sich hastig öffnete, Arme, die aus dem Inneren des Steins hinausgestreckt wurden. Den Stein sah er, der die Morgenblumen von einem anderen Stein gegessen hatte.

16.

In der Hitze des Tages verschwand der Junge wieder. Es gab keine Zeit. Erst als abends die Hunde in der Wüste brüllten, tauchte er wieder am Eingang der Höhle auf. Der stille Stein, der zuerst nur da stand, dann lange schluchzend saß, bevor er schließlich einschlief. Ein hilfloser Stein. Erschöpft und trocken. Ein einsamer Stein.

17.

Sie unterhielten sich mit heimlichen Blicken. Mit Treffen ohne Treffen. Der Junge redete, als er nicht wusste, dass er redete. Er sprach im Traum, fremde, halb verschluckte Worte. Und manchmal, wenn er von Kieselsteinen abgelenkt wurde oder wenn er mit den Fingerspitzen Linien in den Staub auf dem Boden zeichnete, die bald vom Wind fortgenommen wurden, rollte er verschiedene, gemurmelte Wörter vor sich her über den Sand. Er beobachtete den Wind, und sein Blick flog bis zum Meeresufer in der Ferne und weiter, über die blaue Linie am Horizont. Abends folgte er ihm in die Vororte. Zusammen kletterten sie auf ein paar Müllcontainer und kehrten in der sternenklaren Nacht mit zwei Tüten essbaren Mülls in die Höhle zurück. Zum ersten Mal aßen sie gemeinsam vor dem Höhleneingang, wo jeder auf seinem eigenen Stein einschlief. Schlief er oder trat er nur in eine Abwesenheit, die plötzlich kleiner und dichter angesiedelt erschien mit Gedanken an das Wesen, das in sein Leben getreten war? Verdammt. Verdammt. Er wurde vom Kreischen der Möwen geweckt. Der Junge stand vor der Höhle und sprach mit den Vögeln. Er war ein Stein, der zu den Geistern des Himmels sprach. Er verstand alles, was sie zwischen nervösem Flattern und Essen von Essensresten schnatterten, alles und doch nichts.

18.

Wenn es ein Plan war, dann gab es ihn wahrscheinlich schon seit Urzeiten. Sie hatten immer in ihm, seit Urzeiten, gelebt. Hatten sie überhaupt je gelebt? Sie lebten nicht in der Vergangenheit, nicht in der Zeit danach und am wenigsten heute. Sie lebten im Zerbrechlichen seit jeher und nie. Im Bröckeligen seit jeher und nie. So könnte es endlos weitergehen. Bis zum Ende aller Tage, so. Dann aber sah er sie. Sie tauchten immer wieder zwischen den Skeletten der Bäume und Agaven auf. Schatten in seinem Schädel. Gruppen von Erinnerungen, die die Insel überquerten, die seine leere Schädelhöhle durchquerten. Erneut und immer wieder im sengenden unvermeidlichen Licht. Er folgte heimlich den geduckten Gestalten. Hatten sie ihn bemerkt? Dachten sie, er wäre noch einer von ihnen, noch einer auf der Flucht? Mehrere Stunden zu Fuß. Durst, Durst. Und dann die Küste. Er versteckte sich in der Macchia und beobachtete.

19.

Er packte den schlafenden Jungen am Arm, gab ihm ein Zeichen zu schweigen, wie Steine schweigen. Sie folgten ihnen durch die Nachtlandschaft. Es gab eine andere Gruppe, die ebenso verschwiegen war. Dieselben geisterartigen anwesenden Abwesenheiten. Sie gingen einen gewundenen Pfad entlang. Anscheinend wussten sie nicht, wohin, und gleichzeitig wussten sie, dass es in der Unwissenheit immer ein umherirrendes Ziel gibt. Hin und wieder blieben sie stehen. Unter dem dunklen Himmel, wo die Sterne erloschen waren, leuchteten ihre Handys auf, das Licht in der Wüste, die blass erleuchteten Gesichter, die sich über dem Schein aneinander lehnten, das leise Gemurmel in unverständlicher Sprache. War es eine Steinzunge? Der Junge sagte nichts. Tat nichts. Zeigte nichts. Er folgte ihm auf Schritt und Tritt, gehorchte ihm. Er vertraute ihm mehr als seinem linken Arm, der eigenwillig tot vor sich hin baumelte. Hier und da, wenn sie auf einen Felsen klettern mussten, war der Arm ihm so sehr im Weg, dass er ihn am liebsten abgeschlagen hätte. Aber womit? Er wusste, dass es nicht weh tun würde, einen Teil von sich aufzugeben. So würde er Stück für Stück sein ganzes Selbst abtrennen, bis er schließlich das Verlangen selbst ablegte, bis am Ende nichts mehr übrig blieb als das Verlangen, das dann erlöschen würde. Am Ende erlöschen wie die Nacht über ihnen, aber nicht zum Morgengrauen werden, nicht verändert zurückkehren, nur verschwinden. So dass nur noch seine Abwesenheit und der Stein anwesend sein würden. Vorerst machte er jedoch weiter. Er ging weiter und hegte die Hoffnung, dass er am Ende des Weges den Stein an seinen Platz stellen und ihn auf seinen Weg schicken würde. Raus, raus aus dem hier, aus diesem seit jeher und nie, auf die andere Seite. Dann wäre es viel einfacher, wieder oder immer mehr oder endlich gar niemand mehr zu sein. Sie kamen in der Bucht an. Der Lastkahn war alt, von Steinen zerschmettert, von Salz und Sonne ausgeblichen. Ein schwimmender Sarg. Die Schmuggler begannen, die Menschen zu zählen. Sie ordneten sie in Reihen, Männer, Frauen, ein paar kleine Steine, kleiner als der Stein neben ihm im Gebüsch. Streit, Aufregung, Geschrei um einen Mann, der Geld sammelte. Wer bezahlte, durfte einsteigen. Am Ende zahlten alle. Der Kahn war überfüllt, das Meer spritzte bis zum Rand, plätscherte über die Kante in den alten Sarg. Er nahm seine Hand. Einer der Schmuggler richtete sein Gewehr auf sie. Mit drei erhobenen Armen erreichten sie den Mann mit dem Geld. Er zeigte es dem Jungen. Der Schmuggler sah die anderen sichtlich nervös an. Money! Money!, rief er ihm zu, tippte eine Nummer ins Handy, zeigte sie ihnen. Er sagte nichts. Ohne zu sprechen, sagte er, sie hätten nichts. Sie starteten den blubbernden Motor. Erneute Schreie der Menschen im Sarg für die andere Seite. Die Schreie der Frauen. Der Stein sah ihn an, dann das Boot. Er las in Steins Augen, dass er vorhatte, zu laufen, das Unmögliche zu versuchen, an allen Schmugglern vorbeizukommen, doch der Mann mit dem Gewehr hielt ihn auf, bevor er sich überhaupt bewegen konnte. Money! Money! Sie starrten. Was sie sahen, war die einzige Szene, die nie aufhörte. Eine zerbrechliche Hülle, die verängstigte Augenpaare auf die andere Seite hinüberträgt. Würde es gelingen? Und wenn ja, würden sie jemals wirklich ankommen?

20.

Zurück in der Höhle schliefen sie Tag und Nacht. Der Junge stand nachts auf und ging leise in die Wüste. Er folgte ihm und hörte den Jungen die Sterne und den fruchtlosen

Mondstaub anheulen. Er sah die Schatten großer Vögel, die lautlos über dem Stein kreisten und sprachen: Hier wächst nichts. Nichts wird zurückgegeben, was du gibst. Und wohin? Wohin, wenn nicht nirgendwohin? Wozu noch, wenn nicht hier, nie? Verdammt! Verdammt! Wieder wurde er von Fragen heimgesucht, die er so beharrlich aus seinem Schädel zu vertreiben versucht hatte. Hatte er sie mit dem Verdrängen heimlich ernährt? Erneut tauchten sie mit aller Unausweichlichkeit auf, waren überall in seinen Gedanken. Das Gesicht der Frau und das Profil des Jungen, vielleicht ein Jahr jünger als Stein. Zusammen mit ihnen beiden kam immer das Bild von einem nächtlichen Schiffsdeck mit Swimmingpool, einem großen Speisesaal, kurz bevor der Junge vom Abendtisch aufgestanden war, er vergaß etwas in der Kabine und wollte sofort wieder zurückkommen. Sofort, sofort. Verdammt. Verdammt. Nur noch das erkennbare Gesicht eines Mannes in der Schneide eines Messers, auf einer weißen Serviette liegend. Nur noch das gestreckte, kaum erkennbare Gesicht eines Mannes in der silbernen Mulde eines Löffels, neben einem Messer auf einer weiße Serviette liegend. Nur noch das Gesicht des Mannes, der nicht mehr war, in vier Gabelzinken zerschnitten, auf ein weißes Totentuch gelegt. Das Profil des Jungen, der nicht mehr ist und nicht aufhören kann zu sein, das Gesicht der Frau, die das Gesicht des Mannes nicht mehr sehen konnte, der einst, als die Zeit noch war, er selbst war.

21.

Sie versuchten es erneut. Die Schmuggler waren dieselben anderen. Sie wurden zweimal verprügelt. Doch was am meisten schmerzte: Selbst in den Augen derjenigen, die auf die andere Seite wollten, war kein Platz für einen weiteren ihresgleichen.

Es gab mehr als genug von ihnen. Trotzdem gingen sie hinter den gleichen anderen her, immer wieder, trafen sie dieselben anderen, versuchten das Gleiche und verfehlten es zugleich, kehrten mehr und mehr als dieselben und hungrig und kaputt in die Höhle zurück. Nur die alten Hüllen, die kaum seetüchtigen Boote, die abgetriebenen Gummiboote waren immer andere, die Sorge auf ihrer letzten Reise, winzige Variationen im immer gleichen Opfergebet an den Ozean. Und dann: Sie lagen hinter einem nahegelegenen Felsen, die Schmuggler hatten das Schlauchboot bereits halb beladen, ihre Menschenaugen waren verängstigt. In der Ferne leuchteten die Lichter eines Polizeiautos auf, das ferne Echo einer Sirene wurde von einem starken Wind getragen. Die Schmuggler rannten zum Jeep und fuhren davon. Die Flüchtlinge gerieten in Panik, drängten einander im Aufruhr. Der Junge packte ihn an seinem abgestorbenen linken Arm und zog ihn hinter sich her. Sie rannten los und erreichten das Gummiboot gerade noch, als die letzten Frauen und Kinder einstiegen. Ein paar Hände griffen nach seiner und Steins Händen und zogen sie trotz der Menschenmenge in das Boot. Sie ruderten mit einem Paar Ruder, mit ihren Händen, mit Tellern, ruderten um alles oder nichts los. Jeden Moment würde die Polizei hier sein. Er schaute sich um, in der Erwartung, dass jederzeit das Boot der Küstenwache auftauchen würde. Aber es erschien niemand. War das alles eine Illusion? Eine Inszenierung der Polizei und der Schmuggler? Der Wind fegte, und sie fuhren schnell aufs offene Meer hinaus, angetrieben von einer starken Strömung. Hinaus ins Offene, dorthin, wo es bald nichts und niemanden und nie mehr geben würde. Wo alles so sein würde, wie er sein wollte, Himmel und Wasser, durch eine unsichtbare Linie zu einer einzigen Abwesenheit zusammengeführt.

22.

Die Insel schickte dunkle Gewitterwolken und Vogelschreie hinter ihnen her. Sie klammerten sich krampfhaft aneinander, als die Welle das überfüllte Schlauchboot schüttelte. Weinen und Geschrei, das Wasser reichte ihnen bald bis zu den Knöcheln. Verängstigt versuchten sie, das Wasser mit ihren Händen, ihren Mützen, ihren Plastikflaschen aus dem Boot zu bekommen. Die Insel war nur ein kleiner Punkt in der Ferne, umgeben von Blitzen und Schwärze. Sie wurden noch heftiger herumgeschleudert. Ein älterer Mann am Heck des Bootes verlor das Gleichgewicht, fiel ins Wasser, hielt sich glücklicherweise am Ruder fest, das dem schwankenden Mann zugeworfen worden war, und wurde zurück ins Boot gezogen. Er betrachtete das blasse Gesicht des Jungen, der sich krampfhaft an seinen toten Arm klammerte. Einige begannen zu beten. Ein Gebet in einer unbekannten Sprache. Der Stein hatte auch gebetet. Dann kam eine Welle und kippte das Boot um. Einige Menschen konnten sich daran festhalten. Auch er und der Stein, der offensichtlich nicht schwimmen konnte. Er hörte Schreie und Namen, die gerufen wurden. Yusuf. Margit. Ismail. Er sah eine Frau, die versuchte, ihr Baby mit einer Hand über Wasser zu halten und sich mit der anderen krampfhaft an das Boot zu klammern. Für einen Moment verstummte der Wind, die Atmosphäre beruhigte sich, die Wolken verzogen sich über dem Boot. Im nächsten Moment warf eine Windböe sie wieder hoch. Sie fielen von allen Seiten. Der Junge, der sich kurz zuvor noch an das Schlauchboot geklammert hatte, war verschwunden. Er sah ein Glühen im Meer unter ihm. Er tauchte ein. Der Junge ist unter ihm. Doch es ist nicht der schwimmende Stein. Es ist der Junge aus seinem Schädel, der Junge, vor dem er auf der Flucht ist. Er schwimmt wie ein großer Fisch unter dem Boot und den Körpern, die es auf allen Seiten trägt, und bringt einige der Ertrinkenden wieder an die Oberfläche. Ein Junge aus Licht. Ein Junge, der für immer verloren war. Wieder im Meer aufgefunden. Der Sohn, den er nie wieder gesehen hatte. Er schwimmt auf ihn zu, aber es geht nicht. Sein toter Arm zieht ihn zum Grund. Sein Sohn aus Licht lacht über seine Ungeschicklichkeit und schwimmt näher heran. Unter dem Wasser umarmen sie sich, er und das Licht. Für einen Moment sind Tränen und Wasser, oben und unten, Schädel und Meer wieder eins.

23.

Als er die Augen öffnete, sah er Stein inmitten eines kristallblauen Himmels. Er versuchte, sich aufzurichten, aber es war sinnlos. Auch sein rechter Arm wollte ihm nicht mehr gehorchen. Der Stein stützte ihn, er erhob sich langsam, beide Arme baumelten nun tot an seinem Körper. Der Stein zog seinen Ärmel hoch und begutachtete die purpurroten Schürfwunden vom Seil an seinem Oberarm. Wie lange er ans Boot gefesselt gewesen war, bevor sie gerettet wurden. Gerettet? Es war, als hätte die Zeit in dem formlosen Horizont um sie herum wieder zu existieren begonnen. Es gab noch eine Handvoll Überlebender auf dem Schlauchboot, darunter eine Frau und ihr Baby. Eine Frau mit einem Steinbaby. Keine Küste am Horizont. Kein Wind. Nur die brennende Sonne über ihnen und die wiedergefundene Zeit, die sich zwischen ihnen auflöste.

24.

Am Abend fand sie ein Boot der Küstenwache. Es näherte sich dem Schlauchboot, man warf ihnen ein Seil zu und zog sie mit. Die Männer riefen den Männern in Uniform zu, dass sie an Bord genommen und versorgt werden sollten. Die Gesichter der Uniformierten waren nicht emotionslos, sie waren nur müde und gelangweilt. Wie viele Boote, voll von demselben Elend, demselben Tod und derselben Angst hatten sie gesehen? Vom Deck des Bootes der Küstenwache aus gab es keine Antworten. Er verstand, was eine Antwort, die es nicht gibt, bedeutete. Als sie sich dem Land näherten, erkannte er die Insel. Sie wurden nicht auf die andere Seite geschleppt. Sie wurden dorthin zurückgeschleppt, von wo sie fliehen wollten. Vor dem kargen, felsigen Ufer hielt das Boot der Küstenwache an, und man befahl ihnen, das Seil loszubinden. Die Menschen schrien, hoben die Hände, flehten. Er sah einen jungen Mann in Uniform mit Sonnenbrille, der langsam das Seil einholte, während die Motoren des Küstenwachboots aufheulten und das Boot innerhalb weniger Minuten verschwand.

25.

Er wusste nicht mehr, wie sie den Weg zurück zur Höhle gefunden hatten, wie lange sie gelaufen waren und wohin. Er erinnerte sich nur an die Szene, als der Junge in den Container kletterte, vollständig im Müll versank, verschwand und dachte, der Stein sei ertrunken und er würde ihn nie wieder sehen. Er erinnerte sich an den Karton mit den verschimmelten Pizzaresten, wie lecker sie waren, wie dankbar seine Zähne sie zermalmten. Er erinnerte sich an eine der vielen Möwen, die auf der viel befahrenen vierspurigen Straße neben ihnen landete. Die Autos hatten weder gehupt noch angehalten. Sie fuhren weiter, und immer im letzten Moment hob die Möwe leicht ab oder wich gerade so weit aus, dass sie nicht von einem der Lastwagen überfahren wurde. Was hatte sie gemacht? Wozu das Spiel mit dem Ausweichen? Er erinnerte sich an nichts weiter als an den salzigen Geschmack von Pizza in seinem Mund und an das Hüpfen eines schwerfälligen Vogels auf einer viel befahrenen vierspurigen Straße, einen Stein, der ein wenig ihn und ein wenig sich selbst fütterte.

26.

Von nun an ging der Junge allein auf die Suche nach Nahrung und Wasser. Er kümmerte sich um den Krüppel, der mit offenen Augen dalag und auf die Risse in den grauen Felsen über ihm und das Herumschwirren von Insekten starrte. Es war für ihn unmöglich geworden, aufzustehen. Er lag da wie ein Fisch, der mit seinen Kiemen nach Luft schnappt und nur darauf wartet, endlich an Land zu ersticken. Sein Schädel war völlig hohl, neblig, gelegentlich aufgeschäumt wie trübes Meer. Nur hier und da schwamm das Bild seines Sohnes und des Lichts unter dem Meer durch das trübe Daliegen. Er versuchte, bei ihm zu bleiben, aber es ging nicht. Also versuchte er, ihn wegzudenken, ihn aus seinem Schädel zu verdrängen. Manchmal funktionierte es. Meistens jedoch betonten die fehlgeschlagenen Versuche nur die Konturen des Körpers seines Sohnes, die bemerkenswerte Freiheit und Beweglichkeit, mit der er durch seine Gedanken schwamm. Tage, Nächte, Morgen, alles wurde zu einer düsteren Flüssigkeit. Eines Tages oder eines Nachts schwamm er wieder in seinen Träumen. Es war, als hätte etwas, das aus reinem Licht besteht, sein

Herz verbrannt, sein Gesicht gealtert, gedehnt und gehärtet. Er öffnete seine Augen und sah anders. Statt eines Paars toter Arme spürte er neben sich leichte Daumen an seinen Unterarmen. Er rollte sich auf den Bauch und kam langsam zuerst auf die Knie und dann auf die Füße. Der Stein lag schlafend am Eingang der Höhle. Er beugte sich über ihn, und für einen Moment strich sein langer gelber Schnabel, der vorne rot zugespitzt war, leicht über das gelockte Haar des Jungen.

27.

Ich spüre, dass du den Schlaf der Erschöpfung und der Verzweiflung schläfst, Stein. Aber womöglich nur in deinen Träumen verstehst du die Worte der Sprache, die ich spreche. Ich habe meine Sprache für immer verloren. Und meinen menschlichen Namen. Ich habe immer noch die Scherben der Vergangenheit, sie liegen auf dem Grund meines Körpers und wollen mich nicht loslassen, aber bald wird der Moment kommen, an dem ich endgültig von dieser Insel wegfliegen und alles hinter mir lassen werde. Auch du hast es verdient, den Weg auf die andere Seite zu finden und dich den deinen anzuschließen. Du wirst sie finden, früher oder später, da bin ich mir sicher. Denn ich weiß, dass du spürst, dass sie noch am Leben sind, irgendwo da draußen warten sie auf dich und machen sich Sorgen um dein Schicksal. Ich mache mir keine Sorgen. Ich weiß, dass du alles kannst und dass du schnell lernen wirst, was mir mein Sohn heute Nacht, nach vielen Jahren des Lernens, endlich beigebracht hat. Er hat uns während des Sturms gerettet. Und er hat mich auf diesen Weg geschickt, nur habe ich anfangs nicht auf ihn gehört, weil ich zu sehr auf mich selbst fixiert war und in meiner eigenen Eitelkeit nicht zugehört habe. Jahrelang dachte ich, dass ich seinen Tod in mir überlisten könnte. Dass der Riss im Meer, der sich auftat, als er vom Deck stürzte und ich nicht da war, um ihn zu retten, irgendwann zurückkehren würde. Stattdessen wurde dieser Riss zu mir. Ich bin zu einem Menschen geworden, der schon seit Jahren am Fortgehen ist und nicht weiß, wie er fortgehen soll. Erst durch dich, Stein, habe ich meinen Sohn wiedergetroffen. Jetzt kenne ich das Geheimnis, das uns von der Insel wegbringen wird.

28.

Als der Junge aufwachte, war der alte Mann verschwunden. Erst als sich seine Augen an die Dunkelheit gewöhnt hatten, sah er ihn tiefer in der Höhle sitzen, wohin das Tageslicht nicht reichte. Er erkannte den Schnabel, der aus dem Gesicht des alten Mannes ragte. Er öffnete den Schnabel und stieß einen mächtigen Schrei aus, der dem einer Möwe glich, während er langsam die beiden mächtigen Flügel bewegte, die ihm anstelle der Arme aus dem Rumpf wuchsen. Der Junge wollte vor Angst schreien, aber statt einer Stimme drang ein schriller Vogelruf aus seinem Schnabel.

29.

Sie übten an dem steilen Hang vor der Höhle. Die jüngere Möwe folgte der älteren. Ein paar Mal rollten sie unbeholfen den Hang hinunter, schüttelten den Staub von ihren Flügeln, kehrten zum Ausgangspunkt zurück und versuchten es erneut. Sie breiteten ihre Flügel aus, die Luft bot Widerstand, sie spürten, wie sie sich zunächst nur hier und da vom Boden lösten und immer weniger nach unten gezogen wurden. Gegen Mittag zogen sie bereits ihre ersten, unbeholfenen Kreise über der Höhle und lernten die Geheimnisse des Windes kennen. Von Anfang an war der Junge ein besserer Flieger als die ältere Möwe, er lernte schneller und schaute mit Sorge und Lächeln dem alten Mann hinterher, der eher ungeschickt flog. Nach ein paar Tagen waren sie gut genug, um bis zum äußersten Ende der Insel zu fliegen und über den Hafen zu segeln, wo Hunderte von anderen Möwen in der Morgendämmerung herumflogen und auf die Fischerboote warteten. Sie flogen über Städte, in denen Möwen in Schwärmen auf den Dachvorsprüngen von Häusern, auf Parkbänken und auf den Rasenflächen von Luxushotels saßen. Sie flogen über das Meer der Flüchtlingslagerzelte. Nicht weit entfernt, wo die Vögel in großer Zahl über den Müllbergen und den Müllhütten der Deponie kreisten. Sie sahen Polizeiboote, riesige Baustellen, Einkaufszentren und mächtige Stromleitungen. Sie sahen die Leichen von Menschen, die vom Meer angespült wurden und von ihren Brüdern und Schwestern mit ihren scharfen Schnäbeln zerrissen wurden. Sie flogen sehr hoch. Die Häuser der Menschen waren plötzlich so klein wie Kieselsteine in der Wüste, die Luft war dünn, und überall war blauer Himmel, der ins Meer stürzte.

30.

Sei nicht traurig, sagte die alte Möwe zu der jungen in der Sprache der Vögel. Du bist schon lange genug unterwegs und hast einiges gelernt. Morgen werden wir endlich zu den Unsrigen auf die andere Seite fliegen. Der Junge nickte schweigend. Er wollte zu den Seinen zurückkehren. Dafür hätte er alles gegeben, schließlich war er deshalb zu einem Stein geworden, der fliegen konnte. Ein unendlich schwerer, unendlich leichter Stein am Himmel. Doch obwohl er seine steinige Natur überwunden zu haben schien, schmerzte seine Brust mit seinem kleinen steinernen Herzen. Er steckte den Kopf unter den Flügel und lauschte. Doch er hörte nichts.

31.

Im Morgengrauen flogen sie direkt in die aufgehende Sonne. Sie flogen dicht beieinander, Flügel an Flügel, lautlos, ohne Worte. Unter ihnen sahen sie das silberne Schimmern von Fischschwärmen, Fischerbooten, Segelschiffen und großen Frachtschiffen. Die alte Möwe sah etwas unter sich, was der Stein nicht sah und nicht sehen konnte. Er sah den Jungen aus Licht, der mit großer Geschwindigkeit unter ihnen schwamm und ihnen folgte. Er dachte daran, wer er alles einmal gewesen war. In einem Augenblick strömten Erinnerungen und Gefühle durch die gläsernen Augen der Möwe. Es waren die Erinnerungen und Gefühle von jemandem, der für immer auf der Insel zurückgeblieben war. Es war, als hätte ihn in diesem Moment hoch oben am Himmel die längst abgestorbene Spitze eines getrockneten Agavenblattes durchbohrt und ihn befreit. Er empfand seine menschliche Vergangenheit als ein Geschenk, als den Schlüssel zu seinem Schicksal. So flogen sie einige Stunden lang, bis sie in der Ferne Festland sahen. Langsam ließ er sich zurückfallen und beobachtete, wie die junge Möwe, getrieben von ihrem nahenden Ziel, immer schneller wurde. Bald würde er wieder in die Zeit eintreten und zu Stein und Mensch werden. Er wird seine verlorenen Angehörigen finden, wenn sie noch leben, oder er wird sie neu erschaffen. Er selbst hat aber das gefunden, was ihn antrieb. Er sah das Licht im Meer unter sich. Erst jetzt, als er ein völlig freier Vogel war, außerhalb von menschlicher Zeit und Raum, konnte er zu dem werden, was er war. Seine Federn fielen im Nu aus, seine Flügel schmolzen in der hohen Morgensonne, als wären sie aus Wachs. Er schloss seine Augen und stürzte in aller Ruhe seinem Sohn entgegen.

Wir danken für die Förderung dieser Publikation durch die Slowenische Buchagentur Javna agencija za knjigo RS (JAK)

JAK SLOVENIAN BOOK AGENCY

Im Original erschien Aleš Šteger: Bogovi se nam smejijo
im Verlag Beletrina, Ljubljana 2022.
Wir danken für die Genehmigung
der Veröffentlichung auf Deutsch.

Bibliografische Information der Deutschen Nationalbibliothek
Die Deutsche Nationalbibliothek verzeichnet diese Publikation in der Deutschen Nationalbibliografie; detaillierte bibliografische Daten sind im Internet über http://dnb.d-nb.de abrufbar.

www.wallstein-verlag.de
Vom Verlag gesetzt aus der LD Fabiol Pro
Umschlaggestaltung: Eva Mutter (evamutter.com)
Druck und Verarbeitung: Pustet, Regensburg

ISBN 978-3-8353-5554-5